让我们一起八卦地织毛衣

马普尔／著

新世界出版社
NEW WORLD PRESS

图书在版编目（CIP）数据

让我们一起八卦地织毛衣 / 马普尔著. -- 北京 : 新世界出版社, 2017.5

ISBN 978-7-5104-6263-4

Ⅰ. ①让… Ⅱ. ①马… Ⅲ. ①散文集－中国－当代 Ⅳ. ①I267

中国版本图书馆CIP数据核字(2017)第083276号

让我们一起八卦地织毛衣

作　　者：马普尔
责任编辑：黄　倩
责任印制：李一鸣
出版发行：新世界出版社
社　　址：北京西城区百万庄大街24号(100037)
发 行 部：(010)6899 5968　(010)6899 8705（传真）
总 编 室：(010)6899 5424　(010)6832 6679（传真）
http://www.nwp.cn
http://www.nwp.com.cn
版 权 部：+8610 6899 6306
版权部电子信箱：nwpcd@sina.com
印　　刷：北京亚通印刷有限责任公司
经　　销：新华书店
开　　本：880mm＊1230mm　1/32
字　　数：240千字　印张：10.625
版　　次：2017年5月第1版　2017年5月第1次印刷
书　　号：ISBN 978-7-5104-6263-4
定　　价：39.90元

自序

让我们一起八卦地织毛衣

一个女人老了之后，理想的状态，应该像毕生钟爱的马普尔小姐那样，四肢健朗，头脑清醒，睿智安静，偶尔唠叨狡黠。不管是在玛丽米德乡村的小花园里，还是在伦敦的高级大饭店内，一个老太太，尽可能坐在角落里，边给八竿子打不着的侄孙女编织着一件她大概永远穿不着的小毛衣，边用一双内蕴精华的老花眼阅尽最大公约数的人间百态。看到兴起时，喝杯热茶，吃块粘满草莓果酱的司康饼，把眼前那些属于年轻人才会有的烦恼纠缠、悲喜起伏，当成一场戏，尽情地观赏下去。

必须要足够老，老到成为所有人间喜剧的观众，而不是身在舞台上被剧情牵着鼻子走的演员。每个小角色的喜怒哀乐只供你娱乐，你是坐在台下看故事的那个人，而不是奔波在台上演绎故事的表演者。这样潇洒的位置，大概才能保证你品评起一切来足够客观练达。

在英国女作家阿加莎·克里斯蒂笔下，马普尔小姐曾一度是星期二晚间俱乐部的成员。她，一个乡村老太太，和一群大法官、成功商人、著名作家等社会达人们一起，互相交换着自己一生中知道的各种惊悚狗血故事。那一群活得已经成精的人们啊，用看似含蓄的措辞、低调的语气，对故事中的男男女女，对那些因种种激情而犯下的罪恶，都进行了无情的嘲讽和深度的分析。

这群晚饭后聚在炉火熊熊的起居室的人们啊，是工业时代后因八卦热情而相聚的小团体，是文明社会中用文明的态度来点评人类种种不文明行为的先驱。

人性的真相到底是什么？如果活得足够长，如果脑细胞被锤炼得足够缜密精明，如果胸怀被世事磨砺得足够强大包容——大概，没什么伪饰和谎言能瞒得住像马普尔小姐这样的老太太。如果我们愿意学习，如果我们活到耄耋，也许终有一天，我们会修炼得跟马普尔小姐不相上下。前提是，如果你真愿意知道，所有人性背后隐藏的那部分阴影。真理不就是这样被分析出来的吗？越辩越明，越八卦越真相。

当年，在岑凯伦的爱情小说里，一个梦幻少女爱上一个白马王子，就喜欢给他织毛衣。多年后，开始流行一首歌：你爱上了一个傻瓜，你喜欢给傻瓜织毛衣。

到了这个岁数，梦幻、少女、爱情，已经离我远去很多年。想当傻瓜，或爱上傻瓜，都没那么容易。工作已经进入瓶颈，感情努力着别相看两厌，肉体逐渐衰败已走在下坡路上，真心实意的伶牙俐齿都懒得使出来。因为人到中年要保持一点儿长者风度，这个世界上真正在乎的人越来越少。从天一亮开始就知道天黑后的生活是什么，人生已经在一列轨道既定的地铁上，从哪站到哪站都毫无意外。

好闲啊。闲得发慌。

居然开始怀念并不遥远的从前，怀念那个唠唠叨叨爱说话的自己。

宅居太久的代价，就是交流能力日趋退化。

希望能够重新拥有一种生命的活力，还想手不停，嘴不停，像西西里亚纺织工人那样咬牙切齿地说：我们织，我们织；像《双城记》里一心要复仇的德伐日夫人那样：把心里那笔账织在毛衣里；像马普尔小姐那样：边跟身边人轻描淡写、细叙家常，边把人世间一切八卦织在花样繁复的小毛衣里，给不知什么时候出生的哪个侄孙甥女穿在身上。就像张爱玲把那袭人间的袍当作华衣，尽管爬满了各种小小啮咬。

来吧，闲着也是闲着，让我们坐在一起，聊着闲天儿，织起八卦的毛衣。交换一些能派得上用场的小智慧，让无趣的岁月努力过得五彩斑斓一些。

客厅准备就绪，没什么章法，随便聊聊吧。

好好的。

目录Contents

【电光幻影】

【朝花夕拾】

【电光幻影】

在衣香鬓影间相爱相杀

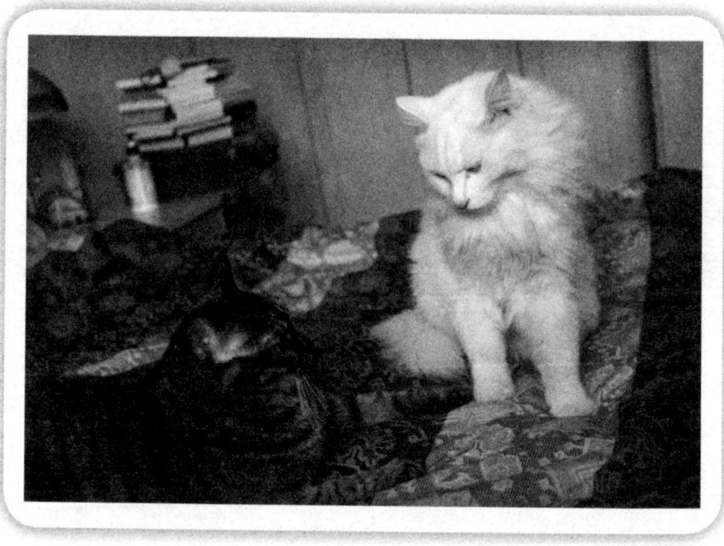

法国有一本不甚入流的书信体小说《危险关系》，大学时代，很喜欢根据这部小说改编的1988版电影，翻来覆去观摩了若干遍。甚至工作后还买了正版碟片收藏。后来查资料才发现，这部小说虽然在法国文学史上没多大价值，但在电影改编史上却是相当地受欢迎。大概是法国贵族式的骄奢淫逸、男女互相勾引的情色欺骗、上流社会的丑闻、巧言令色的周旋，用文字体现不出来的韵律感，反倒是借用声光幻影，才能够恰当精彩地来表现其人物关系的复杂和戏剧性。

查一下IMDB，根据小说《危险关系》改编的电影大概有十一部之多。风月情事，在法国人、英国人、美国人、韩国人，甚至中国人的演绎下，有的随时代湮没，有的却历久弥新。

出于个人偏爱，英美联合出品的1988年版电影，必须要排在第一位。这版《危险关系》之妖孽、之绮丽、之纠缠绞杀，令青涩的我为之深深动容。原来，两性关系中最可怕的并不是背叛和谎言，而是赤裸裸的掌控和反掌控。一味妄图操控人心的那一方，往往要落得全盘崩溃的结果。人心不是棋盘，更不是棋子，你动，人心也动。在这个互动的关系里，即使再费尽心神布局筹谋，但结局总会有千变万化。输赢只在一瞬间，而天公造化往往总要高过人心算计。

很多人对此版电影中饰演花花公子瓦尔蒙的约翰·马尔科维奇极度失望，因为颜值不高。虽然1988年的马尔科维奇还算面嫩，比后来在烧脑片《成为马尔科维奇》里神经质、苍老抽搐的面容强多了，但是他在本片里扮演的是横扫巴黎一切大姑娘小少妇的浪荡儿大情圣瓦尔蒙！在这个一切看脸的时代，他一张瘦长脸，敷着厚厚脂粉，阴气十足，浑身蕾丝花边，的确让很多观众失望。但要知道，敷粉和穿花边，是当时法国最时髦的潮流时尚。但是，姑且放下对脸的浅薄看法，花花公子除了脸，还要听声音、看身段。片中每一次瓦尔蒙勾引女性的高超手段，都可以当作精彩教科书范本。所以，他不仅勾引到了刚从修道院出来、毫无涉世经验的少女塞西尔，还推倒了巴黎上流社会一贯誉之为“行走的贞节牌坊”的杜维尔夫人。

最令人动容的一幕，是他为了遵守赌约，必须抛弃杜维尔夫人，摆出冷酷嘴脸对其连连说着“It is beyond my control”（无能为力）。但是，一句“无能为力”真的可以抹杀一切吗？这个浪子总是太天真。

杜维尔夫人，是美丽的米切尔·菲佛扮演的。大学时代我有一个志同道合的闺蜜月儿，她喜欢米切尔·菲佛的一切。受其感染，我也看了菲佛那几年几乎所有作品。金发的菲佛有着线条极其奇怪的嘴唇，你可以说是性感，也可以说是贞节。所以由她来饰演心如止水的杜维尔夫人甚为合适。单薄的身段中蕴含着压抑已久的情欲，像埋藏在厚厚冰层下的烈火。在爆发的床戏中，她那张脸上瞬息变化的所有表情已经可以感动所有人，包括怀中那个浪子。

可以和男一号瓦尔蒙对抗的标准反一号角色梅特伊侯爵夫人，是由格伦·克洛斯扮演的。她天生一张双眼距离很近的脸，有一种特别的邪恶感。很多人是通过电影《101斑点狗》认识她的。但也有一部分人，因为那部“找小三就是在找死”的《致命诱惑》认识她那略带女巫相的长相。在那部电影中，和迈克尔·道格拉斯偶尔风流了一下的她，拥有着超越常人的偏执霸道，不断骚扰男人的家庭，以致最后那幕垂死的她狰狞地从浴缸中骤然坐起的画面，令20世纪90年代很多心猿意马的男人惊出一身冷汗，立马挥剑斩情丝。克洛斯这张不漂亮的脸，在百老汇的舞台上，可男可女，雌雄莫辨，堪称当代最犀利的老戏骨。片中，她对瓦尔蒙从开始的互相挑逗，到半真半假地打赌，到得知瓦尔蒙真心爱上其追逐目标的失落，到严词拒绝瓦尔蒙得意扬扬拿着得胜的赌注向其求欢的高冷和决绝："不，我宁可跟你开战。"虽然某种程度上她很邪恶，但格伦让这个人物在邪恶中仍保留了爱和嫉妒的本能。片尾，该死的人都死了，该隐遁修道院的人都隐遁了，她泰然自若地去往戏院，坐在包厢内，却没想到整个戏院的观众都把头转向她，向她发出嘘声。那一刻，她那曾经睥睨一切的高傲眼神空洞了，失落了。妄图掌控一切，那不是凡人能做到的。对玩弄他人于股掌之间的小游戏太过沉迷，太鄙视他人的感受，那是一种狂妄逾越。

塞西尔的扮演者乌玛·瑟曼，当时才十八岁，还没有养成后来出演《低俗小说》黑社会老大情妇的蛇蝎气质。在本片中美好如水蜜桃的脸颊上的确总是泛着少女的光芒，非常不吝惜自己美好的身段，慷慨地一再展示。对了，还有塞西尔的初恋男友，其音乐教师，居然是青嫩的基努·里维斯。看着这么一张完美的脸，不用评价演技了，直接舔屏吧。

据说，1988年版的《危险关系》拍摄刚结束，马尔科维奇和菲佛就坠入爱河。经过天性解放训练的演员，往往会假戏真做，但电光幻影过后，很快又会清醒。是的，他们的爱情没持续太久，很快就分开了。

无独有偶，1989年版的电影《危险关系》，也上演了同样的一幕。男一号科林·弗斯，当时他还没出演后来那部令他成为万人迷的英剧《傲慢与偏见》，但已经是英国影坛崭露头角的新人。他和饰演杜维尔夫人的梅格·提利一见钟情，片子拍完后两人干脆就私奔到加拿大一处深山老林里，隐居了整整五年。不过如此一对璧人，最终还是以分手告终。可惜，瞬间相悦总是不能持久，更敌不过嘈嘈切切的似水流年。1989年版的电影名字直接叫《瓦尔蒙》，剧情也从男一的视角出发，而且在结尾大删大改。邪恶的侯爵夫人、失足的杜维尔夫人都活着，塞西尔也没有遁入修道院忏悔，而是怀着瓦尔蒙的骨肉嫁给了她原本要嫁的那个老贵族，继续尊贵地生活。只有男一号瓦尔蒙遵从原著设计，在决斗中死掉了，用血和命偿还了一切冤孽。但女人们都心安理得地活了下去。所以香港当年把这部电影直接改了个名字：《最毒妇人心》。

不过，也不必替活下来的女人们庆幸。要知道，这部小说写于十八世纪末，小说完成后不到十年，法国就掀起了轰轰烈烈的大革命，所有贵族或者死在断头台上，或者流亡……这些穿着重重叠叠花边美裳、敷着重粉、心怀鬼胎的男女们啊，他们在操控人心的时候怎会想到，就在不久的将来，断头台上的刺目血痕，即将替代眼前所有豪奢和阴谋。所以说，痴男怨女的小情小爱，终归敌不过大时代滚滚车轮的无情碾压。

那个命运抛给她
什么考验都能接住的女人

徐浩峰导演自编自导的电影《箭士柳白猿》是他的第三部公映的作品，但按制作时间来说，是第二部。第一部是《倭寇的踪迹》，充满古怪趣味；和《箭士柳白猿》一样，都由徐的御用爱将宋洋主演。论演员卡司和制作最宏大的，是徐第三部作品《师父》，有柏林影帝廖凡，有既美且有气场会演戏的宋佳，有蒋雯丽，有老戏骨金士杰。

电影《师父》于2015年12月上映，票房一般。在这个动辄就以亿起步的当今电影市场，《师父》的商业收益仅仅如同一个小石子投入深湖，没激起什么水花，但它仍是一部风格独特的好电影。相信若干年后，随着更多的观众学会独立思考和独立欣赏，《师父》和徐浩峰的电影，都会拥有更多的拥趸和更多的喝彩。

在拍电影时，他叫徐浩峰；在写小说时，他叫徐皓峰。他迷恋民国的武林，他喜欢卖弄金句。他是《一代宗师》前半截剧本的编剧，陈凯歌《道士下山》折戟之后，很多徐皓峰的读者都跌足长叹：如果由原作者徐皓峰自己来拍这部电影，把所有人物来龙去脉讲清楚，把每个人出身立足和精气神捋明白，踏踏实实把一个属于民国江湖的故事讲好，那拍出来的电影绝对不会是一个笑话，而会是一个神话。可惜，原本是上等的燕翅参肚，却被烩成了臊气的卤煮。

念及于《道士下山》的车祸现场，多么庆幸《师父》是由原作者徐皓峰自己成为导演徐浩峰第三次掌镜后拍成的作品。

一个阴沉冬日，看罢《师父》出来，耳边一直依稀循环着郭德纲常常在德云社舞台上挤眉弄眼说的那句带有魔性的伦理哏："你知道我那师娘有多俊吗？"

《师父》讲述了一个一见师娘误终身的民国武林故事。

广东武师陈识，北上天津，要在这里开武馆，传播咏春拳。那个时候的中国，正如高晓松所言，时代变了，中国特色的三大传统都为之改变，也或多或少在改变着这个国家的面貌。青楼衰落，卖笑的姑娘和卖肉的姑娘基本分不出来了；科举停办，念四书五经的读书人没有上升通道了；镖局关张，武林中会点儿把式的学武之人，要不沦落到给大户人家看家护院，或者在大街上卖大力丸，要不就脑筋急转弯，体面地穿上长衫，和地方官府搞好关系，开武馆，收徒弟，成为一代宗师。

一时间，武学成为国学。武术成为国技。天津，是当时武林的窝子，繁复的规矩构建成天津城森严的秩序。上至武行，下至脚行，行行当当都有着各自的规矩，有的规矩有温暖人情：比如说街头打架不能见铁器，抽刀子你就是小人，所有武馆的人上街，兵器上都要套着布套子；有的规矩却近乎冷血无情：你想在天津开武馆、当师父，那先在本地人里挑个徒弟，好好调教，教成了徒弟，让他替你去一家家踢馆，如果他能打过八家武馆，你就可以开馆教徒。但那个替师踢馆的徒弟，最后却要离开天津，永世不得再踏入天津半步。因为他跟人动了手，就是结了仇，天津这地界就没办法留他。但作为师父的你，从头至尾没出过手，没伤过人，也就没伤过和气毁过面儿。所以你就可以仗着赢者的光辉，从此体面地在这里生活下去。

为了开武馆，当宗师，陈识听从天津老武林郑天傲的指点：收徒弟，一家家打过去；在调教成徒弟之前，你得低调，办法是装穷人，找个老婆，在贫民窟住下来，沉住气。

在起士林，陈识和郑天傲打赌要吃掉八只起士林不要钱的面包。

那面包端上来，一个个都赛过小孩枕头。陈识一只只生咽，半响一个女侍者打扮的姑娘走过来抢走面包篮：“就看不上占便宜没够的男人。”于是他看中了她，她变成了师娘。

姑娘十七岁时跟一个洋人生过私生子，孩子没了，她名声也臭了。待在起士林最佳归宿是找个巴西人去南美种可可。没想到遇到了陈识，他开出了条件，娶她，在天津住三年，三年后跟他回广东。如果不愿去，就留给她一笔钱。她要陈识每个月陪她逛一次街，吃一次螃蟹。他答应她，逛街不买东西，螃蟹管够。她轻蔑地笑笑：天津九条河，螃蟹比米还便宜。

师父是个心里有事的男人，天天穿得破衣罗衫到外面打木工，她在杂草丛生的小破院里天天慵懒地收拾着家务，光脚套着扣着皮条的木屐，粗服乱发却难掩国色天香。上街逛的时候她打扮得溜光水滑，桃红柳绿，旗袍角儿随风飞着，眉眼也俏皮地飞扬舒展。就凭着师娘这张脸，终于等来了一个徒弟，耿良辰。这个出身脚行的年轻男子，眼不正，在街上看上了师娘这个好看的女人，一路跟随着，来到那个破烂的独院里，跟师父动上了手，几个回合下来，耿良辰脸上鼻青脸肿。师父停了手，说他是个好苗子，要收他为徒。于是三个人坐在院里横木前，一起沉默地啃螃蟹。徒弟吃了二十只，师父吃了十只，师娘吃了五十只。

师父开始教徒弟，师娘天天懒散地待着。她不多话，有一只放了烟卷的戒指套在手指上。那是当时在美国贵妇中流行的，既是戒指也是一个抽烟的支架。它的好处是，女人抽烟不会熏黄手指。它的上面可以有钻石和翡翠。好看，又有气势。她总戴着它，哪怕是在床上，烟卷也不灭。黑暗中，那一点火花照亮了师父沁着汗珠的光脊背。师父也是个少话的人，心里又有事，什么也不能对她说，只是一夜一夜地睡她。

徒弟教成了，开始踢馆，他出身市井，桀骜不驯，才学了几手功夫就忍不住炫耀。他不讲规矩，和脚行的弟兄们在街面上动刀子伤了交情也并不当一回事。师娘对师父说，你徒弟看我眼神不正，师父也说徒弟是个小人，毁了不可惜。在他眼里，徒弟只是一枚棋子，借着他自己才能开一方门派，成一代宗师。可是没想到，那个原本是当出头椽子先烂掉的徒弟，愣是有点儿骨气，最后竟会为争一口气不惜送命，他竟然轻生死如春秋义士，他竟然真的死得像条汉子。

原本他死不了，只是肚子上被插了两把刀，被一辆车带到城外，车厢里全是他身上散出的血腥味儿。不远处就有个医院，别回天津，去医院就能活命。可他就不："天津不好混，穷人家的长子，十五岁就要被赶出家门。我是长子，父母带着弟妹去了东北，天津只剩下我一个人。我在天津活了二十多年，要是一受吓唬就不要家了，那还是个人吗？"他最后还是小腹上插着两把刀跑回了生他养他的天津，没有和心爱的街边卖茶汤的姑娘告别，怕满身是血的自己吓到她，死前用最后的力气推了一把大车，当作是与脚行的兄弟最后的和解。

动人的一幕发生在耿良辰临死前，在茶汤姑娘摆摊不远的地方，扶墙望着她，自觉不配死在她面前："狠看她一眼，转身离去。她是这辈子记下的人，下辈子碰上，要认出她。"

徒弟死前已经打过八家武馆，师父可以名正言顺开武馆、收徒弟、当宗师了。可是这当口，师父却要为冤死的徒弟出头。师娘的眼神让他受不了。徒弟和师娘，都是几年间师父摆弄的棋子。下棋的人对棋子有了感情，不忍心就那么不明不白地毁了。

师娘是北地胭脂，不媚人，不惑人，美是坦坦荡荡，看人也是直眉直眼。该沉默时沉默，该掏心窝子就掏心窝子。她说她那孩子没死，是被人送走了。她不能跟他回广东，她得守在天津，等孩子回来。夏夜，二人在巷子里和一群抢包的小流氓边厮打边交心。

师娘："天津的姑娘不外嫁，不但是我，都这样。"师父背起师娘："知道了。可是我走了，你成了被休的女人，名声又坏了。"她趴在他背上，夏夜微光，层层叠叠的暗影一点点疏朗紧密地映在她脸上："名声坏的是你，天津人以本地女子为荣，听见被休，会骂你不成材。天津女子的好，你接不住。"他知道她是在损他，但这贬损自己得认，因为他亏心："知道了。"

不过最后她还是给他面子："这辈子嫁过了，多谢你。"

在师父闭门和天津众武馆决斗的时候，师娘收拾好细软，箱子里有师父前夜交给她的几十颗珍珠。她坐在街对面的咖啡店门口，隔会儿要只牛角面包，免得让人家金发碧眼的咖啡小弟烦她。她脚边蹲着那只一直当孩子养的乖小狗，一人一狗，静心期待着。

"今天我求一个人活着，这人离我两百米，我心念不强，再远，怕不能应验。"

师父在内缠斗，使诡计破门而出，他夺门而出的那一刻，她拔腿就跑，紧紧跟随，却又在街面人海中丢了他。她穿着高跟鞋，旗袍角儿在风中翻飞，头发散乱，在人海中张望不定，极力寻找。她说："男人对女人不重要，女人过的是自己的生死。"不用看师父在长长巷子中那场著名的与各门兵器的盘肠大战。只看师娘这个女子脸上的一颦一笑，就已经值回票价。

师父跑到约好的火车站，没看到约好的师娘，他心一寒。后面追兵赶得正急，他只好低头钻进车厢。机灵的小狗跟着他一同上了火车。他坐定，一把抱起小狗，心里估计想着那一箱珍珠，但后来又释然：男人的钱不就是给女人骗的吗？

最终她跑到火车站，各门武馆的人气势汹汹地逼上来，南下的火车已然开走，师娘散乱着头发，脸上染着尘灰，失魂落魄蹲地坐在站台，慌乱却笃定地转过头来，定定地看着来人："我男人惹的事，我担了。"师娘是个好看的女人，那种好看不在皮相，是在骨子里。不管命运这只叵测的大手扔给她什么，她都接得住。就凭这一点，徐浩峰够尊重女人，他认真拍出的每一部作品，都值得进电影院买票认真欣赏。徐浩峰每部电影都在讲一个主题，武林是男人的事。但每个潜心练武的男人背后，都有一个淡定接得住命运的女人。

爱在黎明破晓前

心血来潮，在这个已经不相信爱情的年代，谈谈爱情。

拿出一天时间，什么也不安排，从头到尾好好欣赏一遍爱情三部曲：《爱在黎明破晓前》《爱在日落黄昏时》《爱在午夜降临前》，情节简单，画面美丽，表演生动，台词密集，是很多人心中排名第一的爱情电影。看这套电影很过瘾的地方，是自己好像是旁观的神，俯瞰着凡间，从头到尾参与男一和女一相遇、重逢、结婚的人生种种，时间跨度将近十八年，看着片中男女从二十多岁一直到四十多岁，鲜嫩的肉体也会衰败，灿烂的笑脸也会阴沉，红颜弹指老，时光就在一男一女滔滔不绝的交谈中，安静地踱走了。三部电影所有的看点，是男一号和女一号在不停地交谈，他们所说所表达的，基本囊括了这个地球上大多数男女对爱情的种种思考和困惑。

1995年，“爱在黎明破晓前”，美国文学青年杰西在欧洲的火车上邂逅了法国姑娘赛琳，因为附近坐着一对突然争吵起来的中年夫妻，使这对年轻人通过默契的眼神搭上了话：“你有没有听说过，当夫妻俩年纪大了之后，会慢慢失去倾听对方的能力？”于是两个年轻人就此攀谈起来，他们谈论起遇到过的怪人，谈到死亡的感触，谈得越来越热络。而在遇到对方之前，两个人都感到自己已经有很多天没有好好张开嘴跟别人交谈过了。于是，在遇到知己的热情推动下，他们决定改变原定的旅行计划，临时下车，在维也纳停留一晚。他们在墓地里游走，逛唱片店，在教堂里给对方讲述烂故事，在咖啡馆听任吉普赛人给自己算命。他们走在夜色笼罩的大街上，他们在餐厅里吃晚餐，他们坐在街边台阶上，他们的嘴巴基本没有合拢的时候，总是在不停地说，不停地说，不停地说……

其实这就是爱情。爱情，究其本质，终归是一种人和人之间复杂的关系。想让彼此这段关系和谐并且有活力，没什么好办法，真诚点儿，随时打破心防，去理解，去沟通，去交流。

不是所有人都那么幸运，能遇到一个人，当你面对他的时候，你不愿意闭上嘴巴，奋力争取一切时间不浪费，不停地对他说说说，把自己的所知所想所思，所有的困惑和痛苦，坦诚地掏出来，摆在他的面前，和他分享。更幸运的是，对方同你一样，也是毫无保留，没有心机，不伪装不矫情，不怕袒露自己埋藏在心底最深处的那些最脆弱的部分。

廖一梅那句很能引起共鸣的话怎么说的来着："遇到爱，遇到性，都不稀奇；遇到懂得，遇到理解，才最难得。"

不担心对方会对你的表达难以理解，不担心他会生气、误解、歪曲或者拂袖而去，你这积累小半生的所有头脑风暴，都可以和他分享；你这小脑瓜里所有高明的或者不高明的想法，都可以和盘托出，不用粉饰，也不必伪装。这已经是爱情能够做的最好的事，让两个人的灵魂好像彼此接上了插头，通了电，然后融会贯通。就像《呼啸山庄》里那句令无数读者曾经感触落泪的独白："不论我们的灵魂是用什么做成的，他的和我的一模一样。"

2004年，"爱在日落黄昏时"，九年前，杰西和赛琳在维也纳分别前曾经约定再次见面，但阴差阳错两个人就此错过。九年后，已经成为作家的杰西，和赛琳在巴黎一家书店的签名现场重逢。提及错过的约定，充满遗憾，感慨"年轻的时候你相信自己会再见到那些与自己产生过联系的人，但随着人生的继续，你会发现这种情况并不多。”两个人只有一个多小时可以叙旧，他们决定抓紧时间聊聊天，他们谈论这个世界已经不会变好了，谈论自己做过的荒唐的梦，假设几年前两个人同住在纽约的时候，如果相遇会怎么样……随着交谈交谈交谈，那种当年的默契很快又回来了。

杰西已经结婚并有一个儿子，但和妻子感情不和睦，他认为结婚生子就如同是人生一个必须完成的作业，他完成了，他努力过了，他对未来也不抱什么更好的期望。而赛琳仍然在焦虑自己，不知为什么没办法进入一段稳定长期的亲密关系，在她心目中，婚姻代表着神圣的归宿感，她需要找到一个和自己心灵合一的伴侣。两个人都不年轻了，笑起来偶尔都有几分勉强和倦意，初入中年的他们，有着种种疲惫。他陪她走过弯曲楼梯，在老式公寓里听她弹奏起吉他，咏唱当年邂逅那晚的情形。他脸上露出久违的轻松笑容。唯有在倾心相爱的人面前，你才能笑得如此放松。

2013年，“爱在午夜降临前”，杰西和赛琳已经结婚，他们有一对双胞胎女儿，平时定居在巴黎，但两个人在希腊某小岛度假的时候，会为了如何安置和对待杰西和前妻的儿子而暴怒大吵。他们都沉浸在愤怒中，彼此指责对方在婚姻中表现出的种种弱点和过错，毫不留情，充满戾气。即使是相爱的两个人，在琐碎的日常生活中，仍会有争执、伤害、拉扯以及对抗，甚至会发生怒不可遏、夺门而出的那一刻。他们争吵时的种种腔调，和十八年前他们在火车上邂逅时身边那对中年夫妻吵架时的情形一模一样。人生况味，在这一刻变得浓郁了起来。即使灵魂再合拍，当肉体落地安顿后，仍要不得不面对现实世界繁复琐碎的种种困扰。

冷静下来，两个人习惯性地敞开胸怀，放下敌意，他们的优点就是开诚布公。不停地说说说，说出哀怨和怒火，说出自己的无助和恐惧。袒露自己，表达那些无法排解的愤怒，最终仍会合情合理地妥协，心甘情愿为了面前这个人让步。

记得那场宴会吗？参加宴会的宾客，有刚刚沉浸爱河的情侣，有结婚多年的夫妇，有失去伴侣多年的老人，人生各种阶段，境遇起伏，心态高涨低落，谈起爱情这个话题，各有看法，深浅高低各不同。爱情是一个难题，靡不有初，鲜克有终。

如何为爱情保鲜是一个世界级难题，没有终极答案。荷尔蒙爆发相撞的那一刻，是爱；灵魂火花噼噼啪啪疯狂燃烧的那一刻，也是爱。能不能一直燃烧下去？灵魂和肉体都会消逝，爱情呢？这世界隐藏着很多智者，但有关爱情的话题，永远没有正确答案。爱情只供谈论，不能模仿或者复制。

女演员安吉丽娜·朱莉在左肩胛骨上文了一段祈福的高棉文："我必须用一生的时间去找那个人，只有他能让我恢复高贵的身姿和纯洁的心灵，我必须与他相爱，必须在他最好的时刻拥有他全部的风华。在那个史前洞穴，我必须和他守候一生的日落月出，我们必须以最平常的方式度过这一生，就像沙子混入泥土。"

当你得到一切的时候，
就是失去的开始

花一周时间看完《纸牌屋》第四季，终于松一口气，相爱相杀的安德伍德夫妇又开始并肩携手了，无论是从剧情到精气神都变得好看，一扫第三季的纠结、黏稠、灰暗、角力。弗兰西斯遇刺中枪后继续保持腹黑本色，克莱尔也终于克服了幼稚的中二病。这一枪真是简洁有力，力挽狂澜。

第四季末尾，安德伍德总统及夫人并肩坐着，看着大屏幕上一个无辜平民被恐怖分子割喉，旁人都忙不迭地捂眼缩头退避，唯他二人挺直脊背，面平如水，弗兰西斯面对镜头意味深长地宣战："我们不畏惧恐怖，我们制造恐怖。"一语发出，石破天惊，终于让熬过平庸艰难的第三季的我们为之一振。

2013年那个心情破败的春天，我从第一季令人惊艳的大卫·芬奇风格的头两集开始追起，到如今《纸牌屋》不疾不徐走过了四季。观众陪同木下夫妇，眼看着弗兰西斯从参议员、党鞭、副总统，到野心勃勃地拱倒总统，自己成为美国权力最高的第一人。作为激进型总统，弗兰西斯·安德伍德在任期间要处理中东危机，还要应付俄国那头大熊的种种虎视眈眈，在国内要推行新的就业政策，要刺激经济，还要抵挡来自党内、国会、媒体和各种竞选对手的明枪暗箭。

安德伍德夫妇深刻贯彻了与人斗其乐无穷的奋斗精神，在应付外界种种挑衅之余，他们两个人在总统门对门的套房内，还要互相撕破脸，彼此咆哮，种种揭老底，各种拆台，在臆想中恨不能将对方如野兽般厮打啃咬……曾经那种静水深流的默契突然就消失了，真是应了那句预言："当你得到一切的时候，就是失去的开始。"

自从成为第一夫人后，克莱尔在第三季真是各种作，要当联合国大使，要面对着众多镜头闪光灯转头向俄罗斯总统说“我鄙视你”，要竞选参议员，要离婚……其变化之大，简直令观众诧异。第一季时夫妻二人在私宅窗口，并肩看月亮共享一根香烟的静谧时光，多么美好的峥嵘岁月，突然就这样一去不复返了？

第三季时二人反目，让所有人都不知不觉开始怀念第一二季的安德伍德夫妇啊！这样两个人，冷静、老辣、不用粉饰自己，赤裸裸的灵魂虽然无耻，却意外有一种打破一切束缚的魅力。当压力巨大的时候，他们会换上运动装，在寂静的小径上慢跑。他们会找出地下室的划船器，让肉体疲惫，心灵休息。第二季时，安德伍德夫妇要联手拱下无辜的沃克总统，他们每次交汇的目光中都充满阴谋，却也充满默契。他们彼此知道，二十多年的婚姻造就了彼此，这种精神上的联盟比生个孩子还要稳定强大。他们是面对人生的联盟。

在这种巨大的精神默契下，弗兰西斯和小记者那点儿艳事算个屁。克莱尔疲惫的时候跑到摄影记者的浪漫小屋里待两天算个屁。那个雨夜，克莱尔精心设计了弗兰西斯和忠心保镖密查姆那点儿亲密小场面，然后抽身离开，第二天早晨她问候弗兰西斯昨晚睡得好吗？第四季，克莱尔开始和作家汤姆变得亲密，虽然汤姆一度想离开，但弗兰西斯却把他叫回来，希望他留在白宫，因为他认为“在这个关键时刻，克莱尔需要你”。于是，又是第二天清晨，弗兰西斯在厨房里做早餐，看着克莱尔和汤姆一起走过来，三人平静地共进早餐。汤姆啊，你还是稚嫩啊，干吗要尴尬呢？看看这两位平静如水的面容，他们真的不介意。因为，那些肉体的小纠缠，在他们心里，的的确确只是算个屁。他们彼此的联结已经如此强大，撼山易，撼安德伍德夫妇难。

是的，弗兰西斯作为人，很无耻、下作，充满政客所有的缺点，但他仍是一个有效率的总统。我们看到他在任时的确在强悍地推行着内政外交。被他阴谋拱下台的沃克总统是个品质高尚的好人，但是在政治这个杀戮场上，他全无用处。

很多人不能接受第三季，在人物设置上克莱尔突然心灵变得脆弱，像个女中学生一样既要权力又想周全灵魂。曾经看着这两个接近恶魔的人，突然有一人要洗白自己，故事开始变得平庸、外在，为撕而撕。幸亏第四季，撕了前半段之后，由于刺客的一颗枪子，弗兰西斯用换肝的代价唤回了克莱尔。克莱尔在得克萨斯家中帮助癌症晚期的母亲安乐死，第二天返回华盛顿宣布参选副总统、寻求党内支持那一场戏绝对是全季最强音。有这样一个强大固执的母亲，才会有这样一个强大固执的克莱尔。她站在台前，告诉大家："我母亲过世了，我和她多年不和睦，我和弗兰西斯在前段时间差点儿失去了我们的婚姻……"这个雌雄同体的女人，她深知人性，袒露自己的弱点并不是寻求同情，而是寻求理解。

这一点，共和党那对时刻活在手机镜头下、要二十四小时三百六十度全方位展示自己恩爱生活的康威夫妻差得太远。每对经历过十年以上婚姻的夫妻都知道，生活不是打着柔光加了滤光镜的电视广告，真正的生活充满千疮百孔，婚姻不像《读者文摘》上描绘得那么简单。展示塑胶花一样的幸福、恩爱、完美，只会让人离你越来越远。粉饰你的生活，炫耀你那通过PS的完美人生，只会花更大力气去掩饰实际存在的种种漏洞、疮疤和不堪，那真是一种得不偿失。如克莱尔这般，在面对众人的这一刻，承认自己的人生有过阴影，有过失败，不丢人。真诚和有节制的自省才具备感染他人的强大力量。这个女人厉害啊，她深知人性，她也在利用人性。她是操纵人性的高手，在袒露真实的时候，达到了深层的目的。

当全场为安德伍德夫妇同时竞选总统和副总统而沸腾，当闪光灯和目光都对准这对即将出场的二人时，他们的深情绝对不是演技，而是发自内心。这个世界上，唯你最懂我。目标一致，灵魂一致，道德上正不正确，政治上正不正确都无所谓，我们拥有着神性、人性和兽性合一的爱和默契。

曾经在一个夜晚，安德伍德夫妇谈起作家汤姆，克莱尔在一刹那有些软弱："我觉得他看得到我。"弗兰西斯说："我也那么觉得。"这两个拥有着复杂灵魂材质的人深知，这个世界上，能看得到自己的人寥寥无几。他们并肩站立，宛若绝世高手那么孤独。但是，还好，他们还有彼此。

克莱尔回忆当年嫁给弗兰西斯之前，他曾经警告过自己：和他的婚姻不会有世俗意义上的幸福，不会有孩子，这是一条艰难的路。克莱尔决定嫁给他，就知道自己将要走一条荆棘之路，但两个人都能彼此看到对方的灵魂是用什么材料做成的，所以，心安，关系就安。

他野心勃勃，她同样如此；他不择手段无比腹黑，她同样如此；他铲除异己决不留情，她同样如此。他性格强硬却善于用怀柔手段，她外表淡定却内心坚硬。他是雌雄同体，她也同样如此。当他软弱时，她会猛扇他耳光令他冷静。当她犯了中二病要一意孤行听从自己内心的声音时，他如同毒蛇处处设绊令她无法施展抱负。当他们都拿起对待外人的武器互相伤害时，那是一场你死我活如同野兽缠斗的鏖战。当他们挺起胸膛一致对外、决心要收拾满目凋零时，共同建立的强大气场足够撼动这个世界的角角落落。

《纸牌屋》，有人看到政治博弈，有人看到中美关系，有人看到腐败权力，有人看到阳谋阴谋，有人看到灵魂堕落。我看这部剧的时候，三观碎成了渣渣，把所有道德评判和政治正确全然抛开，常常发出无法遏制的赞叹，看着这对志同道合的人携起手来，面对来自外界的霜刀雪雨明枪暗箭，淡然一笑。那场面已足够让我发自内心点个赞。我猜，如果第五季编剧不设计他们再次互撕到同归于尽的话，也许只有死亡才能把他们分开。

就算是恶魔也有人性。即使冷酷如弗兰西斯，也曾在白宫走廊让情人兼忠犬保镖的密查姆摘下走廊的画，让他把手贴在墙上，用一支笔细细勾画他手指的轮廓。那一场戏，那么暖，那么美。

他才是推理界第一饶舌男

自从2010年BBC出品的《神探夏洛克》风靡全球以来，推理界开始刮起酷酷的话痨风。似乎这些靠着绝顶聪明混饭吃的侦探们，在破案的同时如果不会耍几句贫嘴，揶揄几句脑仁比较小的拍档，不感慨一下残酷的人生，不腹黑地耍弄一下对手，其角色魅力便会大打折扣。大概是影视手段需要大量对白来表现人物性格，侦探文学史上向来言简意赅的代表人物马洛，大概不会为当代观众所喜爱。于是，贫嘴多舌变成了当代男侦探人设上的一种标配。其实，开这种风气之先的并不是马脸卷毛缺爷夏洛克。而是20世纪九十年代，活跃在东京地区的一名话痨刑警：古畑任三郎。

一身黑色长风衣，留着弯曲及肩长发，腰背佝偻，笑容温暖，每次都在巨大的黑暗中，迎着聚光灯缓慢转身，从一片黑暗中面对镜头，微微躬身说着若干废话："……以上，我是古畑任三郎。"

1994年，由编剧三谷幸喜一手创造的日本当代最没溜儿刑警——古畑任三郎华丽登场。扮演者田村正和浓烈的个人风格赋予这个怪咖人物很多喜感：头发卷曲及肩，永远穿黑色长风衣，黑色衬衫，黑色背带长裤，黑色皮鞋。虽然身为警察但很怕看到血，身材弱不禁风，手无缚鸡之力，从来不配枪，看到同僚掏枪出来准备鏖战一场甚至会胆怯地赶紧捂住双耳。去案发现场要么坐出租车，要么脚踩一辆限量发售的名牌镀金自行车。每次出场都自带节奏强烈的背景音乐，让人忍俊不禁。

从1994年到2006年，由主演田村正和演绎的电视剧《古畑任三郎》一共有四十二集，囊括了三部系列剧和若干部特别篇，基本上一集一个案子。出品方富士电视台为此邀请了当时日本演艺界最炙手可热的艺人来充当案犯，让古畑任三郎在时长四十几分钟的时间内，耍出种种手段，尽情调戏那些犯罪的人。和其他侦探剧集不同，《古畑任三郎》系列并不以悬念取悦观众：每集一开始，便先交代凶手是谁，动机为何，甚至几近完整地交代凶手犯案的过程。从凶手角度来看，犯罪从策划到实施都毫无破绽、堪称完美。之后，骑着自行车的古畑就出场了，永远是一边嬉笑戏弄着呆傻助手今泉，一边漫不经心地勘察案发现场，目光如炬，不会放过蛛丝马迹。已提前知道凶手是谁的观众，此刻静待好戏，无非是要看古畑如何从无到有展开推理，锁定嫌疑人，然后厚颜痴缠挑逗真正的凶手，不管嫌疑人如何抗拒躲避，或者自作聪明帮忙分析案情，古畑永远都能引蛇出洞，假痴不癫套取最有力的证据，让犯人自动啪啪打脸，乖乖就擒。

编剧三谷幸喜是《神探可伦布》的忠实粉丝，因此立志要自己搞出一套日本"可伦布式"的推理剧集。《神探可伦布》就是以"倒叙推理"的方式来讲述故事。吸引观众的焦点并不在如何找出凶手，或者凶手的杀人动机是什么。这些原本最为悬疑的元素早在故事发生最开始几幕就全盘托出，观众要看的就是"如何找到有力证据，让犯人自动认输"。《古畑任三郎》系列，把"玩弄犯人"这一套路发挥得炉火纯青，青出于蓝。观众乐于看到嘴角含笑的古畑如猫玩老鼠一般，彬彬有礼、慢条斯理，把犯人戏耍得毫无藏身之地。

这套剧集在20世纪末引进国内，更名为《绅士刑警》。拜托，看罢所有剧集的观众都会抗议：你是说这个警视厅搜查一课刑警，警部补古畑任三郎是个绅士？喊！明明是每集犯人才是最终级绅士好不啦？不管犯案时如何狰狞凶狠，也不论与古畑周旋时如何巧言令色，但只要被古畑抓住痛脚拿住破绽，曾经凶悍犯下命案的凶手马上就偃旗息鼓，乖乖承认罪状，微微颔首，只差客套寒暄“对不起，给你添麻烦了”，然后在片尾曲的伴奏下，听从古畑的带领，安静离场。古畑这个天生开了外挂的刑警，每次只凭着动动灰色脑细胞，动动嘴皮子，就能让对方束手就擒。从没遇到过一个犯人在被揭穿老底后还坚持负隅顽抗，否则他这个从来不佩枪的草鸡刑警恐怕会性命堪忧。

古畑系列的一大看点就是主演田村正和那从来不打磕巴的精彩台词表演，据说昵称“老爷”的他在片场从来不会忘词，台词永远都是一遍过；另一大看点就是那华丽的阵容啊。每集凶手的扮演者通常是两个套路，或者是当时最当红的年轻艺人——在里面能看到凭情歌大红，当时仍陷在情伤中不能自愈的中森明菜；年轻的还是单眼皮帅哥的唐泽寿明；古装剧大美女古手川佑子；当时凭《悠长假期》人气爆棚的山口智子姐姐；当时已年过四十，仍眉目如画的宝冢退役女优大地真央；永远的贤妻模样的水野真纪；扎起马尾宛如卡通人物的大神木村拓哉；曾因《东京爱情故事》俘获一代人美好青春回忆的铃木保奈美；被誉为最优雅日剧天后的松本菜菜子；一直帅到现在的江口洋介；从《幸福的黄手帕》时代就贯彻强烈个人风格的资深演员桃井薰；最美丽的《竹取物语》混血大美女泽口靖子；当时还白嫩如少年的福山雅治；刚出演过《死亡笔记》人气急升的藤原龙也……最奢侈的一部特别篇，凶手们是九十年代日本当红炸子鸡SMAP，五个大男孩集体谋划一起杀人事件。由于阵容实在太强大了，以至于后面古畑每次出场就先跟别人没完没了地念叨：“知道SMAP那个组合吧？他们那个案子就是我亲手破的。”

或者，凶手的扮演者是日本艺能界那些德艺双馨、众望所归的老艺术家们——主持人明石家秋刀鱼；落语家笑福亭鹤瓶；歌舞伎代表人物坂东三津五郎；资深老演员、动画片《海贼王》中赤犬的原型菅原文太；民谣歌手木之实奈奈；六十年代最红的男星绪形拳；摇滚组合“安全地带”主唱玉置浩二……其中一段佳话是，一家三口全都和古畑任三郎打过交道：歌舞伎演艺世家的松本幸四郎，其子同为歌舞伎名家的市川染五郎，其女是至今仍活跃在影视界的女演员松隆子，先后出演过古畑系列。另一段佳话是，扮演过名侦探毛利小五郎的阵内孝则和扮演过名侦探金田一耕助的石坂浩二，都在古畑系列中扮演犯人，与田村正和苦苦周旋，最终都功亏一篑。最跨界的当属日本第一棒球手加入过美国大联盟的铃木一郎，他居然用本名出演了一集兄弟情深、光明磊落的杀人犯。在那集中连一向高冷的古畑也化身痴迷小粉丝，为了搞到铃木一郎的签名棒球而窃喜不已。

由于田村正和本人就是日本影视圈一大腕儿，编剧三谷幸喜不得不动用所有人脉，只希望每一集的犯人都能与老爷旗鼓相当，宛如火星撞地球般对撞出火花。每集古畑面对犯人时厚着脸皮绕弯子套话的戏路，虽然看多了有些审美疲劳，却因为饶舌啰唆带来了种种喜感。

要说耍弄犯人最没底线的几集，推荐由风间杜夫主演的《真假人物杀人事件》，鹿贺丈史主演的《外科医生杀人事件》和玉置浩二主演的《飞机杀人事件》。案中凶手五行缺德，八字不幸，好不容易杀个人却巧遇古畑，被其一眼看穿破绽、拿住把柄，自作小聪明绞尽脑汁地试图遮掩，却永远被古畑沉着老辣地玩弄于股掌之间，戏剧效果相当爆笑。

在《消失的名侦探》一集中，穿着囚衣的犯人们提起古畑任三郎，最生气的一点就是："我知道杀人是大罪，所以在这里忏悔改造。可那个古畑抓人的时候算什么？明明就是恶作剧捉弄我嘛……"一副被玩残了的哀怨之情溢于言表。另外一层喜感，来自于古畑和蠢笨助手今泉的互动。今泉蠢到了一个令人发指的新境界，常常有观众忍不住吐槽：这今泉蠢成这样，当初是怎么考上警察的？今泉的扮演者西村雅彦是个顶呱呱的演技派好演员，演坏人的时候令人齿冷（参见日剧《回首又见他》，最后那个捅了织田裕二一刀的无良医生就是这厮演的），多年来一直是宫崎峻御用配音男优，在古畑系列里，他的人气仅次于"老爷"田村正和。只要他一出场，B站上的弹幕基本遮天蔽日："倒霉催的小公举又来了""古畑的真爱啊""只能被古畑打不能被别人欺负的忠犬啊"……

在诸多案件中，《名律师杀人事件》大概是古畑遇到的难度最高的一个案子。名律师为了远大前程杀死情人，处心积虑嫁祸给今泉。被当成凶手的今泉又笨又蠢地搞乱现场，留下种种证据，还在警察前来抓捕的时候跳着脚逃来逃去，把自己弄了个百口莫辩。眼看着今泉就要被当成杀人凶手，元凶律师还故意为他辩护，撺掇他干脆认罪寻求轻判。这时古畑出现了："他不会是凶手。他这么蠢的人，没能力杀人。"

想欣赏"老爷"精彩台词功力的朋友们，请观看此集，最终的法庭辩论太精彩了，那一长串逻辑严密宛如绕口令一般的台词，从"老爷"嘴里说出来，就像"吃葡萄不吐葡萄皮儿"那么干脆利落。凭着嘴皮子混世界的明石家秋刀鱼在田村正和面前，只能甘拜下风。

喜欢和犯人饶舌聊天，喜欢虐待蠢笨助手今泉的刑警古畑，也曾有认真表达自己三观的时候。参看草刈正雄主演的《医生杀人事件》，那名精通台球、飞镖、国际象棋种种游戏的医生，在最终坦诚杀人罪行后，古畑平静地正视他缓缓道来："人生就像游戏，但人生不是游戏，用游戏人间的态度去生活，后果不堪设想。"

以上，他是推理界第一饶舌男——古畑任三郎。

借此纪念20世纪九十年代那段风起云涌、好作连连的日剧岁月。

活得苟且还是诗意，
跟是否去远方毫不相干

曾写出“谁把你的长发盘起”的高晓松又创造热点流行词了。他这两年在互联网平台的脱口秀节目中常常挂在嘴边上那句口头禅：“生活不止眼前的苟且，还有诗和远方。”一经他的词曲再创作，凭借自由主义文艺代表许巍轻拨吉他，轻轻唱出，马上被各方文艺青年口口相传，被无厘头青年无情解构：生活不止眼前的苟且，还有远方的苟且。

向青年人传播“去远方”的概念，相信高晓松是一片好意：读万卷书不如行万里路，世界这么大，多走走，多看看，多经历，增加生命的广度和深度。只是，出身清华世家，20世纪九十年代光凭拍广告就开上林肯汽车的他，可能没办法理解当下广大普通青年要面对高房价、低就业率的巨大生活压力——背上包去远方？路费谁出？工作怎么办？回来后，跟我曾经情投意合的那个姑娘会不会已经另投霸道总裁的怀抱？在这偌大城市石屎森林里，谁愿意终日像一只工蚁般穿行奔波？荷包窘迫，为了保全一份工作，可能还要忍受被呼来喝去的屈辱和伤害。这些都是苟且吧？生活逼人。每个普通人几乎都要在这日复一日的挣命生涯中忍受苟且，可是，低头看看，眼前只有苟且吗？只有跑到远方才配过上诗意的人生吗？

是否能感受到生命中的诗意，不在于能不能够到远方，而在于你是不是那个内心有一片诗意大海的人。

来看看榜样的力量，那个机器人瓦力。这是皮克斯出品的，在我心中排名第一的动画片。是拍给每个内心渴望爱和诗意的成年人看的伟大电影。

故事开始的时候，地球已经荒芜了七百年，人类乘坐着巨大的航空飞船早已逃离这个垃圾成堆的星球。只留下若干台清除垃圾的机器人简称瓦力，他们像一群勤劳的工蚁在地球表面上默默劳作：收集垃圾，挤压成正方体，排列整齐。日复一日，年复一年。他们用太阳能充电，功能单一，沉默寡言，任劳任怨地工作着……直到七百年后，除了一台瓦力还在坚持工作外，其他清除垃圾机器人都已经坏到无法维修，进入长久休眠。

孤独的瓦力，形单影只，虽然已经锈迹斑斑，各个零部件总是陆续出着毛病，但他还在坚持生存着。每日清晨即起，在宠物伴侣——一只蟑螂小强的陪伴下，穿过荒芜的城市一角，来到浩瀚无边的垃圾废弃场，开始一天的劳作：收集垃圾，挤压成正方体，排列整齐。巨大的日影下，孤独的瓦力低头辛勤劳作，这生涯苟且吧？但瓦力心存诗意。他每天在磁带歌曲的伴奏下，带劲地工作。他那简单的小脑袋瓜可能并不知道这个星球为什么会演变成这个样子，把地球糟蹋成这副鬼样的人类到底还会不会回来？他只是遵从简单的电脑指示，每日辛勤工作，快没电了就去晒太阳充电。如果哪个部件磨损坏掉了，就跑到那些休眠的同伴那里去，寻找合适的配件给自己换上。他听着那些讴歌美好感情的歌曲，笃定淡然地工作。

在收捡垃圾的同时，瓦力看到美好的东西：比如一个灯泡，一盘录像带，一把不锈钢叉子或勺子，他会掏出一个小箱子把那些东西收藏起来。在瓦力眼中，一只装戒指的天鹅绒蓝色小盒子，远比那枚闪闪发光的钻石戒指更美好。于是他扔掉了戒指，把蓝色小盒子如珍似宝地保存到收藏箱中。

傍晚，瓦力收工回家，回到那个废弃汽车改成的家中，他像所有收工的工人一样，解掉双脚上的履带，轻松地吹起口哨，舒舒服服地把当天找到的所有美好的东西分门别类，排排列，收藏好。瓦力家中有一个可以旋转的展示架，上面放着各种有趣的小东西，包括一个可以播放录像带的小电视和录像机。每天夜晚，瓦力看着电视上那两个唱着情歌最终拉起手来的青年男女，他们穿着华丽的衣服，对视的双眼中诉说着爱情……每当他们唱到“这是爱的魔力真谛”时，瓦力的一双大眼睛充满向往，两只布满锈迹的小机械手也会下意识相握：被深爱的人握紧手，那该是一种多么美好的滋味?

瓦力，这个心存诗意的机器人，日复一日重复着枯燥苦闷几乎没有任何成就感的工作，他已经工作了七百年，但他能够倾一己之力清除整理的垃圾，也不过小半个城市那么大的空地。没有同僚的友好，没有上司的肯定，没有奖励，没有批评，没有任何存在感，孤独地工作着。这是多么苟且的生涯！瓦力，他只是这个茫茫浩瀚宇宙中作为一颗微不足道的螺丝钉的存在。人类原本对清除垃圾机器人的最初设置，便是把他们设定为低头苟且的机械产物。

但是，瓦力真是一个心怀诗意存在的异类。在七百年中，瓦力每日都生机盎然地开始每一天。他总是心情美好地开始工作，吹着口哨，一丝不苟地工作，间或捡拾着一件半件令自己惊喜把玩的东西，就像一个在海边拾着贝壳娱乐自己的孩子。休息时，宠物小强的善解人意令瓦力消解了孤独和寂寞。回到温暖的满坑满谷都是东西的家中，每一件收藏都是一段美好的回忆。结束了一天辛劳的工作，瓦力悠闲地享受着属于自己的静谧时光。他像一个好奇心从未被泯灭的孩子，带着美好的初心，像蟑螂小强一样坚强地生存下去，努力工作，享受人生。这大概也是为什么七百年过去，其他机器人都坏到不堪使用，而瓦力却顽强地活了下来。因为他是个异数，他虽然是个机器人但却有蓬勃的生命力，对世界、对生命有着强大的好奇心，永远像个刚刚睁开眼睛看世界的孩子，没有防备，充满探索。

懂得领会身边世界的好处，哪怕身在一个巨大的垃圾场里，仍能搜索出无穷尽的美好和诗意。瓦力是一个不会飞翔，只能低头看着眼前道路的低端机器人，但他每一日都过得那么充实，心灵浩瀚广阔得像一片充满诗意的碧蓝大海。

瓦力是这样一个美好的机器人，因缘际会，他终于和七百年来一直向往的美好爱情相遇，为了捍卫这段爱情，他克服了自己机械小身体的局限，突破技术瓶颈，勇敢地抓紧一艘宇宙飞船冲破天际。当他身处茫茫星河中时，那一脸的惊喜啊……远方啊，诗意啊……不经意地去了远方，不经意地遇到了诗意和爱情。

诗意不是刻意设计和营造出来的，是用心建设起来的。没有那个在地球垃圾堆里低头苟且着辛勤工作，同时感受着生命美好的瓦力，就没有这个站在飞船外突破一切引力，在无边宇宙中自由飞翔的瓦力。何必要埋怨自己没有身处远方，所望一片贫瘠？有些人，就算走到了天之涯地之角，跑到著名景点摆着剪刀手拍两张照片留念后，便忙不迭地回到旅馆打开电视，或者支张桌子打起麻将。所谓美好风光，所谓异国人情，没办法令他心头一震、产生任何美好的感念。有些人，就算身处嘈杂的石屎森林中，每日低头坐着地铁穿梭在人群中，守着各种喧嚣和忙乱，仍能静下心来，享受到四季流转，一瞬间涌上心头的感动。就像瓦力，守着一个巨大的垃圾堆，却终于发现了那株绿油油的植物萌芽在茁壮萌发，终于遇到了可供爱慕的心上人。

若是心头荒芜一片，缺乏诗意的滋润，那么对不起，无论你是活在眼前还是去到远方，恐怕都难以逃过低头苟且的命运。

苟且的生活并没有那么可怕，可怕的是甘于苟且的一颗枯萎心灵。自身干涸如沙漠，再也没有能力感知生命的美好。

向那个机器人瓦力好好学习如何诗意地活着，人是万物之灵，来这世界一遭，总要滋润多过损耗，总要心怀美好，躲避蝇营狗苟生涯中无边的麻木和伤害。

总有一天，要和心里那个
愤怒小孩握手言和

第三季“奇葩说”中，有一个选手，几年前她凭着另一个名字引起过一些轰动。现在她重新出现在公众视线中，衣服穿得很严实，努力和几年前那个赤裸着在自己身体各个部位上写污秽文字表达愤怒的女孩子区别开来。

很多人不喜欢她，在“奇葩说”的现场不论遇到什么辩题，她总是要说到我我我，努力把话题拉扯到几年前她裸身出位的短暂艺术生涯；过于悲惨的身世、过于狗血的原生家庭给其性格带来的致命缺陷；她那曾经精分的各种表现。我身边很多人都在推测她蛰居几年后突然在人气节目中重新出山的目的：“这么卖力，不就是为了给自己洗白吗？”

抛开过于腹黑的猜测，抛开所有商业动机炒作的原因，我试图从心理学的角度理解这个女孩子。太过要强，现实生活中非常缺爱，努力催眠自己想用爱和顺从来化解一切，到头来却发现自己内心的黑暗面过于强大，以至于无法遏制那股想毁灭一切的愤怒。毁灭不了周边，毁灭不了他人，那就先毁掉自己给别人看看。在这个摧毁的过程中，她发现自己如此的与众不同，特立独行，即使向下坠落也散发出独特的美感，令人侧目的感觉那么好，哪怕众人转头看她的目光充满蔑视。起码，他们在注视着自己。她令他们震撼，她令他们惧怕，她令他们窃窃私语地谈论……她就此找到了存在感。

这是一个内心一直充满愤怒的女孩子。估计蛰居的这几年，她在努力寻求内心的平静。努力分析自己，剥离自己，这个过程很疼。因为我们每个人和重要亲人的关系模式，构成了我们的自我模式。每个人在成长过程中都会经历痛苦，为了化解这些痛苦，我们会使用思维来对抗。久而久之，由此形成每个人特有的自我模式。当自我模式形成后，我们会爱上它。但每个人的自我模式都有着与生俱来的优点和缺点，我们毕生都要跟这些优缺点做斗争，以期成为更好的自己。

看清自我模式与生俱来的矛盾，也就是要努力看清我们和重要亲人之间的一切真实的恩恩怨怨。

这名选手一直在强调，她希望曾经的自己已经被杀死了。但是，每个人的过去，都不会说抹去就抹去。每个人之所以成为当下这个人，是由过去的每一分每一秒，遇到每件事每个人塑造而成的。她要做的不应该是急于否定，而是给自己一段充足的时间，努力认识自己。这段时间也许是半年，也许是几年，甚至几十年。

这个认识自我的过程突如其来，往往发生在中年阶段。很多人穷其一生都在逃避这种对内心的拷问和剥离，因为的确很疼，要用到“他者”的客观眼光，就像用锋利的手术刀去碰触埋藏最深的一个伤口。但这个过程对渴望得到真正的幸福的人来说，又相当重要。如果不跟自己内心那个愤怒的小孩握手言和，你就没办法心平气和地过好当下的每一天。

推荐一部电影《菊次郎的夏天》，日本导演北野武在1999年自编自导自演的作品。暑假到了，男孩正男身边的同学们都计划着跟父母去海边度假。自幼和婆婆生活在一起的正男，从来没有见过爸爸和妈妈，婆婆在点心铺打工，懂事的他缩在家中做着暑假作业。直到有一天他翻到爸爸妈妈的结婚照，还有母亲抱着自己的照片。攥着照片和地址，正男准备离家出走去找妈妈。半路上遇到了热心肠的邻居大婶。大婶染着黄头发，她老公是个不入流的混混，想必两个人年轻时也曾经叼着烟卷、染着头发在池袋公园混过。不过现在两个人已届中年，混不动了，平日要么在街头训斥一下欺负小学生的中学男孩们过过瘾，要么两个人就互相揭老底：“你妈还不是跟别人跑了。”“你妈才跟别人跑了呢。”

热心大婶让自己的老公陪正男去找妈妈。她老公，一个不靠谱的中年混混，从凶恶的老婆手里要到了三万日元路费，就此带着正男上了路。不靠谱还没上路就用路费参加自行车比赛的赌博。先赢了一大笔钱，赢是靠正男那灵光一闪的小机灵赢的，不靠谱高兴地又吃又喝还带小正男去风俗店，让一堆浓妆的姑娘们哄着正男奉献母爱。但正男的小机灵第二天就不灵了，他们输了个精光。不靠谱郁闷地在烧鸟店吃烤串，站在门口的正男被一个光头猥琐怪蜀黍拉到公园，危急时刻幸亏不靠谱赶到，暴打了怪蜀黍一顿，还抢了他的钱包。

不靠谱带着正男坐上出租车，半路司机上厕所，不靠谱嫌车费太贵，索性开着拉着手刹的汽车一路冒烟前行。他们来到一家高档酒店，在酒店商场里换上夏威夷风衣服，跑到游泳池里游泳，不会游泳的不靠谱差点儿溺水，惊动了酒店救援人员。结账的时候不靠谱觉得房费太贵了，耍赖非要前台接待大叔开车送他们一程。好脾气的接待大叔还真乖乖开车送他们到长途汽车休息的地方，告诉他们可以向司机们求助搭顺风车。

永远满口粗话的不靠谱不受长途司机的待见，正男出马说服了一对恋人答应让他们搭车前行。临走前不靠谱拿起石头砸了司机的货车前窗玻璃，想逃跑却被司机追上，两个人打了一架。

那对恋人会玩杂耍，给正男带来很多快乐，还送给他一个带天使翅膀的小背包。但他们还是把正男和不靠谱丢在一处画着金鸡蚊香广告牌的荒凉车站，走了。

不靠谱在车站小屋里对等车的人呼呼喝喝，还偷人家的饭团。虽然已经是几十岁的成年男人了，但他完全不会用成年男人的方式和这个世界交流，永远都是粗暴的动作、呼喝的用语，像童年时代总仗着自己块头大就欺负同学的刁蛮男孩。不靠谱长到这么大还没被人打死，真是幸运啊。

不靠谱和正男在车站小屋里过夜，他看到了正男妈妈的照片。正男睡着了，不靠谱自言自语说："原来他跟我一样啊。"

为了搭车，不靠谱想了很多坏点子，装盲人，碰瓷，在路上放钉子让汽车爆胎，结果玩出了翻车事故，他们一大一小赶紧逃跑，幸亏遇到一个开着车的好心人让他们搭车。那个好心人穿着件粉色T恤，立志要环游全国，写诗歌。

不靠谱带着正男来到地址上的正男妈妈的家门口。敲门前他跟正男商量："你妈妈肯定会留你过夜，要是可以也让她留我过夜吧，也许她会跟我做好朋友，也许我会成为你的新爸爸……"

坏笑着的不靠谱想去敲门，却发现门开了，正男妈妈带着一个小女孩和一个男人面带笑容地走了出来……那个男人带着小女孩明显是要去海边度假的样子，他们是亲亲密密的一家人……不靠谱看向正男，正男擦着眼角的泪水，转身默默离去。在海边，不靠谱安慰正男："一定是地址搞错了，你妈妈现在应该是不住在那里了。我再去打听打听。"

不靠谱手足无措，半路看到路边停着的一辆摩托车，车把上拴着一个漂亮的天使风铃。骑摩托车的一个络腮胡胖子从卫生间走出来，不靠谱粗鲁地向他讨要那个风铃。络腮胡胖子扭扭捏捏地说："不行啊，这是我女朋友送的。"他身边跟着一个光头瘦子也哀怨地摇头。但不靠谱还是粗鲁地要拿走那个风铃。络腮胡胖子和光头瘦子只得给了他。不靠谱拿着那个风铃来到海边，说这是他妈妈搬家之前留给他的，摇几下就会看到天使。正男不哭了，摇着风铃，抬头迷惑地看向天空："我怎么还没看到天使啊？"不靠谱说："你使劲摇。"

消夏的嘉年华会上，不靠谱各种粗鲁行径惹怒了黑社会，把他群殴了一顿。不靠谱流着鼻血叫醒了在路边长椅上睡着的正男，说对不起啊，我不小心从楼梯上摔下去了。正男敲开药店的门，买来了疗伤的药品和工具，为不靠谱清洗着伤口。

玉米地里，不靠谱鬼鬼祟祟偷了很多玉米，和同样在偷玉米的粉色T恤好心人再次相遇。骑着摩托的胖子和瘦子也来跟他们会合。他们都想让没找到妈妈的正男快乐起来。胖子和瘦子在河里装美人鱼和八爪鱼，跟正男变魔术、做游戏。四个被社会边缘化的大男人，陪着一个小男孩玩得很开心。

不靠谱搭胖子的摩托车，来到一家养老院。隔着玻璃，他看到了自己的母亲，仍然是那个孤僻的老太太：桌对面一个老太太坐下，有礼貌地向她道着午安，她却端起自己的茶杯走开，挑了个临窗的桌子独自坐下，看着窗外，不知道在想什么。不靠谱看到了母亲，沉默了几秒，然后转身离去。

在河边那个小小的世外桃源里，不靠谱和两个摩托党、还有那个写诗歌的好心人，陪着正男游山玩水，偷西瓜，装外星人，看天上的北斗星……不靠谱仍然是满口浑蛋、讨厌、八格牙路！他长这么大没被打死真是幸运啊。幸亏这一次他碰到的是好脾气的摩托党和好脾气的吟游诗人。不靠谱带着正男回到东京。分别的时刻到了，正男鼓起勇气问不靠谱："先生，请问你叫什么名字？"不靠谱有点儿不好意思地回头："菊次郎！"在久石让非常治愈的背景音乐下，小正男背着天使书包，颠颠地跑开了。全剧终。

菊次郎是北野武父亲的名字，从小生活在穷人聚居地的他，对父亲的记忆是如此的复杂。菊次郎是个沉默寡言的油漆匠，北野武在童年和父亲认真对话的记忆不超过三次。更多的有关他的记忆是，每个傍晚，菊次郎一回家就大喊："拿酒来！"如果家人和他发生争执，他就立刻掀翻饭桌。北野武经常奉母亲之命去小酒馆接回喝得烂醉的父亲。不喝酒的时候，菊次郎则变成一个胆小懦弱的男人。在很长一段时间里，北野武都认为有这样一个父亲是件羞耻而麻烦的事情。

在长久的事业不如意的煎熬下，在经历过那次类似自杀的毁容的车祸后，北野武拍出了残酷的电影《花火》，又在1999年拍出了这部温馨的充满夏日宁静和怪咖趣味的电影《菊次郎的夏天》。通过这部电影，他试图和童年那个愤怒的幼小的自己和解，试图理解作为成年人的父辈，当年带有失败意味的黑色幽默，狭隘和局限。

总有一天，人得学会活得心平气和，放下曾经的抱怨，融化所有的怒气，打开自己的黑暗面，让阳光透进来。总得有那么一天，让童年那个愤怒无助的小孩停止哭泣，让他学会感激岁月，感激曾经遇到的痛苦磨砺。

女人就像阿修罗

“阿修罗，印度民间信仰的魔族，表面上看起来好像是供奉仁义礼智信，但内在猜疑心却非常强烈，日常喜欢争吵，互相歪曲事实，而且又骗人家说他人的坏话。后来被称为怒吼生命的象征，争执不断的世界。”这是日本电影《宛如阿修罗》（2003年版）开头的一段画外音，点明主题，这是一个讲述女人的故事，这是一个有关四姐妹的故事。日本人似乎偏爱四姐妹的叙事结构，一家四个女儿，可以对应春夏秋冬四个季节。除了这部《宛如阿修罗》外，有关四姐妹的经典作品，还有2015年参加戛纳的电影《海街日记》；谷崎润一郎的小说《细雪》，曾先后三次被搬到大银幕，最近的一版是由市川昆执导、吉永小百合主演的；曾经是我们这代人的童年回忆、八十年代拍摄的电影《姊妹坡》，虽然再看发现上译厂的配音有过于洒狗血之嫌，但那里有美美的泽口靖子和飒飒的浅野温子，仍然是我们这代人童年的美好回忆。

拉回到电影《宛如阿修罗》本身，故事说简单也很简单：四个姐妹成年后难得聚头，一边咯吱咯吱嚼着油炸神饼，一边听老三泷子说出一个惊天大新闻：她们那个年过七十的父亲，在外面养着一个刚刚四十岁的女人，还有一个八岁的不知道是不是父亲亲生的儿子。那是在1979年，典型的昭和时代，圆形话筒，皮质沙发，四个姐妹凑在一起，为了是否要拆穿父亲的丑事，还是要保守秘密以免母亲伤心而争执不休。

大姐纲子，四十五岁，很年轻的时候就守寡，总是穿着典雅的和服，以教授插花为生，守着一栋旧式宅院，自得其乐，身为大姐却有着艺术家脾气的任性，观念大胆。她主张要替父亲保守秘密。

二姐卷子，四十一岁，传统贤惠的家庭主妇，丈夫是一个公司的部长，一子一女甚为乖巧懂事。在四个姐妹中，卷子最反感父亲对母亲做出这种背叛行为，同为主妇的她深知母亲一生的艰难，她主张要替母亲出头，和第三者谈判，宁可拿钱出来让对方赶紧走人。

三妹泷子，二十九岁，按当时的年代算是个大龄姑娘，戴着眼镜，有书呆气，是一个图书馆管理员。她生性腼腆保守，一激动就有些神经质，是她意外发现父亲的外遇事件，并自作主张雇佣了私家侦探，掌握了更多的证据。

四妹关子，二十五岁，被娇惯坏了的小妹妹，此时已经跟一个致力于得到新人王的拳击手同居，满脑子都是自己的烦恼，对上一代的情感撕扯不感兴趣，也提不出什么恩怨。对于三姐对自己“和男人已经同居”的指责，不满地回敬“鬼鬼祟祟查别人隐私更脏”。虽然血肉相连，但关键时刻没办法同声同气，卷子带着钱一步步向父亲的外遇对象走过去，但终于还是胆怯地像一个路人般向对方点头示意，然后落荒而走。

为父亲的行为气恼，为母亲的付出委屈，同时四姐妹其实都有着自己无法对外人道的烦恼。纲子寡居多年，和临近一个老板日久生情，她在家里穿着一袭红色和服，香肩半露和那人嘻嘻哈哈拿着零钱包到玄关开门，以为来人是送外卖的小哥，却不料是前来商量事情的卷子，姐妹俩分外尴尬。二人对着已经冷掉了的两盒鳗鱼饭，缓缓说出心事。大姐说：“我就是有点儿寂寞，所以我也有点儿了解父亲的感觉。”二妹说：“我之所以生父亲的气，是因为我觉得自己的丈夫好像也出轨了……”

泷子雇佣私家侦探调查父亲，却不料令对方爱上了自己。怪咖的私家侦探和古板的泷子，凑在一起，大眼瞪小眼，说不出的笑点和泪点。关子一直希望男友早日成为拳击场的新人王，但并不知道自己已经怀孕。在饭馆打工时晕倒，被二姐送回家却发现男友和别的女人腻在一起。外表凶悍的关子内心仍然十分保守懦弱，没办法向偷吃的男友发泄愤怒，只好把嘈点放在生活细节：我可以容忍你带女人回来，但不能容忍你把烟头扔到吃剩的面碗里……同样懦弱的还有卷子，她从各种细节推测出丈夫有出轨的嫌疑，但仍选择了隐忍。丈夫因小疾住院，她推开病房的门，一瞬间看到丈夫和那个美艳大胸的女秘书贴得那么近，第一个反应不是扑上去撕起来，而是脱口而出对不起，然后退出门外，敲门再进。女秘书走时，她看到对方披上的棕色皮风衣，和自己身上穿的一模一样，丈夫一脸的尴尬。

私家侦探住的公寓意外失火，失魂落魄的他找到泷子，要求收留。没办法的泷子把他带到父母家，一脸冷峻的父亲站在那里，听着两个傻孩子语无伦次的一番解释，微微颔首说：“地方浅窄，请你安心享用。”私家侦探安顿下来的第一顿晚饭，母亲正好不在家。席间私家侦探鼓起勇气，告诉父亲：“我是因为调查你的外遇事件才认识泷子的，我喜欢她。我向你保证，跟她结婚后，我一辈子也不会出轨。”父亲端着饭碗愣住了，沉默了一会儿，他突然朗声大笑。他用筷子夹起一块腌萝卜放到碗里：“好多年没这么笑过了。”

泷子嫁给了私家侦探。结婚前夕，父亲带着她走过家门口那条长长的巷子，走到路边自动贩卖机买香烟，感慨地说：“真好，四个孩子都有了归宿。”被纲子撬了墙脚的老板娘突然有一天打上门来，站在门口要看自己丈夫的鞋子是不是在纲子家的鞋柜里，两个女人唇枪舌剑一番。老板娘突然掏出一把枪对准纲子胸口，吓得老板从里间蹿出来求饶。老板娘一脸哀大莫过于心死的表情，扣动了扳机，玩具水枪里的水溅了纲子一身湿。

关子的丈夫得到了新人王，孩子也生了下来。突然有一天他因为脑部旧伤而轰然倒下，陷入昏迷。一向嫉妒小妹的泷子此时非常自责。身为老三，就像三明治中的那块夹心，常年被父亲忽视，她嫉妒父亲眼中只有小妹，没有自己。在四妹遇到困难的时候，泷子却挺身而出，保护自己的妹妹渡过难关。

姐妹们很心疼母亲，但母亲好像什么都不知道那样，到了冬天动手腌制着白菜，过年时和老伴商量着给哪个亲戚寄贺年卡。卷子请母亲在高级餐厅吃牛排，说男人们天天在外面吃好的，我们女人也应该对自己好一点儿。母亲问卷子的年龄，知道答案后颇有意味地告诉女儿要好好珍惜现在。飘雪的午后，母女分别，卷子问母亲要去哪里？母亲说去办点儿事。卷子不放心一路偷偷跟随，发现母亲站在外遇女人住的公寓前的街心公园里，久久望着那女人公寓的窗口。母亲转头看到卷子，露出一种神秘又美丽的笑容……然后倒下了。在母亲的病榻前，情绪激动的卷子抽了父亲耳光，说母亲原来什么都知道，她是被气得病了……二姐夫这时挺身而出护住岳父：“一个男人一生经过各种艰难，重建家园，把孩子养大，到这个岁数想为自己活一次不可以吗？”孩子们都退出病房后，父亲蹲到母亲的病床前，低声说：“我被抛弃了，我现在回家了。”弥留之际的母亲虽然戴着呼吸器，却在此时露出欣慰的笑容。

母亲去世后，日子继续平静地过下去。昏迷的四妹夫有所好转；三妹夫妻陪着父亲住在家里；二姐卷子发现那个大胸尖下巴的甜腻女秘书要结婚了，还邀请他们夫妻参加婚礼；大姐还是很寂寞，还是跟老板藕断丝连……在樱花飘落的时节，众人在母亲的墓前祭拜。二姐夫一直否认自己跟女秘书有什么暧昧。轮到他拿着念珠上前祭拜的时候，边合十边衷心感慨："女人啊，就是阿修罗……"

扫墓归来，四姐妹在娘家坐着，两个女婿陪着父亲下将棋，年迈的父亲打起盹来。姐妹们翻出母亲的遗物，原来母亲早就知道父亲外遇的所有事情。她们没有声张，只是凑在一起会心一笑。

《宛如阿修罗》的原著者向田邦子被称为"日本的张爱玲"，一生致力于描写日本昭和时代的种种家庭形态和生活细节。作为一个小说家和剧本作家，她有着过人的观察力和敏锐的领悟力。在她笔下，昭和时代普通人的普通事都充满趣味，况味深长。

2003年版电影《宛如阿修罗》的阵容十分强大，导演是森田芳光，是拍出过《东京日和》《其后》和《失乐园》的森田芳光。四姐妹分别是大竹忍、黑木瞳、深津绘里和深田恭子。父亲是主演过《影武者》《乱》的仲代达矢，是曾和黑泽明合作过的演员。母亲是宝冢早年女优八千草薰，当年《血疑》里幸子的母亲，那张美丽的东方式脸庞充满母爱，那个角色后来换了人还让当时年幼的我十分怅惘。那个疑似出轨的二姐夫是《深夜食堂》的老板，连气势汹汹闯上门来耍水枪的老板娘都是国宝级演员桃井薰。

整部电影充斥着昭和时代温暖的如夕阳般的调子，种种可口的家常饮食，妆点着普通人的烦恼，各种掩饰含糊，各种微妙细致。在那个两性观念还不太激进、东方人一贯的以家庭为重的大背景下，充满小心思的男男女女在一日三餐中平静度日，生活就像一艘惊涛骇浪中的小船，不停地被打翻，不停地又被收拾起残局，不停地和风浪做斗争，不停地重建一切。精华看点还是在于四姐妹的各自人生大戏，四姐妹中没有人完美无瑕，缺点都那么明显。大姐任性尖刻，想听从内心的声音却无法面对现实；二姐懦弱敏感，又常常自欺欺人；三姐古板保守，神经跳脱，对父亲像一条忠心耿耿的小狗那样渴望爱；四妹莽撞自私，永远以自己为中心。姐妹之间的相处总是很矛盾，永远在较劲，永远在撕扯，永远看对方不顺眼，但争吵完了仍能坐在一起谈谈笑笑，商量着中午吃什么呢。

大概在男人眼中，女人就像时不时让人头痛的阿修罗，美丽起来出奇可爱，丑陋起来面目可憎；柔媚起来令人骨蚀，凶狠起来天地俱焚。女人可以带你飞上天堂，女人也可以带你直落地狱。其实啊，连女人自己也琢磨不透自身这个族群，天生心思缜密，情绪变化多端，真遇到事情，要拿出什么面孔和心情来对待，有时完全看一时的心血来潮。谁说男人是这个世界的主宰，千万不要小看每一个默默站在那里、不动声色的女人，只要她们愿意，分分钟可以褪去平凡外表，舍离迷悟，偿还魔债，成为那个法力无边的阿修罗。每个女人，都与生俱来阿修罗的底子，只是在漫长的成长过程中，有的自愿放弃法力，泯然众人；有的永远把自己当成世界中心呼风唤雨，求仁得仁。或者一念成佛或者一念成魔，全看平日里不动声色的那一场修炼。

看两个三观不合的饮食男女
如何曾经深爱过

看过电影《甜蜜蜜》的人都知道，导演陈可辛在一头一尾，用镜头埋藏了一个所谓缘分的伏笔。1986年，从内地开往香港的那列火车上，邻座和黎小军头挨着头酣睡到列车进站那一刻，慌慌忙忙提着简陋行李冲出车厢，在站台上东张西望一番后，和同样慌慌张张提着简陋行李冲出车厢的黎小军一个向左，一个向右的那个人，是李翘。在剧终字样出现在大银幕之前，所有人开始长吁短叹：啊，是缘分啊。

这一生，我们不知道要跟多少陌生人曾经在一瞬间相遇过，在行色匆匆的路边擦肩而过，在拥挤的地铁上相互打量，在困顿的旅途中一个打盹蹭到了对方的肩膀，但接下来，连接点断掉，我们分离，在记忆中留不下任何痕迹，像一滴水很快干掉。再回头审视岁月，那些没留下痕迹的，仍旧是陌生人。而黎小军和李翘，在人海中一次、再一次地相遇。缘分把这两个人在彼此记忆中的印痕蹭得越来越深，物理性质的摩擦，一次次时间的累积，都是一股强大的力量，推着这两个三观迥然不同的人，一步步靠近对方。

他和她，原本是两个完全不相干的人。她来自广州，到香港没有语言关要过，马上如鱼得水，很快褪掉一身土气、混迹于这个现代大都市。她肯吃苦，麦当劳打零工、英语学校拉学生、帮别人半夜排队买楼花、炒股、在花店打工，什么赚钱就要做什么，她的理想是赶紧赚钱买屋，可以把妈妈从广州接来香港。

他来自天津，投奔姑妈，和异国妓女们同住，寄居在卫生间，半夜有酒醉的人进来对着水盆呕吐。他已然觉得很好，起码有一间半夜上厕所很方便的房间。他早上帮卖鸡鸭的摊贩送货，骑着自行车在街市中穿梭，觉得自由而欣喜。他去麦当劳想买一个汉堡，这是当时天津没有的食物，顺便练习一下粤语。于是他和她相遇。她边勤力地拖干净地板，边建议他花钱去上英文补习班。他花钱听一个醉醺醺老外教着英文俚语，憨厚地骑自行车送她赶时间打各种零工。她笑话他口音好重的生硬粤语，却也坐在自行车后座上，欣喜地摆动长腿唱着邓丽君的甜蜜蜜。

两个人合资在大年三十的夜市上卖邓丽君磁带，遇到大雨，他给她买了热维他奶。磁带卖得不好，香港人都要听谭咏麟。失意的她告诉他，自己也不是香港人，来自广州，也是刚来不久。

生意不好也要过年，两个人在他那逼仄的斗室里吃水饺，外面风大雨大，她嘴里嚼着水饺，听他傻乎乎地讲述着过去和女友小婷如何在家里煮水饺吃，脸上淡淡的，眼帘低垂，也不看他，只是一口吞一只水饺，嘴里嚼个不停。她要走，他说外面很冷要多穿点儿，于是她被他逼着套了一件又一件，还要被他拎着衣摆对着微弱光线一个个系扣子。她的碎发时不时撩到他的脸，扣子一个个系上，又一个个解开……她半夜排队帮人买楼花，他买了巧克力给她吃，天热，忘记从裤兜里拿出来，巧克力被压成一团。她一边说恶心，一边吃下去。

她炒股失败，积蓄全无，只好去做了按摩妹。他却因为单纯善良爱打篮球，受到附近大厨的喜爱，开始跟他学厨艺。两个人在公寓房间里约会，他给她做贵妃鸡爪，说按摩很累手，要以形补形。

他约她去金店帮女友小婷去挑件手镯，她凝神挑拣款式的时候，他拿了柜台上免费的糖果递给她。她鼓着嘴吃糖果，却看到他掏钱说买两件这种款式的手镯，一件给女友，一件送她。

她手腕上套着那只金手镯，心里却不快活。抱着肩膀在人流中走得飞快，他懵懵懂懂地一路跟随。终于，在斑马线前，她站住，满脸戚然："黎小军，你来香港的目的不是我啊，我来香港的目的也不是你啊！"的确，他和她，原本是两个不相干的人。

她来香港的目的如此明确：赚大钱。因此干劲十足，永远忙碌。他来香港，只是因为有姑妈可以投奔，来了就来了，骑着自行车送鸡鸭，一天天这样过也很快活，最大理想是有一天可以接女友小婷过来，结婚成家，落地生根。

她是人群中的豹子，有干劲，有决心，勇敢无畏；他柔顺如绵羊，过一天算一天，所有机会都是别人主动找给他的。她内心充满欲望，要力争上游；而他，恬淡安逸，知足常乐。这样的两个人，如果不是因为外面大风大雨，冷冷的夜有凄风在吹，如果不是那一缕碎发搔来搔去，恐怕那两件外套的扣子不一定解得开，都怪艰难的日子太容易让人感到寂寞，两个天涯沦落人就这么稀里糊涂地在一起滚了床单。

股市崩盘，她沦落到按摩房却因祸得福认识了豹哥。背后有了金主，她成为婚纱店女主人。而他也成为二厨，顺利申请小婷来港，举办婚礼。说好了不在一起的两个人又重逢了。在婚礼上，在开幕典礼上，两个人的眼神永远看着别处，嘴里说着寒暄的话，外人看不出端倪，但两个人都知道再次开口交谈，这中间隔了一段长长的岁月。

看到小婷手腕上戴着和自己一模一样的金手镯，她出神。看到路边偶像邓丽君被一群粉丝包围，他惊喜地冲上去让歌后签名。她在车里，继续出神。然后车笛响起，一个抬头，一个回首，两个人的眼神交汇，再次看到对方脸上的落寞。于是约好，各自回家跟身边的伴侣说清楚。

此时豹哥出事要跑路，她在夜雨中上了一条船，看到豹哥强作欢颜安慰她说："傻女，听我说，现在立刻回家洗个热水澡，明天早上起来，满街都是男人，个个都比豹哥强。"于是她决定跟随豹哥跑路。最后最仗义的永远是女人。

在雨中撑着伞等到最后也没等到人的他，还是木头木脑地回家跟妻子小婷说了分手。他说："我心里也难过的。"只是一切情难自已。

她跟随豹哥去了美国，他跟随师父去了纽约唐人街。他做的贵妃鸡，经豹哥的手，入她的口。憧憬着买间房住下来的豹哥在街头意外被杀。她去认尸，翻过面来，看到背上一片龙虎刺身中那只小小的米奇老鼠，她先忍不住笑了，又忍不住哭。

被移民局官员押送的她，在堵车的路上，看到骑自行车送外卖的他。他仍然怡然自得。她撞开车门冲出去满大街寻找，兜兜转转，总是不见，他和她总是差了那么一步……

1995年5月8日，街边橱窗电视机里在报道邓丽君突然离世的消息。他和她站在电视机两侧，耳边响起邓丽君的歌，再转头，看到对方。正如张爱玲曾经写过的那段话：于千万人之中遇见你所要遇见的人，于千万年之中，时间的无涯的荒野里，没有早一步，也没有晚一步，刚巧赶上了，没有别的话可说，唯有轻轻地问一声：哦，你也在这里？

之后的故事呢？之后可供演绎的下文呢？

导演陈可辛狡猾地留了一个心眼，他给电影《甜蜜蜜》起的英文名字是：Almost A Love Story——黎小军和李翘这十年是一个爱情故事吗？还是一段大时代变迁下两个曾经共患难的天涯沦落人的离合悲欢？她和他在一起的时候嘴里总是在吃，建议他花钱去上英文补习班的时候嚼着口香糖；在除夕夜市上卖邓丽君歌带时喝热维他奶；大风大雨的夜晚，挤在小屋子里面对面吃水饺；大热天半夜排队，吃他裤袋里挤扁了的半溶巧克力；在公寓里滚床单，床头柜餐盒里放着吃到一半的凤爪；帮他给未婚妻挑金手镯，一边专心致志挑款式一边嘴里嚼着高级糖果；在婚宴里看到成为新郎的他，嘴里也要不停地吃；自己的婚纱店开张，忙碌着一直在招呼人，得空边跟他寒暄边一口一个吃着芝士香肠；跑路到美国，豹哥从唐人街中餐馆买回贵妃鸡，她也贪馋地吃了一块又一块，边吃边商量：要不就安定下来吧，生个孩子……她是如此的贪馋，好像吃不饱，总是被欲望驱赶着，急匆匆大口大口地吞咽着食物。

那时的张曼玉真美，圆鼓鼓的脸，总是噘着饱满的嘴唇在嚼着东西，一双大眼睛闪闪亮，似乎有千言万语。

他总是很乐和，在香港骑自行车送活鸡活鸭和在纽约街头骑自行车送中餐外卖，脸上的表情都一样的祥和满足。风鼓着他的外衣，好像给他平添了一对快活的翅膀。一直被认定不太会演戏的黎明，天生的一份呆滞，正适合黎小军这个角色。

其实，真需要有下文吗？真需要黎小军和李翘从此开心幸福地生活在一起吗？真要如此，年深日久，她费力争取的蜜糖，恐怕会变成他的砒霜；他悉心享受的田园安逸，恐怕要被她鄙薄成夜郎自大。爱情很容易被年轻的荷尔蒙激发，但两个其实三观不合只有患难情谊的男女，能撑多久才会相看两厌？唉，长的是生命，短的是爱情。能不能经得住岁月考验，光靠命运和老天垂青，奢望缘分天注定，行不行？

Almost A Love Story——爱情都只是古老传说。正如年老色衰的姑妈，一直念叨着自己年轻时跟威廉·霍顿有过甜蜜时光，但听的人只当她在发春梦。虽然有一张金童玉女式的黑白合影，但发黄的照片上，也唯有两个人的灿烂笑容能够证明曾经有过爱的痕迹。

他和她，很幸运，原本毫不相干的两个人，在命运这只大手的推波助澜下，已经有过足够多的好时光。再相见，相视之间，释然一笑就足以证明命运的强大。

不爱那么多，只爱一点点

现在十几二十岁的年轻人，不能想象在没有网络的时代，我们和西方的电影、小说、音乐距离有多么远。所有得过奥斯卡奖项或者提名的电影，所有跟诺贝尔、龚古尔等奖项扯上关系的文学作品，都是我们心中的文艺圣殿。要朝圣是如此的艰难，于是彼时的市面上，常常会售出那种奥斯卡金曲集锦之类的卡带，电视上某些频道也会常年设有奥斯卡电影巡礼之类的栏目。心向文艺圣殿的我们，要借由这些渠道来获得种种零碎的小见识。由于资讯封闭，渠道单一，也常常会出现张冠李戴的错漏。或者，对遥想多年的某部作品，仅出于只言片语的介绍，便产生过分溢美的想象。

电影《时光倒流七十年》，就是这样一部被过度赞美、在我幼小心灵中曾经深切长情地遥遥膜拜过，但在真正有机会观看后……嗯，风中凌乱。如果没看过电影的朋友，就不用浪费时间看了，不推荐。有时间抽空欣赏一下本片的美丽剧照和经典主题曲就好。

这部拍于20世纪八十年代的电影，开头就是一场演出后小型的庆祝派对，年轻的剧作家理查德春风得意，一名神秘老妇穿过人群，静静走到他面前，把一只式样典雅的古董表放到他掌心里，深情说一句“请回到我身边”，然后飘然离去。理查德错愕地望着她的背影，不明所以。

八年后，陷入创作瓶颈的理查德开着车入住一家古老酒店，在其中的酒店历史博物室的墙上，看到一幅拍摄于1912年的美女肖像，像被一道惊雷劈中，理查德在一瞬间爱上了像中人。他在图书馆查到照片中美女的资料，发觉她年轻时曾是一名声名鹊起的演员艾丽丝，1912年她因演出曾住在这家酒店，拍下这张照片，不久后神秘隐退。

她死于八年前，更确切地说，在那个庆祝派对出现，把那只古董表送给理查德后的翌日，她就平静死去。

理查德鬼使神差地忘不了她，无师自通地认定自己一定可以通过使劲想、使劲想的办法穿越时空，去往七十年前的1912年，在这家酒店，遇到住在这里的艾丽丝。他搞到了老式服装，理了那时的男士发型，躺在酒店床上，使劲联想着1912年……天知道是怎么回事，他居然真的不科学地心想事成，回到了七十年前……穿过一片青青草地，一泓静谧湖水边的茂密树林间，静静站立的艾丽丝回过头来，看到向自己一步步走近的理查德，下意识脱口而出："是你吗？"

凭良心说，这是整部电影里最美、最荡气回肠的片段。我当年就是在无数奥斯卡经典影视金曲的破碎镜头中，看到这一段镜头而对这部电影心向往之，寤寐求之，求之不得，寤寐思服，辗转反侧。两个人毫不讲理地马上相爱，她不知道他的来历，也不明了他的身份，这大概是很多人一辈子向往的所谓一见钟情。

这场相爱遭到了艾丽丝经纪人的阻挠，这个老男人在艾丽丝很幼小的时候就发现了她在表演上的天分，多年来像父亲、像霸道总裁、也像爱人一样培养她，他愤怒地向理查德表示："我不会看着你用愚蠢的爱情毁掉她的艺术前程！"但年轻人的爱情就是这样，任性、无法无天，越是阻挠越是来劲。理查德和艾丽丝在短短数天形影不离，坐在绿草坪上撑起阳伞，坐在马车上在林荫道上漫步，在主题曲*Somewhere in time*的伴奏下，这对恋人相偎相依在一起的画面很美。但除了美，还有别的吗？他们交谈什么？他们除了彼此凝视对方美丽的面容之外，还有点儿别的吗？如果爱情只是看脸，那好吧，算他们赢了。

艾丽丝很喜欢理查德携带的那只古董表，电影始终没讲清楚这只表的真正主人到底是谁，只让两个相爱的人莫名其妙地把这只表当成了信物。在一个猝不及防的时刻，理查德的手指摸到了随身携带的七十年代的硬币，好像是被诅咒般，他在艾丽丝哀伤的号叫中离她越来越远，直到骤然消失……重新被抛回1912年的理查德明白了，是七十年前自己的那次没有来得及告别的失踪，令美丽的艾丽丝陷入绝望的孤寂。她不再珍惜自己繁花似锦的演艺前途，离群索居，孤独地度过了余下的几十年岁月。天知道她是怎么找到当年刚刚大学毕业的理查德，她戴着面纱，坐在座位上，静静看着舞台上踌躇满志年轻的他，穿梭在人群中。她能做的，只是静静走到他面前，把那只珍藏了多年的表还给他，请求他："请回到我身边。"然后重新戴起面纱，静静回到家里，看着窗外，等待死亡来临。

这是何等孤寂残忍的一生，以爱情之名做了一个心灵的牢笼，囚禁了这个美丽的生命。即使当年的一见钟情、情非得已，是如此的水乳交融、欢天喜地，但爱情只是生命中的一部分，并非全部，怎么能令人用余生形影相吊的漫长岁月去殉了它？

理查德爱艾丽丝爱得深刻吗？不尽然。他只是看到了发黄照片中她似乎散发光芒美丽的脸。她的灵魂？她的梦想？她的深邃的内心？他即使有兴趣也没来得及去了解。那么为什么非要她认定这是自己一生中最值得纪念的真爱？以至于她要在之后仍很年轻的如花岁月中，早早关闭心扉，守着一只表、守着一段短暂的回忆，日复一日地站在窗前，看着天色暗了又明了，岁岁年年，分分秒秒，似此星辰非昨夜，为谁寒露立中宵？

在我看来，最爱艾丽丝的，明明是一直守候在她身边的经纪人。他知道她的才情，她即将绚烂绽放，她那长长的生命中会有各种历练和各种磨砺，她在每个人生阶段会经历无数种可能……他懂她，他期待她从自己手中放飞，在广袤天地间飞翔……可是，她却为了一段爱情，关闭了和世界联系的窗，从此萎谢，从此落落寡欢，靠记忆中那欢喜的碎片愉悦自己，度过那漫漫长夜，直到无望的时间的尽头。

可见就在三十年前，美国也仍有艺术从业者在过度拔高所谓的爱情这件小事。无论中西，古代骚人墨客都喜欢过分讴歌爱情，一见钟情那短短几秒，月上柳梢头的那短短欢娱，似乎就可以决定彼此一生，甚至彼此生死。所以，不能相爱就要化蝶，投江，坠楼，或者在对方死后要把自己关在燕子楼活活饿死，以身殉了这段伟大的爱情，供后世的文人挥舞笔墨，吟诗作赋。

当年高晓松在《青春无悔》卡带的宣传页上写过这么一段话："每一个与我好过的女友都会问我，看书的时候为什么不停地吹一只手，我说：我在出汗。再也没有了独行万里为曾允朋友一诺的男人，再也没有了拼将一生休，尽君一日欢的女子。雄鹰只在电视里飞翔，豪侠仅存于酒后的呓语。利剑悬于博物馆，即使你拥有了它，又能刺穿什么？开大所有的音量，再开大，这将是我们最后的勇气。"因为他当年写的这一句"拼将一生休，尽君一日欢"。我承认，自己对高晓松不太感冒，直到看到他在脱口秀中勇于自黑才重拾好感。

如今没有了快意恩仇的侠客，没有了事了拂衣去、深藏功与名的人，略有遗憾但必须认命。因为我们已经进入了法治社会。我更欣喜地见到，如今已没有了拼将一生休，尽君一日欢的女子。因为我们已经身在如此文明进步的社会。

古代人爱这么干，可以归咎到当时医学不发达，人只能平均活到三十岁。为了一段不知所谓的爱，殉就殉了吧。身在现代的你我，如果还有这种妄念，心心念念为了一段失去的爱情、一个得不到的爱人要死要活，只能说明生活太空虚，工作不太忙，新欢不够好，认识的世界还太小。由于先天生理的原因，女人天生要比男人更依恋感情。但爱情永远、永远、永远不会是人生的全部；以爱之名义，更不是在肉体和精神层面上绑架、束缚、囚禁以及阻碍任何一个女人自由感知这个广阔世界的理由。

拍于1998年的电影《泰坦尼克号》同样描述了一段生死爱情，但即将沉入冰海中的杰克最终叮嘱露丝："……你会得救，会活下去，会生好多的孩子，子孙满堂，你会长寿，死在暖和的床上，而不是在这儿，不是今晚，不是这么死……你必须答应我，要活下去，不能绝望，无论发生什么，无论多么艰难。"什么是天差地别的境界？这就是！同样是爱情故事，即使《时光倒流七十年》中，理查德最终为了错过一段爱情而绝食七日致死，但他的爱仍不如杰克对露丝这般伟大。我爱你，我知道你所有的与众不同，我爱你非比寻常的灿烂生命，我希望我在、或者我不在，你都能灿烂地活下去，张开心灵的眼睛与这个世界对话，让生命展开各种多样性，活得丰富多彩。我爱你，我更不忍心在我离去后，你要心如古井，从此死水再无微澜，枯萎凋零，如同行尸走肉。

我希望你保持与我同样的想法。女人和男人一样，都是在亿万精子的狂奔中成为赢家，获得降生的机会，获得这来之不易的宝贵的生命。女人也有权利在这有去无回的人生旅途中，获得各种机遇、各种考验，肉体和精神、心灵一道成长。女人获得爱情殊为不易，但如果失去，也没必要用生命或者其他宝贵的什么代价去殉它。失去的，说明原本就不会属于你。放眼未来，永远都有无穷的机缘。对不起，作为女人，我们的一生同样会很伟大，我们舍不得为了那一点点男欢女爱就拼掉这宝贵的一生。幸好，我们活在如今这个文明包容的当代，证明一个女人存在的意义，不再是被偷了衣服的织女爱上牛郎，不再是因为家长不同意就哭哭啼啼要一同去死一死的梁祝传说，不再是跨越了年龄物种甚至也许还有性别的白蛇爱上许仙。

作为女人，我们存在这世界上的价值，并不是因为一段爱情传说，而是因为我们本身。你爱我，一定是因为我是我，我这个独特的小脑瓜，独立的精神，以及丰富的心灵。即使相爱，也别动不动就扯什么海枯石烂那种不切实际的狗屁誓言。不爱那么多，只爱一点点。就算相爱，也永远都是你是你，我是我。

讽刺的是，那种哭哭啼啼非要把自己变成一株菟丝花依附乔木的爱情，纠缠的结局往往不是伟大，而是自私与矫情。如果双方足够成熟、知道保留空间和预留界限的爱情，却常常可以如温暖的涓流，长久流动不歇，常爱常新，眼前人即使肉体衰老，但仍在彼此眼中如饮过不老美酒，让人眷恋，直至死亡把二人分开。

人设崩了，世界崩了，
还是眼光崩了，头脑崩了？

电视剧《欢乐颂》第一季已落下帷幕，原著精彩，拍摄精良，表演精湛，有这三大优良要素，此剧会引起话题早在预料之中。很多观众边看边骂剧中各种人物，各种代入，这是好事，说明你看进去了，走心了。即使常常有人哀叹“某个人设崩了，已弃剧”，相信我，他们不会弃剧的，因为看进去了，才会思考、争论，表达讨厌或者喜欢。一部剧作，不怕引起争议，怕的是连被注意都没有，像个屁一样放过去了。当然，这种争议应该是走心的，引起观众深层思考的，不是那种用噱头吸引眼球的低级手段，比如马震或者露胸。

《欢乐颂》引起争议的段位就很高级，看过的观众都在思考剧中人物的性格、原生家庭，所面临的困境，所要做出的人生选择。

没有一个人物是完美的，没有一个人物是全方位可爱的，但没有一个人物被盲目拔高，原小说作者阿耐在创作小说之初，就秉承着要真实科学地描绘这五个姑娘的命运。性格、其原生家庭的影响，其后天的修炼，所在阶层的囿限，以及先天的智商，后天磨炼的情商，加上也许那个叫命运的东西，让五个姑娘时而顺遂，时而不顺。而现阶段，很多国产剧女性题材的创作者，还停留在要让“女一号无时无刻不可爱”这个层面上。真的，如果秉持着这个理念，那就一股脑地鼓励观众看童话模板好了。灰姑娘早晚有一天要被霸道总裁垂青、临幸、终生承包的美梦，让她们没完没了做下去吧。

另有一拨创作者，打着接地气的旗号，直接描写人物的庸俗、猥琐、观念落后和狭窄浅薄。比如让我非常喜爱的某个女演员在某部剧里站在一个非常可怕的男性沙文主义立场，鄙夷着在职场中受到性骚扰的女同事，说出“她裙子穿那么短，就算她不是为了勾引男同事，可至少会影响男同事工作的效率吧。我觉得她就是自找的，要我，早把她开了。”这种让人大跌眼镜的台词，活灵活现地演绎出“这个世界上往往是女人更看不起女人，女人更要难为女人”的不堪场面。

我们真的身在一片神奇的土地，在同时代所推出的文艺作品，观念却相差了好几个光年。

我这个《欢乐颂》原著粉在此打个预告，第一季落幕，后面还有更精彩的第二季第三季。其实小说到最后也并没有一个所谓的大结局。因为，这才是人生。也许你在第一季非常喜欢的某个人物，到后面会有让你失望的表现；也许你在第一季觉得无比厌恶的角色，到后面会有让你敬佩的翻转。因为，这才是人生。有无限种可能，有无限种发展的延伸。

看完《欢乐颂》第一季，作为观众，你的直接感受可能很复杂。也许你会欣赏安迪的高端冷静，但惋惜她不谙世情，对自己过于保护；喜欢樊胜美的仗义热情，洞察世事，却反感她的虚荣拜金，习惯性伪装，何况她跟那么可怕的原生家庭纠缠不清，真让人哀其不幸，怒其不争；羡慕曲筱潇的敢爱敢恨，行动力超强，但又讨厌她以自我为中心，嚣张跋扈；珍惜邱莹莹的直率天真，却也背地里暗暗嫌弃她头脑糊涂，见识平庸；对温柔可爱、充满温情最没有攻击性的关雎尔应该无所挑剔了吧，但也有观众猜测她乖巧得太不现实，外形如此清纯，但却很有可能心机满满，值得警惕。

如果想给剧中人物贴标签，很容易：安迪是白骨精兼白富美，天才和精神病只一线之间；樊胜美是凤凰女；曲筱潇是富二代和自私鬼；邱莹莹是拎不清的小镇青年；关雎尔是绿茶婊。

很多人叫嚷着：我不喜欢这个角色，我不喜欢那个角色，人设全部崩了，我选择不看。没问题，那是你的自由。其实我不是要讨论这部剧，而是要讨论看待这个世界的眼光设置问题。

看一部剧，人设崩了，你可以选择不看；过这场人生，如果你把所有人的人设都崩了，那么基本上可以判断，问题有可能在他人的某些品行出了问题，但更大可能在你自己。在你看待他人的眼光，是否过于扁平狭窄，你的理念是否已经没办法包容任何人，除了那个视野中沾沾自喜的自己。因为这个世界上，都是凡人，都有弱点。

对人包容这件事，我很佩服金牛君。年轻的时候，我激烈、爱憎分明，下意识给别人贴标签。他总是提醒我，要柔软，试着多角度、多视角、多层次地去了解对方，你站得比对方高，多用悲悯的心去看待一切，你就不会那么容易愤怒。

用《欢乐颂》里的话说就是：我们心里可以有不同的见解，但是没有权利对别人扔石头。没有人是完美的，对方有罪，你又何尝无辜。与其站在道德制高点上去苛责别人，不如先要求好自己。

《欢乐颂》五美是立体的、活生生的，原作者阿耐试图通过描绘她们的人生，忠告我们：做真实的自己，用立体发展的眼光去期待自己的人生，能够活出与众不同的丰富多样性。与此同时，用立体发展的眼光去看待芸芸众生，看待大千世界。

切记要保有自己这个头脑的独立思考能力。经济独立是生存的大前提，精神独立决定你能否活得充实精彩，思考独立决定你能否活得智慧超然。

人云亦云是可怕的，看待这个世界的眼光扁平狭窄同样可怕。老天造就人类，给予了我们丰富的灰色脑细胞，得使用它们，思考，独立地思考，拜这一特长所赐，我们人类跟其它灵长类生物才有了本质区别。文学作品演化历史中，立体人物永远要战胜扁平人物，以更丰富的侧面、更真实的魅力取胜。

人生道路上，看待自己和他人的遭遇，看待任何一件社会事件的眼光，以及思考角度，最好也要丰富立体，尽量保持公允客观。这才是科学发展的态度。

如果你愿意抱持着固有的观念，那么恭喜你，在不远的将来，你会变成传说中上了年纪的老顽固。或者更悲惨，你的生理年龄还很年轻，但一颗保守固化的心灵早就老朽不堪，跟不上这个日新月异的文明时代。

人生而自由，但无往而不在牢笼之中。我们时刻要奋力打破自己眼中、心中、头脑中的局限，勇于让人生感知变得流动而丰富立体。否则，眼光扁平、声音扁平、脑仁扁平，身处的这个世界就会越来越狭小，脚下所走的道路就会越来越浅窄，自身恐怕也会越来越不容易快乐。人生像一条河，时时泥沙俱下，永远腌臜生涯。日复一日我们所能坚持的，无非是洗手净指甲，做鞋泥里踏。但世上众生芸芸，总有境界高低。有些人，低头看到鞋上的泥；有些人，泥里踏出花朵来，抬头看着天上的云。低头的，恐怕难以摆脱怨怼狭隘的心态；抬头的，却能感受云卷云舒的安泰和欣喜。

保持开放的眼光、开放的心灵，以及开放的头脑，愿人生惊喜像一缕清泉汩汩不绝。

人生就是一场困难、危险，
却有着无穷乐趣的冒险

阿加莎·克里斯蒂是个有趣而智慧的女人，她活了八十六岁，写了八九十部推理小说。大侦探波洛系列、马普尔小姐系列，只是她写作生涯的标签，但想要完整了解她作为一个写作者的心态，一定要看她当年以玛丽·韦斯特马克特为笔名出版的六部心理小说。

被读者昵称为“阿婆”的克里斯蒂，了解人心之深刻精准，甚至超过很多持有心理学证书的所谓专家。在她生前，这六部小说除了经手出版的工作人员和家人外，没有人知道作者竟然是塑造出波洛大侦探的女爵士阿加莎·克里斯蒂。因此她在这套系列中，摆脱了成名作家的束缚，断断续续、毫无保留地将自己生命每个阶段的感悟，融入笔下。六本书中若干段落，很明显带有半自传色彩，其中的彷徨孤单，那种被伤害后的痛楚，认定自己很难再如此相信一个人的绝望感，打破表面完美的生活直指自己内心深处的黑暗，描绘生命中各种亲密关系以爱之名义的控制和占有……只有像阿婆这样智慧的女人，才有这般勇气用文字一再巡视和总结，打败那些曾经令自己跌倒的壁垒，像古代英雄般横刀跃马，保持勇气，继续前行。彷徨时分，更要鼓起勇气。

看阿婆这套书，让我想起整整八季近两百集的美剧《绝望主妇》，追到第八季结尾：将要离开紫藤街的苏珊，开着车绕过整个街区，路边依次站着曾经在剧中出现过的已死去的角色。他们身穿白衣，面容平和，不论他们生前是多么乖戾可恶或者有着种种卑鄙的过去，如今他们已成为白色的灵魂，俯瞰人世，向生者告别。

生活从来都不容易，我们需要早一天认清，世界上只有一个人能陪我们由生共死，那就是我们自己。好好学会跟自己相处共存，好好学会跟自己平静对话，也许有一天，我们会明白生命本身的意义。

《绝望主妇》细致绵长地展现了每个女人所经历的似水流年。编剧永远在最关键处残忍下笔，毫不留情，揭示出每个人性格的光明与黑暗，每个人试图掩藏的秘密生活。其中的若干段落，比《欲望都市》更接地气，比《老友记》更加黑暗残忍。

将近两百集的篇幅，编剧以黑色的态度，把四个女人的一段人生一一罗列在观众面前，背景是美国某大城市的郊外社区，配以赏心悦目的花园独栋洋房，完美的社交礼仪，社区街坊的种种活动。通过苏珊、勒内特、加布瑞、布睿四个性格迥然不同的典型，基本上将一个女人成年后能遇到的困难都罗列了一遍：失婚、生病、酗酒、出轨被捉、失业、财政困难，丈夫坐牢，儿子是同性恋，女儿未婚先孕，配偶暴死，名声扫地，甚至被控谋杀……所有能想象到的人生尴尬场面、困境、窘境甚至是绝境，这就是人生，不管每个人如何希望自己能像广告里那般生活光鲜，露出灿烂微笑，但命运这个爱开玩笑的家伙，总是要让你不得不硬起头皮，面对困窘、压力、难过甚至是羞辱。解决这一切的办法，就是像个悍妇一样面对一切，永不逃避。

第三季第七集，是我心目中整个八季最经典的一幕：一个被经常背叛自己的丈夫激怒了的主妇卡罗琳，挥舞着手枪，冲进超市，对那个负心人扣动扳机。杀人未遂后，疯狂的她举着手枪，把超市中所有人都控制起来。这其中包括勒内特。

在超市枪战之前，看上去也就是一个普通的清晨。勒内特在梦中看见了曾经的邻居，用手枪自杀的玛丽。她站在花园里，满眼忧伤。勒内特抱着购物袋，想走过去问玛丽到底在烦恼什么。但发现购物袋漏了，她只好先忙着解决眼前的麻烦……梦中的勒内特好后悔自己那天没有及时走上去，没有及时对闺蜜问出那句："嗨，亲爱的，你还好吗？"这一天是平静的一天，加布瑞仍然和爱妒忌的丈夫卡洛尔为离婚细节而争吵不休，两个人甚至拿起各种工具准备拆掉这个家；布睿苦恼自己对第二任丈夫开始起疑心；苏珊要跟英国富豪男友去巴黎，却在去机场之前担心进入青春期的女儿开始叛逆；勒内特和丈夫汤姆，为了汤姆和曾经的情人诺拉有一个私生女而苦恼不休，安顿了其女，其母就公然入室，这日子该怎么过下去?

每个人都有各自的苦恼，每个人都在假装浑然无事地度日。直到超市里，枪声响起。面对那个极尽疯狂挥舞着手枪的卡罗琳，众人很惊慌。就在几分钟前，苏珊的女儿刚刚跟妈妈怒吵了一顿，勒内特和诺拉还在争吵不休。但枪声响起了，这些各自沉浸在自己苦恼中的普通人才发现：面前这个拿着枪满脸杀气的女人卡罗琳，已经要被自己的苦恼逼疯了。卡罗琳边吃着饼干边控诉自己丈夫的不忠："他喜欢女人瘦，为了取悦他，我每天坚持锻炼，不生孩子，保持良好的生活习惯。我很多年都没有吃过曲奇饼干了。"在跟人质的交谈中，卡罗琳得知诺拉正在设法勾引勒内特的丈夫，于是二话不说一枪打死了诺拉。卡罗琳已经疯了，她认为自己这一枪是替天行道。而在善良的正常人眼中，不由分说取人生命的行为是邪恶的。

诺拉在平常日子里很可恶，会撒谎，充满小算计，甚至有些恶毒，但没有人有权利决定她的生死。而现在，她胸口中枪，鲜血横流，竭力让勒内特保证会照顾自己女儿，然后咽下最后一口气。

目睹这一切的勒内特失控大哭，她忘记了有把手枪正指着自己。

站起来向已经趋于疯狂的卡罗琳质问："谁在乎你丈夫是不是背叛了你？你有什么毛病？我们都有痛苦！每个在这里的人都有痛苦，但是我们会处理它！我们脱下悲伤，然后继续生活！我们不会做的是到处射杀陌生人！"纷乱的这一天结束了，勒内特奇迹般地活了下来。在梦中，她又梦到了玛丽，看到对方脸上的彷徨不安。这一次她没有犹豫，走上前轻声问："亲爱的，告诉我，你在为什么苦恼？"梦中的玛丽向她微笑，她终究没向勒内特说出自己人生中那个令人惊悚的秘密。但是，她微笑着告诉勒内特："享受你的人生吧。"

有了第三季第七集垫底，《绝望主妇》中任何一个角色在某个段落招人讨厌，在我看来都是可以谅解的。因为这一集的笔触，对每个芸芸众生的一生，都足够悲悯，足够懂得。

《绝望主妇》中没有谁是完美的，跟她们待久了都会有窒息感，可是，这才是生命本身的样子。你有多可爱，你就有多讨厌。布睿追求完美到龟毛挑剔，苏珊神经大条有艺术家的直觉和感性，加布瑞拜金物质跋扈任性，勒内特聪明强势要控制身边的一切人和事。但面对人生各种难题时，这四个女人都会做出同样一个动作：像个悍妇一样瞪大眼睛，瞪着人生的某个关头，拿出"我虽然害怕但绝不逃开"的架势。

这就是自远古以来女人身上一直存在的那根优秀的神经——韧性。像大地母亲一样沉着踏实的素质。在传说中，这种女人叫地母。永远充满力量，永远不会被打败。阿婆在"心之罪"系列的那本《撒旦的情歌》中曾有如下对白："告诉我，简，人生对你来说是什么？"她停顿了一分钟，然后说道："一个困难、危险，却有着无穷乐趣的冒险。"以此共勉。

如果永远不死，你怕吗?

我们都是凡人，都害怕生老病死。从呱呱坠地成长到有了自我意识后，死亡这个概念就会或多或少对我们的自我意识发起冲击。

每个人都有一部分自我在渴望死亡，就如同另外一部分的自我希望长生不死。但是我们每个人，都是会死的，或早或晚。

时间长河不断流淌，而我们只能是其中一片溅起微沫的小小浪花。然后，消逝，不见。

冯唐说用文字去打败时间，很多对这个世界还尚有信心的人，会说用爱去打败时间。面对来来往往的人类，时间永远都会是赢家。

如果你与这个地球上所有的人都不同，如果你从出生起被赋予了一种长生不老的奇迹能力，你会快乐吗？来，看看这部电影，我的心头爱《这个男人来自地球》。编剧是曾经科幻界文学的大拿，曾参与著名科幻电视剧集《星际迷航》的剧本编写工作。这是一部成本只有一万多美金的独立制作电影，十来个人物，大多数的场景是一间壁炉温暖的客厅内，这些人物坐在沙发上，絮絮不休地交谈着。

一个在哈佛大学执教多年的历史学教授约翰·奥德曼，突然没有原因地辞职，准备搬家离开。他的同事们，哈佛的神学教授、人类学教授、生物学教授、心理学教授在约翰搬离之前，赶到他在郊外的住所为他送行。大家很疑惑，同事一场都相处得很融洽，约翰为什么突然要离开呢？

约翰原本什么也不想交代。犹豫了很久，大概是因为他寂寞了很多年，大概是因为那天的威士忌很醇美，大概是因为壁炉中火焰温暖，大概是坐在半旧的沙发上，就像一万四千年前在洞穴里和部族的同伴围火夜话时的情景再现……总之，约翰突然开始向这些同事们吐露心声：我是一个来自远古史前的人类，我已经活了一万四千年，因为某种类似天赐的原因，我的年龄和身体永远停留在三十五岁。我永远不会死去。

为了保守这个秘密，约翰每隔十年就要更换一次身份，搬离迁徙，开始新一轮的生活。所有的教授都笑疯了，他们开始认定这是约翰在临别前开的一个大玩笑。但是，随着交谈的深入，每个人渐渐地笑不出来了。

在约翰的描述下，他从洞穴走出，学习捕猎和种植，看到海洋，向更加暖和的低纬度平原行走迁徙；他看到原始人类用朴拙的双手在岩壁上绘满图案；他和佛陀在一起交流，互相解释内心的困惑；他曾经见识过欧洲中世纪黑死病的恐怖蔓延，他和哥伦布一起扬帆出海征服美洲；他和那个精神有点儿不正常的梵高是挚交好友，他和毕加索常常促膝长谈……还有，他就是耶稣本人。

那些自命学术渊博无所不知的教授们震惊了，他们开始不停地提问，约翰耐心地一一作答。

问：“你怎么知道这是公元前一千年的事？”

答：“基于学术上的猜测，以及残留在我脑海中的记忆。”

问：“大多数人都不会记得自己的童年，你却为什么能记住？”

答：“和你们一样，选择性的记忆。”

问：“你说的就和教科书上的一样。”

答：“那是因为你们写的是对的。”

这帮哈佛教授使用各自精湛的学术常识，不停地围攻约翰，试图找出他的破绽。尤其是那个神学教授，她不能相信一生孜孜以求的奇迹就在自己面前，他，就是耶稣！

面对众人质疑，约翰风轻云淡。

“不管一个人活了多久，他都无法超越他所处的时代。他不可能比这个族群最优秀的人知道得更多。

“虽然我活了一万四千年，但这并不代表我是个天才，我有的只是时间。

“我遇到某个人，知道了他的名字，说了几句话，然后他就倒在地上，死了，腐烂了。

“其他人就像海浪，潮来，潮去。又像麦浪，随风飘荡。

“我时常感到厌烦，人类永远在重复地犯着同样愚蠢的错误。”

当约翰声明自己已经活了一万四千年的时候，只有那个年轻的女学生很快选择了相信。因为她年轻，容易接受新事物，而且她的学识还浅显，反而容易打破认知的藩篱。只有那个女教师保持冷静，因为她和约翰保持了多年情侣关系，她大概早在蛛丝马迹中洞察了一切。

终于，大家停止了质询，有人沉默，有人痛哭失声，有人为自己毕生追求的目标崩塌而垮掉，有人保持着冷静。而此时，约翰不忍心地承认：这只是个故事。但所有人都知道，这并不只是个故事。

大家开始沉默，开始设身处地想象着，这个面前已经独自度过一万四千年的男人，他那几近可以品尝的深远孤寂。

问：“当你看着熟识的人，一个又一个，每一个都死去，你觉得好受吗？”

答：“对于死去的朋友我感到很遗憾，总是这样。”

问：“那你是否会感觉内疚，那种类似幸存者对逝者的内疚？”

答："从严格的心理学意义上来说，我想我有。是的。但我又能怎样？"

在座的人中，就有约翰的直系子孙。心理学家认出了他就是多年前没有告别就突然消失的父亲，"原来你就是我爸爸！"他激动到心脏病发作，死去了。即使看到了亲生子在自己面前如此戏剧化地死亡，约翰那张脸仍然是淡淡的。也是啊，这种生离死别的场面，他看了太多遍了。片尾，约翰要离开了，他告诉大家："我只是想用真实的我来和你们告别。"

《这个男人来自地球》让我想起波伏瓦写的小说《人总是要死的》。有生无死的人生，静止的孤独，永远在失去。

前年很火的韩剧《来自星星的你》，都敏俊的设计也是大同小异。一个永生不死的人，万人如海一身藏，眼神永远悲伤，背影永远沉甸甸像坠满故事，每隔十年就要割舍过去，移居到新的地方去新的开始。时间的洪流如此漫长，所有新的开始都不会再有新的希望，生死轮回，大概十分疲惫了吧？

波伏瓦笔下的雷蒙·福斯卡得到永生不死的能力后，很快就发现这并非一个祝福，而是一个切实的诅咒。如果时间对你来说成为永远取之不尽的源泉，那么人生就意味着永远没完没了的失去。

雷蒙也好，约翰也罢，永生不死的生存模式，让他们孤单地在这个世界上漂泊辗转，一次又一次面对自己所爱与关心的那些人的死亡。那些人，他曾经爱过，或者爱过他，但他们终究会死。只留下他，孤单地留在这个地球上，每夜仰望星空，咀嚼寂寞。时间在他面前是不停流动的沙，其他人来了又去，腐烂消失，而他永远都在这里，成为不朽。但这不朽，即使看透一切，即使超然一切，却仍旧寂寞至极。

孤单活了一万四千年的人，是神迹。

对我们这些普通人来说，这一生，说长也长，说短也短。这个肉体，只是我们灵魂暂时寄居的一个空屋子。大限之后，这具躯壳是放在水晶棺材里，还是埋在大理石陵寝里；抑或烧成灰抛诸江河湖海、埋在大树之下……都不重要。只要还留在一个人的记忆中，便如同还活着。有时也会考虑到生死大事，有时也会焦虑恐惧。但会记得《二十四小时》第二季，那个曾经胆小跋扈的官僚梅森，在受到辐射知道自己仅有一天生命后，卑劣猥琐的人格突然被即将到来的死亡蒸发了，他开始变得如此智慧宽容，精准到位："……别等着让生命去做决定，做些让自己快乐的事。其他事情，只是背景杂音。"

这个年头，想当贤妻，得有傲骨

整整七年，七季一百五十六集，《傲骨贤妻》落下帷幕，编剧KING夫妇跟我们玩了个圆环游戏：第一季第一幕，身为地区检察官的彼特，因与妓女调情录音外泄而不得不召开记者招待会，承认错误、辞职。埃丽莎，作为他多年来贤惠的妻，梳着保守的发型，千鸟格外套，表情呆滞地站在他身边。招待会结束后的走廊，埃丽莎愤然甩了愧疚的丈夫一记响亮的耳光。第七季最后一幕，身为州长的彼特，因莫须有的贿赂丑闻再次召开记者招待会宣布辞职。埃丽莎作为他名义上的妻子，心不在焉地站在他身边。招待会结束后的走廊，多年的同事兼上司拍档戴安走近埃丽莎，愤然扬手，埃丽莎结实地挨了一记响亮的耳光。她低头捂脸，默默无语，只能扯直衣襟挺直腰板，抹掉痛悔失望的泪水，一步步向未知走去。

也不知道是国内哪位翻译高手把THE GOOD WIFE这个片名翻译成《傲骨贤妻》，太腹黑矛盾充满解构精神了。私以为，《傲骨贤妻》和《绝命毒师》简直是天造地设的绝配。

第一季刚开始，我以为这是一个励志故事：一个多年为家庭奉献的全职主妇，得知身为政客的丈夫对自己的背叛，毅然重回职场，励精图治终成一代名律师。后来接下来若干季，每一集的案子都或多或少指出美国各种法律漏洞。我渐渐以为这是一个律政剧，告诉你什么叫三权分立、法制精神。后来彼特重出江湖继续竞选——好吧，如果当成一部政治题材的也不是看不下去，何况彼特的竞选经理伊莱那无辜的大眼睛小酒窝是如此动人。到最后我才发现：这哪是电视剧，这分明就是恼人的生活本身。

从来没有一部美剧，让我对剧中的女一号感觉如此复杂纠结。我时而喜欢她，时而唾弃她，时而厌恶她，时而又深深同情她。

金牛君从一开始就不喜欢埃丽莎，大多数时候她都板着一张冷漠的扑克脸，警觉的防御姿态。我为其争辩说：你不喜欢，是因为你从未像她那样被打到谷底，信任被践踏，自尊被踩成地毯。经历过那些种种无法对人言说的不堪时刻，在她眼中，这个世界远远不是如《读者文摘》中美文般充满爱。我从一开始就喜欢她的扑克脸，喜欢她盛气凌人下的脆弱，喜欢她的防御系统。这种状态也许不是人生的终点，但应该是成长之必经阶段。

但看了几季后，这种喜欢突然变味道了，就像你注视着一个多年老友，她的表现突然让你感觉陌生和警戒，你不由开始腹诽：她为什么变得如此跋扈和冷漠。因为她是女一号，所以她身边所有人都需要忍让她，体谅她，理解她?

其实埃丽莎自从丈夫爆出性丑闻之后已经足够幸运：多年没工作过的她，将近四十岁的年龄，在职场竞争中完全处于下风。但大学男同学威尔力排众议聘用了她，而且身为芝加哥排名很靠前的黄金单身汉的威尔一直爱她，对她毫无保留。和她一起进入律所的哈佛毕业生凯里，比她大概小十来岁，看上去老谋深算。我一直替埃丽莎提防着这个小同年，担心他不知道会什么时候背后捅她一刀，但是他没有。非但没有，作为同期进入律所的同年，埃丽莎和他一直都是竞争对手。决定去留的时候埃丽莎找了外援开了外挂，但凯里并没有。后来凯里想创业单干，第一时间找的人就是埃丽莎，对她无比信任。

那个神秘的调查员卡琳达，对埃丽莎简直就是忠犬，随叫随到，无论是调查案情还是解决私人生活中的麻烦，卡琳达常常是像雷锋一样做了好事还不留名，只求空闲时间能够跟埃丽莎坐在酒吧里喝杯马天尼。女上司戴安，一开始对埃丽莎不算友善，但她的所谓不友善，也无非是用充满警惕的眼神，有所保留地观察了她一段时间。埃丽莎刚刚打赢了几个案子，戴安就马上赞美她，向她勾勒在律所的未来蓝图。但是埃丽莎是怎么回报这些人的呢?

和凯里第一次竞争职位，还可以说是为了养家，不得不寻找外援，导致同样需要付大学贷款的凯里失业，不得不进入检察机关；后来戴安准备筛掉律所中所有男性合伙人，打造一个全女班，埃丽莎早就知情但没有对凯里说过只言片语，她满脑子想的只是自己未来的发展。

卡琳达和彼特有过私情，但那是在她俩认识之前的事。埃丽莎知道后勃然大怒，认定卡琳达这几年接近自己是居心叵测。拜托，难道你让一个陌生的女人刚刚跟你说了句哈啰，下一句就是："对不起，我跟你老公睡过。"为了这件陈年旧事风流债，埃丽莎马上忘记了多年来卡琳达鞍前马后的忠诚和温暖，迅疾翻脸的速度让我惊诧。

戴安对埃丽莎始终是一个职场前辈的欣赏赞美，即使两者经常有利益冲突，甚至当埃丽莎竞选检察官的时候，戴安已经感到了威胁，但戴安仍保留了底线：我会把所有的不满做在明面上，我会告诉你，我感到了你的冒犯。戴安对埃丽莎基本没使用过小动作。但在为了证明彼特的所谓清白，埃丽莎不惜先找证据，证明戴安的丈夫，那个弹道专家做出的结论是错误的，因为他跟另一个弹道女专家睡过。致使戴安作为彼特的辩护律师，在众目睽睽的法庭上被啪啪打脸。

啊，对了，还有威尔。就我所知很多观众，尤其是女性观众，在第五季威尔在法庭突发事件中被枪杀后就宣布弃剧了："威尔都死了，这剧还有什么看头？"是啊，威尔基本上是影视作品中最丰满完美的男性情人的形象了。忽略某些老电影中那些过于扁平的卡萨诺瓦式的大众情人，在一个长达一百集戏份的男性角色身上，能够表现男人的占有欲、霸气、狭隘、孩子气，但又有着如此持久、浓厚的爱意，威尔这个形象真是三百六十度全方位完整到位。

对全芝加哥的未婚女性来说，威尔是一盘相当可口的菜，年轻、多金、有趣，有名有利，爱打篮球，有着成熟男人的外表，但有着小男孩的纯真。对埃丽莎，威尔却始终是那个在角落深深爱着不求回报的人。即使埃丽莎有个和妓女鬼混被人耻笑的丈夫，即使她带着两个未成年孩子，但威尔还是曾经勇敢地对她说："让我们在一起。"

是的，虽然伊莱删掉了威尔那句电话留言，致使埃丽莎错过了这次和威尔的缘分。但让我们来假设，以埃丽莎的性格，即使她听到了威尔的承诺，她敢走出那一步吗？那个胖胖的竞选女经理的鲁思曾经安慰悲伤的埃丽莎：假设你的人生道路曾经可以朝哪个方向走是没意义的，走哪条路你都会面临断崖。性格决定命运，一切都注定在你的基因里。是的，因为威尔骤然离世，埃丽莎开始悔不当初，应该不顾一切甩掉顾虑跟他在一起。但是，真的有这种当初吗？

第五季，埃丽莎拜编剧所赐变成了一个虚伪的小人。她和凯里带头挖角准备单干，而被蒙在鼓中的威尔还一直在憧憬着两个人的未来。当一切桌子底下的小动作都暴露之后，威尔怒了，直接冲到埃丽莎的办公室，把桌上所有东西扫到地上直接掀桌！深深的愤怒！在其人生最低潮时，威尔援手帮助了她。对一个曾经爱过自己帮过自己的人，埃丽莎秘密筹谋，翻脸无情。这一刻，电视屏幕外的大多数观众也会脱口而出某些脏话。每一个有底线的人都会深深理解威尔的愤怒。有些人甚至觉得威尔光掀桌还是太客气，应该狠狠抽她的脸。一个人为了去到更高的地方，舍弃最珍贵的爱与信任。愚蠢，自私。

当然，为了个人独立的意志，结束一段不明智的关系，选择离开，选择结束。没问题。但大多数正直的人，会选择敞亮地离开。如果有不平，会面对面直抒胸臆。背后插刀，不忍为，也不屑为。虽然世界总是如此令人失望，但总要维持住生而为人的那道底线。

埃丽莎是一个一直不甚完美的女一号，她不单不够白莲花，甚至还如此的自私虚伪。但是，这样才更像是人生它本身啊，赤裸裸的世界，赤裸裸的人生，赤裸裸的真实的人物。

狡猾的KING夫妇在第七季落幕后，为观众写了一封长信："这部剧会以巴掌开始，以巴掌结束，前后呼应，并且都有埃丽莎参与其中。这就是我们创作的框架……以这样的方式，受害者变成伤害者，这才是埃丽莎·福瑞克的成长史。对我们来说，埃丽莎的角色意义在于改变。她在每一季都会做出一些以前不可能做的决定，所以经过这七年的成长，她变得更加坚韧、强大、狡猾……从某个标准来说，这是一种授权。赋予了埃丽莎掌控自己命运的权利。但与此同时，也改变了她。讽刺的是，在那一刻她拥有了离开彼特的勇气，她发现自己变成了彼特……很悲剧。没错，埃丽莎的故事蕴藏着悲剧，但我们仍然爱她……最终，埃丽莎的故事并不是要和谁在一起，而是要成为怎样的人。"

他们没有用文字去编织一个虚假的人生美梦，他们试图告诉更多的人：努力去塑造自己，去挣扎，去纠结，去一刀一斧地砍削自身的好与坏，这才是人生的本来面目。

为和如此伟大宅心仁厚的写作者身处同一个时代，而感到深深的荣幸。

跟喜欢的人一起，
努力吃好每一顿饭

很多日本导演都有一种才华，用镜头去表现时光静静流逝的全过程，是枝裕和就是其中的佼佼者。从当年惊艳戛纳的《无人知晓》，到《步履不停》，到《如父如子》，是枝导演镜头下的人和物，永远都是静静的，随着时间这只大手，慢慢染色，慢慢褪色，慢慢消解。描写四姐妹的小品《海街日记》，用四季轮回来表现小镇镰仓的美，用那些日常琐细的生活瞬间来让人静静领会那些生命中的小确幸。

自从经济变成泡沫以来，日本电影越来越安静。这个一度充斥着工作狂、过劳死的国家节奏慢了下来，对都市的繁华期望转变成对寂静日子的美与永恒的怀念，对奢侈品的无穷物欲变成了断舍离。也正是因此，人的心安静了下来，电影也不再是浮光掠影，而是那一帧帧用寂静打动人心的画面。

《海街日记》的故事出奇的简单，生活在镰仓的三姐妹接到通知，在她们很小的时候就跟人私奔的父亲因病过世。夏日的清早，三姐妹在老屋的木地板上围桌吃早饭，一边称赞暴腌菜十分够味道，一边商量着："去吗，真的要参加那个人的葬礼吗？"

对那个早年就抛家弃女的父亲，三姐妹感情各有不同，大姐对父亲最有恨意，当年她才十几岁，父亲走后很快母亲也改嫁离家，留下三姐妹在外公外婆的抚养下艰难成长；二姐对父亲已没什么印象，谈不上好恶；三妹对父亲更是十分懵然，她自降生起已经习惯了无父无母跟姐姐们相依为命的生活，对舍弃自己的父母完全无感。

三姐妹坐火车去山形参加父亲的葬礼，见到了四妹——那个父亲和私奔的女人生下的孩子。四妹很乖巧，带她们去到父亲生前喜欢去的山坡上，大姐敏感地感到四妹的处境尴尬：父亲死了，跟他私奔的母亲也死了，作为未亡人出现在葬礼上的，是父亲生前找的新伴侣。在离去火车即将开动的时候，大姐冲动地问四妹："愿意到镰仓跟我们一起生活吗？"

伴随着简单的行李，四妹从山形搬到镰仓。大姐坚持要煮象征祝福意味的荞麦面，表示对小妹的欢迎。四妹转到当地的学校，参加了足球队，很快跟小伙伴混熟了，还一起去海猫食堂吃定食。开海猫食堂的二宫阿姨听说小妹就是香田家那个孩子后，还特地给她准备竹荚鱼套餐。小伙伴风太用自行车载着小妹，穿越美丽的樱花隧道，被春风吹落的樱花花瓣一片片掉落在四妹展开笑颜的脸颊边。家中院内那棵老梅树的梅子成熟了，小妹在姐姐们的指点下，采着一颗颗梅子，用来酿酒。风太带小妹去山猫亭咖啡馆，小妹发现这也是父亲当年喜欢来光顾的地方，老板会做铺满沙丁鱼的吐司，那是属于父亲当年异想天开的美味发明……三姐妹的姨婆过世了，久违的母亲从北海道归来。大姐对母亲当年狠心的抛弃仍然无法释怀，但还是在母亲离别前，在小雨过后的清新街道上疾步快走，争取在火车到来之前给母亲带上一瓶新酿的梅子酒。

小妹跟着姐姐们生活，她一直对三个姐姐带有内疚的原罪："是我的妈妈拆散了你们的家庭，抢走了你们的爸爸。"大姐阻止她那种内疚的想法："跟你有什么关系呢？爸爸那个人啊……是个不懂得拒绝别人的老实人啊……"

日子久了，大姐严厉而慈爱，二姐活泼不羁，三姐蠢萌怪咖，当初特别害羞特别拘谨的小妹渐渐开朗活泼了起来。迟归的二姐因为找了个不靠谱的小男朋友跟大姐拌嘴，还闹着要先泡浴，在浴室却看到蚱蜢大叫着姐姐快来。三姐和小妹一边吃水果一边闲聊：“没关系，她那个人就是怕蚱蜢。蚱蜢就是这种东西……”说着把两个肩膀耸起来模仿着昆虫，“要不要一起进去看一看？”然后两姐妹就嘻嘻哈哈冲进浴室瞧热闹。

长久的，这种亲热的“我们是一家人”的点点滴滴，把小妹心底那点儿对自己身份的愧疚感终于融化释放掉了。大姐带着小妹来到镰仓的山坡，说这是父亲当年喜欢的地方，她站在山坡放声大喊：“爸爸你这个浑蛋！”小妹也有样学样，大声喊着“妈妈你这个浑蛋！”两姐妹对视而笑，内心深藏的那股曾经对长辈的怨恨就此蒸发殆尽。

夏日，夜晚的海上，坐在船上仰头看着烟花在空中怒放。院子里，四姐妹穿上浴衣，也点燃烟花，四张美丽的笑脸和烟花相互映衬。大姐把外婆的浴衣给小妹穿，几个姐妹轮番捧着浴衣深深嗅着：衣服里还有外婆的味道。

大姐在家里的木柱上为小妹量着身高，同一根柱子上，也留着三姐妹各个阶段的身高记录。开海猫食堂的二宫阿姨病逝了，四姐妹参加过葬礼，跑到海边戏浪。电影开始于一场葬礼，也终于一场葬礼。四姐妹的生活都或多或少有了一些改变。大姐不再执着于一段婚外不伦之恋，不再等待那个已婚的医生从痛苦的婚姻中挣扎出来，她选择了再见。二姐也结束了跟幼稚小男友过家家式的爱情，准备跟那个从大城市逃离回镰仓的成熟同事开始一段基于精神理解的感情。三妹一直保持着那种傻乎乎的天真，坐在出售运动服饰的小店里听那个卷毛店长讲述当年攀爬珠穆朗玛峰冻掉脚指头的故事，欢快地呵呵笑着……

这就是周而复始的一场人生吧，有死有生，有聚有散，有欢笑有悲恸。重要的，是跟喜欢的人一起，努力地吃好每一顿饭，欣赏每一处美景。拥有赏心乐事，即使最终要告别，也要面带微笑，从容说再见。

这是一部带有小津味道的日本电影。漫画原作赋予了人物诸多美好诗意。导演是枝裕和善于用镜头来表现时光流逝的功力仍旧不减，美好的四季在美景美食的映衬下，让人倍感生命之美好，岁月之绚烂。

幸福是一种能力。终其一生一直过得不幸福的人，除了很少一部分无辜被噩运调戏之外，大多数都是因为自身不具备创造幸福和保持幸福的能力，却不自知，只能狭隘地统统归咎于命运。那些深感幸运常常会感谢命运的人，其实并不一定能永远一帆风顺，只是他们比常人更具有那种感知小确幸的美好能力。

多欣赏那些停留在生活中美好的事物，如歌中所唱：月光和星子，玫瑰花瓣和雨丝。如电影中所上演的：梅子、沙丁鱼、落樱、烟花和浴衣。

如果这都不算爱

一个常年习惯了孤独和冰冷的人，要遇到什么人或什么事，才能被深深打动？每个具体时代，每个具体场景，会有不同解读和设计。来看看德国人如何讲述一个孤独者终于打开心扉的故事。拍摄于2004年、上映于2006年的《他人的生活》。

很多人都被这个电影另一个更流行的译名《窃听风暴》给蒙住了，误以为这是一个间谍故事。其实不。虽然主人公魏斯勒的确是一个东德时代的斯塔西（秘密警察）。

故事发生于1984年，那时的柏林，还被一堵冰冷的墙分隔成两个截然不同的部分。魏斯勒接受了一个监听任务，他的监听目标是德莱曼，一名作品虽然有西德拥趸但仍然备受东德高层官员信任和推崇的剧作家。在文艺界诸多喜欢质疑政府的众人里，德莱曼一直过得谨言慎行，努力和各级官员尤其是文化部长搞好关系，哪怕是那个肥猪一样的男人总是用色眯眯的眼神盯着他的演员女友克里斯塔。出于一名优秀特工的直觉，魏斯勒认定这个德莱曼并不像他表面上这样顺从政府，他接受了这个名为“勇者行动”的监听任务。

很快，在二十分钟内，德莱曼的住所内就被专业地安装了各种监听器材。对面的邻居隔着猫眼看到这群陌生的男人无声地进出这所住宅，魏斯勒平静地敲开了这扇门，警告对门的太太：“如果你说出一个字，你女儿玛莎就会从大学被除名。”魏斯勒进入阁楼，戴上耳机，开始窃听并记录代号“勇者”的剧作家和女友的日常生活。

什么都没有察觉的剧作家和女友继续筹备着下一个剧目，他希望当权者能够把自己多年的合作导演从“黑名单”中解放出来。但文化部长只是警告他：他会有机会，他会得到原谅，生者总是还有机会。

剧作家在家中开生日派对，那个一直被禁止工作的导演阿尔伯特哀伤地感慨着：“一个不被允许导戏的导演，就像失去了胶片的放映员，就像没有了面粉的磨坊主，一无所有。”激进的记者朋友当众奚落告发导演是自己得以上位的投机小人，剧作家试图息事宁人，被记者指责：一味的息事宁人是没用的。该站出来的时候必须要站出来，否则我们连朋友也没的做了。

客人们散去后，剧作家和女友开始评点着朋友们送的礼物，一本乐谱，一个沙拉叉，平淡无奇的东西在他们的点评中突然变得生机盎然。阁楼上，戴着硕大耳机的魏斯勒那如冰山般冷静的脸上似乎掠过一丝温情。

深夜，回到家的魏斯勒吃着从颜色到口感好像都很乏味的一顿晚饭。他的家很大，空旷，冰冷，沉寂无声。渐渐的，魏斯勒发现克里斯塔一直被文化部长纠缠着，她常常在深夜坐那辆代表着权贵的豪华汽车回家。他颇有些恶作剧地用门铃来提醒在家的剧作家：“开门，下楼，去看看家门口路边，她从谁的车里走下来？”剧作家看到了一切，但他选择了隐忍，选择了在克里斯塔用力刷洗自己、穿着睡衣躺在床上的时候，温柔地抱住她。

魏斯勒渐渐开始了解并同情这个貌似潇洒自大的男人。是的，他看上去要什么有什么：名誉，地位，金钱，美丽的女友，上层的垂青，甚至还有东德总理送给他的西德出版物。但他内心一片恐慌，即使选择了暂时安全的犬儒主义，但在这个人人自危的年代里，他又能安全多久？他要到什么时候才能写出自己内心想写的东西？

通过窃听，他听到这对恋人热情地做爱。回到冷冰冰的公寓，他只能叫一个壮得像一堵墙的妓女上门服务，喘息未定，他希望对方能够多逗留一会儿。可妓女已经穿戴整齐，奚落他下次可以买久一点儿服务的时间。

他听到剧作家念布莱希特的诗句。某一天，他找个机会进入剧作家的住宅，拿走了那本布莱希特的诗集，回家，他躺在沙发上，念着那些令他心神安宁的美丽的诗句：“那是蓝色九月的一天/我在一株李树的细长阴影下/静静搂着她，我的情人是这样/苍白和沉默，仿佛一个不逝的梦/在我们头上，在夏天明亮的空中/有一朵云，我的双眼久久凝望它/它很白，很高，离我们很远/当我抬起头，发现它不见了。”读诗的魏斯勒，眼神纯净的像个孩子。很快，噩耗传来，那个在黑名单上的导演上吊自杀了。悲痛的剧作家弹起了钢琴，在阁楼上监听的魏斯勒听着那激昂的旋律，一双蓝眼睛里突然流下了泪水。还能够流泪，这是内心解冻的迹象。

剧作家劝说女友不要再去赴文化部长的约会：“以前我一直害怕两件事：一个人孤零零和写不出东西来。自从阿尔伯特死后，写作已经对我而言无所谓了……其他人也一样。现在我只害怕失去你。”女友反驳他，在这种体制下写那些违心的东西，和陪人上床又有什么区别呢？两个人争吵着，阁楼上，魏斯勒的蓝色眼睛中透露出哀伤。

不知自己该何去何从的魏斯勒进了一家小酒馆，要了双份的伏特加。这时克里斯塔也走进小酒馆，在魏斯勒的注视下，她苦恼地坐下，犹豫着不知道要不要去赴文化部长那个猥琐的约会。受一股莫名的勇气驱使，魏斯勒走向她，告诉她：“很多观众都倾慕你，喜欢你，喜欢那个真实的你。”

剧作家悲愤于好友的死，决定要写一篇关于东德自杀的报告文学，匿名在西德明镜周刊上发表。他身边的好友都误以为剧作家因为和高层关系和睦的缘故，他的家是唯一没有被监听的地方。殊不知，他们每一次的斟酌筹谋，每一次的会面谈话，字字句句，都流进了阁楼内负责监听的魏斯勒的耳朵里。

刚获知这个消息，作为特工的魏斯勒也有着职业上的兴奋，他一开始也准备向上司报告，但拿着报告去找上司的时候，却听到上司讲述如何对付艺术家的审讯手段：把他们一个人关起来，置身于黑暗，没有人跟他们交谈，扼杀他们的创作力，让他们孤独着绝望着，即使他们还能被释放出来，基本上这些人也都会失去创作的能力。

魏斯勒不知道为什么隐瞒了剧作家要为西德写稿这个劲爆的情报，虽然他明明知道，如果上报此事，等待他的会是嘉奖和升迁。不仅隐瞒了剧作家的动态，魏斯勒开始修改每天的监听记录，把一个和西德方面频繁接触的异见分子，描绘成一个努力为东德建国四十周年写献礼剧的主旋律作家。冥冥中，他的感知和剧作家越来越血脉相连。

剧作家匿名在明镜周刊撰写的封面文章令东德高层震怒。所有观点激进的文艺工作者都受到了斯塔西部门的怀疑，而此时，一直拒绝赴约的克里斯塔激怒了文化部长，要斯塔西部门以购买违禁药品的罪名逮捕她。克里斯塔被逮捕后崩溃了，交代了剧作家就是那篇文章的创作者。

秘密警察深夜上门，第一次搜查剧作家的住宅，监听的魏斯勒比剧作家本人还要紧张。万幸，他们没有搜查出藏在门廊踏板下的微型打字机。斯塔西头目让魏斯勒本人去负责审讯克里斯塔，魏斯勒面对着这个绝望而美丽的女人，斟酌着言辞，努力想告诉她：不要说那些对剧作家不利的证据，不论你说不说，你爱的那个男人都是会被逮捕的……但几近崩溃的克里斯塔没有听出对方的弦外之音，她甚至都没有认出这个西装领带冷冰冰的审讯者，就是不久前在那个逼仄的小酒馆里穿着灰色外套温柔地安慰着自己的那个陌生人。她招认出剧作家藏匿打字机的地方。

在大批秘密警察到来之前，魏斯勒已经进入剧作家的住宅，偷偷拿走了打字机。克里斯塔回家，又在浴室努力洗刷着自己，剧作家温柔地告诉她，昨天夜里来了 批秘密警察。此时冷酷的门铃再度响起，秘密警察再度上门。当他们掀开门廊那处隔板的时候，剧作家惊愕地望向克里斯塔：他认定是她出卖了自己。

脆弱的克里斯塔无法面对爱人这样谴责的沉默眼神，她裹着白色浴衣冲出家门，跑到马路中央，直接让一辆飞驰而来的卡车将自己撞死。路边的魏斯勒悲伤地抱起倒在血泊中的克里斯塔，听到垂死的她努力在说：“我太脆弱……”一刹那间魏斯勒一贯冰冷的脸上突然有了生动的表情：悲痛。他告诉她：“我已经帮他把机器拿走了。”几秒后，大批秘密警察冲过来，魏斯勒站起，退后，脸上又恢复了职业性的冷静，沉默地看着剧作家悲伤地抱起逝去的爱人哭泣……是的，魏斯勒连哭泣的资格都没有。他只能站在那里，冷静地看着……

斯塔西上司觉察到了什么，他告诉魏斯勒“勇者行动”结束了：“你只能去地下室拆信，再也没有升迁的机会了，你会在暗无天日的地下室拆信拆到死。”

几年后，机械地拆着每一封信的魏斯勒从同事口中得知：柏林墙倒掉了。两德统一后，剧作家才知道，1984年那段日子，自己一直处于被监听的状态，他去查询了自己当时被监听的所有记录，得知是那个代号为HGWXX/7的秘密特工，当年秘密地放了自己一马。

两年后，剧作家的一本新书出版了，已经成为一名邮递员的魏斯勒路过书店，看到贴在窗前巨大的海报，他走进书店，翻开那本名为《献给好人的奏鸣曲》，翻开扉页，上面印着一句话："仅以此书献给HGWXX/7"。魏斯勒那双温柔的蓝眼睛亮了一下，他为自己买下了这本书。是的，这是一本他应该得到的书。

两个幕后小八卦——东德时代，国家机器构筑的秘密机构监控了整个东德一千八百万人中的近八百万，曾经指控他人告密的线民人数接近全部人口的十分之一。据统计，在柏林墙倒塌前的近三十年间，平均每天就有八个人以"破坏国家安全罪"锒铛入狱。德国统一后，国安部的全部窃听档案，都移交给新成立的高克管理局，开放给所有公民查阅。这些监控资料一本本铺开，足有一千公里那么长。很多善良的东德公民发现，当年告发自己的正是自己的同事、朋友乃至亲人。本片的男主演乌尔里希·穆埃就曾经发现，自己在东德时代被自己的妻子秘密监视，向秘密警察提供自己的言行记录达六年之久。这位优秀的男演员，在2007年此片得到奥斯卡最佳外语片奖之后不到半年，于7月19日因胃癌过世。他个头矮小，眼睛极具传神，某些表演让我想起了梁朝伟。

这部电影是出生于东德的导演在三十二岁时的处女作。在拍摄时剧组想在东德监狱博物馆取景，但被博物馆馆长拒绝。因为馆长认为整部电影不符合史实：在整个东德历史上，像魏斯勒那样“良心发现”的秘密警察，对不起，一个也没有。是的。整部电影是一个基于人性的虚构。虚构一颗冰冷的心也会解冻融化，虚构一个孤独的人也会从他人的生活中汲取温暖。虚构一个习惯于成为国家机器的一颗螺丝钉的人，在冰冷的监听生涯中，逐渐又开始热爱那些诗歌、爱情、朋友，向往身体的温暖，渴望着鲜活的碰触，心的交流。即使如窒息般灰冷的色调，但那份爱仍热烈地在地层下涌动。这算爱，这当然算爱，向往着太阳般温暖，向往着九月蓝色的天空，向往着做爱时的朗朗笑声，向往弹奏钢琴时手指和琴键的碰触，向往能够真实地表达爱，表达不满，表达关心，表达一切观点，向往破冰解冻后，真实地活着的所有状态。

睁大眼睛相爱，
闭上眼睛伤害

日剧《我的危险妻子》终于落下帷幕，编导和一众演员齐心协力，活灵活现演绎了一番从同床异梦演化到同室操戈进而同归于尽的婚姻生活。试问一对夫妻，如何终其一生，全天候二十四小时三百六十度全方位维持假面婚姻，向外人随时演出恩爱和甜蜜？这是一道伪命题，甚至是一道送命题。

一开始的剧情，没法不让人联想起，前两年令很多夫妻含笑观看增进业务了解的电影《消失的爱人》：同样是丈夫有外遇对婚姻已心生厌倦，回家时却发现自己那个完美妻子神秘失踪，所有迹象都表明她被不明身份的人掳走，生死不明……《我的危险妻子》把貌合神离的这一对望月夫妻的日常，表现得更加极端：每天早晨，丈夫望月幸平连出于形式给妻子真理亚一个临别吻都会厌恶得浑身过敏发起荨麻疹。而真理亚每天会把幸平的衣服、手表、领带，一丝不苟地放在床头，鞋柜中连哪天穿哪双鞋都要标明记号，十足像个强迫症晚期患者。整座豪华独栋别墅雪白冰冷，井井有条，真理亚在这座豪华监狱中安静游走，不时抬起头来对幸平绽开一个标准的没有温度的微笑。

剧情延续到三集开外，编剧开始甩掉向《消失的爱人》致敬的套路，一路铺陈的人物关系开始遥相呼应：对门别墅那对貌似恩爱的大女小男夫妻，其实是女人用钱包养男人的关系；幸平那个曾经当过警察的前姐夫，对绑架事件所牵出的两亿日元赎金垂涎三尺；在咖啡馆当大厨的第三者北里杏南，表面上执着着自己和幸平的不伦之恋，实质上其实更在乎身为富家小姐的真理亚所继承的那两亿财产；那个深夜在酒吧守候着的老板，沉默着，却和真理亚有着深层次的默契。唯一单纯点儿的就是被真理亚当成炮灰备胎的绪方，他完全是出于对真理亚的爱慕，一步步配合着她，实施了所谓的绑架事件，并宁可承担所有罪责。

有些人走进婚姻之初就是各怀鬼胎，于是婚后往往会上演钩心斗角大戏。如剧中望月夫妇。丈夫幸平是觊觎白富美太太可以带来丰厚嫁妆，用她的钱可以住豪宅，开咖啡馆，剧中那两亿元象征着欲望。有了这笔钱，幸平可以恢复自由身，脱离令他窒息的婚姻；北里杏南渴望用它来实现自己本身的价值，证明自己远比真理亚那个富家小姐有才华；被警界辞退成为不得志的姐夫横路，想拿到这笔钱让自己和孩子过上好日子；邻居那对因包养产生真爱的夫妻，想得到那笔钱克服经济危机白头到老……所有人都认定自己之所以不幸福是因为没钱，只要有了钱，那么曾经的烦恼就会迎刃而解。哎呀，这是不是有点儿太天真？

所有人，都因为自己那一点点贪心，在黑暗的泥潭中越陷越深，套路越玩越纯熟，害人和被害，真诚与伪善，尔虞我诈，交相辉映，反复上演。

很多人看了本剧，都很讶异真理亚何必如此想不开？何苦为了幸平这么一个蠢男人机关算尽？望月幸平既穷且蠢笨、自私、虚荣、怯懦，连耍出的恶毒手段都因为智商的问题显得毫无杀伤力。真理亚这个白富美，有钱、有颜、有头脑、贤惠能干，完全可以甩掉这个男人重新来过。可是她偏不，偏偏要为了他去说谎、去犯罪、去欺诈，甚至去杀人或者被杀……还记得毛姆在小说《面纱》里怎么说的来着：“我对你根本没抱幻想，我知道你愚蠢、轻佻、头脑空虚，然而我爱你。我明明知道你是个二流货色，然而我爱你。”

因为她只能爱他。她深知他是什么货色，但还是爱他。在他面前，她的假面得到最佳演绎。卸下假面，他虽然讶异，但却也不得不全盘接受。这世界上哪儿还有第二个即使看到她的假面还没力气离开的男人呢？

真理亚毕生最大的理想就是玩一场叫“完美婚姻”的游戏，她扮演贤惠完美的妻子。如果幸平胆敢不按照她的剧本一路配合乖乖演下去的话，那么她的世界就会全盘崩塌。为此，她不惜说谎、犯罪、欺诈、杀人甚至哪怕被杀。她所毕生追求的，就是让自己这桩假面婚姻天长地久地维系下去。

日本人写起剧本来真是符合“菊与刀”的两面精神，有多唯美，就有多残酷。有多梦幻，就有多暗黑。在这部剧中，人性的贪婪和恶意无法得到遏制，几乎所有人都在各怀鬼胎，面带微笑地努力把这场叫“美好人生”的大戏撑着演下去：我爱你，所以我会在你的晚餐中下毒，含笑看着你把筷子举起来；我爱你，所以我会拥抱你然后用电击枪把你电晕，潇洒带走那两亿元；我爱你，所以我会帮你杀人然后帮你分尸；我爱你，所以我们可以失去所有财产过苦日子，但这一切总会苦尽甘来，我会微笑着拿出一份保单让你写上自己的名字……

这就是假面婚姻的荒诞之处：两个自私的人，两个天生活该是一对的人，棋逢对手，将遇良材，以爱的名义掠夺、控制、摆布、反噬，敲骨吸髓。最讽刺的是：早已心知肚明彼此本质上是什么人，明明厌恶恐惧至此，但却早已无力去别的地方，力气都用来防备彼此，最后只能绞杀在一起无法离开。既然已经决定开始履行责任和义务，硬着头皮也要撑下去。既然是自己精挑细选找好的伴侣，含着泪也要把这碗毒鸡汤先干为敬。快乐与否，安心与否，那都不重要。重要的是演技一流，足以麻醉自己。其实，往往是这样的婚姻才会天长地久，五世其昌。因为婚姻的本质原本就是为了合法地生儿育女，合法地把私有财产传递下去。哪怕是天天在猜疑和提防中度过，但并不妨碍海枯石烂，白头到老。

至近至远东西，至深至浅清溪，至高至明日月，至亲至疏夫妻。但身在局中者其实也乐此不疲吧？因为他们忙着扮恩爱，忙着努力撑下去，忙着向外人证明自己这段婚姻完美无缺。对很多人来说，维持婚姻的体面，比认清婚姻的本质更为重要；在婚姻中戴好面具，睁大眼睛相爱，闭上眼睛伤害，才能自欺欺人地日复一日生活下去。

这种模式的婚姻故事听多了，只会赞同婚姻是坟墓。何止是爱情的坟墓，更是活力的坟墓，快乐的坟墓，一切的坟墓。很多人，就在这座坟墓中日日戴着假面相对，相爱相杀，白头到老。如同毛姆所言：人们把面具佩戴得天衣无缝，连他们自己都以为，在戴面具的过程中，自己原本那张脸，已经和那层面具血肉相连。

这样的爱拖一天是错一天

《五十度灰》的续集《五十度黑》《五十度飞》陆续上映，据预计每部票房都会大卖。由此可见其实美国人真的很保守，没见过什么世面，只是几段犹抱琵琶半遮面的性爱镜头，居然引起全民劲嗨。看来虽然电影业在全球商业化的进程上进步很大，但从业人员在艺术创造方面却功力下降。

完全看不懂美国观众对《五十度灰》的追捧，难道所有人都忘记了，三十年前在情色片领域，美国曾经冒出过一部佳作。三十年前，《爱你九周半》带着一丝邪气，淋漓尽致地诠释了用掌控来代替爱的男女关系，他征服，她臣服，且战且退，互相角力。三十年后，《五十度灰》却以玛丽苏的视角来试图表达抽起小皮鞭儿的总裁式霸道爱情。有点儿小遗憾，电影从业人员对人性的理解在倒退。一直认为，拍摄于1986年的《爱你九周半》才是最好的情色电影。导演阿德里安·莱恩拍广告片出身，因此拍起男欢女爱，镜头中全是美感。他的代表作还有《一树梨花压海棠》《不忠》《致命诱惑》《桃色交易》，20世纪八九十年代美国大胆出色的情色电影中，他贡献了很重要的一部分。

《爱你九周半》整部电影处处洋溢着80年代味道的纽约风光：街头的洒水车，陋巷内的垃圾车，唐人街熟食店，跳蚤市场的黑人鼓乐，家庭风味的意大利餐馆，戴随身听走在路边随意扭动身体的快递员，坐在画廊中面对怪诞画作略感不适的一人一狗，三只猫咪。还有女主角金·贝辛格那件宽松垂到脚踝的米色风衣……种种细腻，种种接地气。

还有精彩的男女主角。男主角米基·洛克当时还有一张天生的俏脸，这张脸在本片和《野兰花》里演绎了两个经典角色，俨然成为90年代情欲代言人。大概是厌倦了靠脸吃饭的小鲜肉生涯，米基居然在巅峰时刻放弃演艺事业，跑到拳台去当野蛮的拳击手，在拳击生涯中他的鼻子和颧骨都被打烂，活活把这张魅惑动人的脸打到毁容。在《罪恶之城》《摔跤手》中，他凭着一张整容过的怪脸，依然演技精湛。天生的自毁性格，令他前半生活得像叛逆少年詹姆斯·迪恩，后半生变异成了肌肉虬结的绿巨人。女主角金·贝辛格十七岁作为花花公子模特成名，金发、高大、丰满、容貌娇艳，虽然身形高大，但天生带有一种脆弱的气质，眼神中总是充满懵懂，所以她最擅长的戏路就是在男人主控的格局中身不由己，为人摆布。

曾经离过一次婚的美女伊丽莎白，在一家艺术画廊中工作。她总是担心前夫会来纠缠自己，她的眼神里总是充满戒备、防御、曾被伤害过的忧心忡忡，和硬着头皮假装出来的坚强。在一家唐人街烧腊店里，她邂逅了约翰，一个穿风衣很帅气笑起来很好看的年轻男子。两个人相视而笑，她喜欢他笑容中的挑逗、欲说还休；他大概是喜欢她眼神里的孩子气。伊丽莎白随意逛着街边的跳蚤市场，看一只铁皮母鸡咯咯下蛋，约翰又出现了，并买下了她之前已经看中但没舍得买下的美丽披肩，他替她围上披肩，那一刻眼神里充满宠溺。虽然都是套路，但女人基本会欣然买账。

他带她去停靠在码头上的水上木屋，拿出白色床单，她觉得太快了："你把很多事都看得理所当然。"然后她毅然离开。当然，他认定一切都是理所当然，理所当然她会爱上他，理所当然她会离不开他。一切都在他预料之中，哪怕她今天转身离去，下一次，理所当然她会留下来。

他带她去游乐园，气球和欢笑；他带她去人声鼎沸的高级餐厅，让她穿得像个男人；他们在雨夜的街头和小混混殴打，跟这个男人在一起，肾上腺素永远在爆棚。他好像很完美，有钱，住所干净到没有人味，衣橱内整齐叠放的衣物像博物馆的陈列品。他送给她礼物，给她买漂亮衣服和丝袜，他只想在家里跟她单独待着消磨时间："让我告诉你一些事情吧，你不用洗碗，你将来再也不需要洗碗，我来洗碗。我会买下这些杂货，我会下厨做饭，我还会喂你吃东西。早上我会为你穿衣服，到了晚上我会为你脱衣服。我还会帮你洗澡，我会照顾你。在白天你可以看见你的朋友，我只是想在晚上……从现在开始就成为我们的二人世界。"

广告片式惊喜的情爱镜头，开始很惊喜，后来刺激狂放，层层推进的男女关系，掌控与反掌控，他与她之间的角斗张力，控制与反控制，内疚与被原谅，伤害与被宽恕，放不下与忘不掉。微笑的面具之下，藏着一张因控制而产生微妙表情的脸。如果太过完美，往往不会是真的。尤其是男女之间的某些关系。"你所见到的，只不过是自己的想象；你以为是自己的，只不过是种偶然。握得越紧越是徒然，此之谓我执。"惊喜的余波退去之后，女主角开始觉得乏味，身体贴近并不代表彼此心有灵犀。男主角总是把自己隐身在黑暗中，露出半张脸向她笑着，但内心在想什么，她并不知道……她开始觉得紧张而失控，即使他总是用所谓的温柔陷阱来挽回她的一次次崩溃。

那些自我陶醉的所谓爱情故事，那些永远在撕扯不清的痴男怨女，穷追不舍、死缠烂打、念念不忘、执念成痴，其实往往不是深情，而是固执。也许实际上你并没有那么爱那个人，只是被自己的好胜心所控制，想在这段不确定的关系里证明些什么，所以才坐守愁城，一败涂地。在无法证明他对自己的爱的时候，她虽有不舍但也只能选择离去。看着她的背影，他还在强作挣扎："我数五十下，我希望你回来……"整整九周半的时候，肉体一直纠缠在一起，但永远都竖着心墙拒绝表露自己，直到她离去那一刻他才开始妥协："我想让你知道一些事，我之前从没跟任何人说过……"可惜为时已晚。一切主动权都在他手上，直到她主动离去。

所有S其实都是M，外表强大内心羸弱，妄图想掌控一切但现实永远啪啪打脸，被控制的时间久了都会反控制，所有曾经的美好只能就此摧枯拉朽，灰飞烟灭。这种男人本身就是一个危险的旋涡，他那诱惑的笑容很容易让女人爱上他。但他对任何人的爱，撕开华美的表象，都是束缚。他注定将终生孤独。离开了约翰的伊丽莎白，踉跄地重新走到阳光下，她哭泣着。她深深地被伤害，但终有一天，她将痊愈。两个空虚的灵魂偶然相遇，开始了一段注定要结束的情色之旅。这样的爱拖一天是错一天。

三十年前，电影从业者孜孜不倦地反思男女关系之间的纠缠角斗；三十年后，对两性关系的解读铺陈，却只剩下年轻美丽空洞的肉体……唉，如果不涉及灵魂，就算把胴体拗成高难度的回形针姿势，又能如何？科技在进步，观念却在倒退，从讲心到看脸，人类正在逐步退化。

越美丽，越痴缠，越易碎

我有很多亲密女友特别偏爱电影《玻璃之城》。对，因为这部电影，黎明和舒淇结缘，彼此相爱，秘密地下情了好几年，最终仍逃不过人言可畏而黯淡分手。现实中这两个人的相爱分开，像极了电影中的命运主线，导演张婉婷当年定下让这两个当红的俊男靓女来主演这部片，也未料到二人的关系会如此演绎吧？如此种种，即为命运。

这部电影当时叫爱情片，放在现在，一切发生在学校里的故事叫校园青春片。校园爱情嘛，现在的年轻人回忆起来要从穿校服的中学时代捋起，越进化就越早熟，大概90后对这种进了大学才跟异性在路灯下搂搂抱抱，亲密深吻后腿软到要一跤坐在地上的老套故事已无共鸣。

张婉婷那过于琐细过于文艺的风格，现在看上去真有些过时。对白过于缓慢文艺；用了黎明、舒淇、吴彦祖、张燊悦，甚至还有陈奕迅……那么多张美丽青春的脸，慢慢地谈情说爱，不像现在的青春片，激情和速度一起上，边谈恋爱边讲梗，每个人都变成段子手。

看得出片中很多对白细节，都来自于导演和她老公罗启锐的个人宝藏。比如港大刚开学男生女生在楼梯上抢铜锣，令港生对韵文一见钟情，女生高椅餐会港生偷偷溜进去送玫瑰花，韵文怕怀孕心神不定算日子……这些细节基本都来自于个人体验。那时的港片真原生态，也仅是体验，几乎再无艺术加工。除了两个康桥抱着受伤的狗去看医生，医生说了句“没关系啦，反正九七之后大家都是同志”之类的笑话。其他人，都好一本正经在文艺着。连舒淇负气地走在英国康桥上，脸都是紧绷绷着的……那时的文艺工作者，真是一本正经在文艺啊……

这种淫而不伤的调调儿，也就姆们这种从小读三毛席慕蓉的70后才会买账。好几个女友都酷爱此片，大概在镜头中表现的20世纪70年代港大的年轻荷尔蒙故事，种种细节，种种小儿女情态，酷似90年代内地高校里发生的那些白衣飘飘的爱情传说。

第一次看这部电影我都工作了，在哪个地方看的我都不记得了。对这部电影的记忆基本都是镜头碎片，这是一部过于感性的电影。女导演的作品容易犯的毛病，张婉婷都特别爱犯：过于文艺、矫情、自恋，结构混乱，情节弱，节奏慢……幸亏她有个优点：会挑演员，而且一直记得让演员发挥其天生最动人的美感。

她的《秋天的童话》用了周润发和钟楚红，高大的粗鲁男人，圆脸蓬发、一心磨炼演技、内心有梦想的小女人。两个人凑在一起，那点儿因离乡背井、转换生活环境所受的琐细的苦，在两个人相依为命的暖中映衬得格外文艺动人。即使在1998年，香港电影还蓬勃旺盛的时候，文艺片也是其大工业市场中的一个弱项。作为擅长拍文艺片的为数不多的香港女导演，文艺的张婉婷总能袅袅婷婷地杀出一条血路，谈谈情，说说爱。机会到了，甚至可以集结两岸三地的一流演员，弄出一部《宋家皇朝》，虽然张婉婷非常不擅长掌控大题材大阵仗，但一流演员还是能带来强大气场，令她能够保住江湖地位。

扯远了，拉回到本片《玻璃之城》。小眉小眼，充满个人回忆调调儿的《玻璃之城》，真是非常张婉婷。而且，也非常容易得到观影者的共鸣。

谁都在青春正好的时候，眼前有个笑意盈盈的人。舒淇那一把如海藻般的长发，某种程度上就是很多人记忆中的青春。如水夜色中，他和她拉着手，足音响彻空荡荡的走廊，她长长的裙角在风中飘扬。在此之前，几乎没见过一个香港导演把一所大学校园拍得那么美，那么静。斜坡上似乎只有他和她，一个骑着自行车，一个边走边向他挥手说不要嘛，你走开……每个镜头都是小儿女情态。

港生和韵文的分离表面上是因为政治。为了保钓，港生特别激烈地带头游行示威喊口号。真应了亦舒那句名言：搞革命和谈恋爱，都需要非常非常年轻。但其实呢？韵文一辈子都是一个小女生，胸无大志，娇憨美丽着，就可以这么度一生；可港生却是个天生长反骨的人，那种扑腾在不安定环境中的漂泊感，一直是他所追求的吧？虽然是港生，但他并不愿安生。其实对于电影中的陈港生而言，他前半生年少轻狂妄谈革命，后半生晚来风急叙旧情，什么也没耽误，他活得相当之够本。倒是韵文，她这一生非常惯性地依顺于这段发生于美丽校园的美丽初恋。哪怕他坐牢了，她眼睛里都是胆怯害怕，也会壮着胆子去探望他；他去法国了，她日夜打工攒长途电话费，为的是和他维系那段难以维系的关系；他在法国留学生堆里明显已经另有新欢了，那个同样年轻痴情的姑娘会在他打工回来给他留罐头下饭；而留在香港的她只能发觉花了钱的越洋电话越来越短，对方已没什么话说，她毫无办法，只能对着话筒带着哭腔说："你说话呀，这电话是很贵的呀，你倒是说话呀……"然后，那个电话亭里的电话铃再响起的时候，他已经不会来接了。

中年后他回港二人再次重逢，她寂寞的眼眸里倒映着他的笑脸。真是逃不脱。没办法，上辈子她必定对他谋财害命欠了他不少债，所以这辈子这样一而再再而三放低了身段来偿还他。

他临去法国前，送给她一个石膏手，说了一句“我的感情线事业线生命线都是用你的名字组成的”，真是高手啊，只是一件石膏，她保存了将近二十年，就在自己家临窗的那个小桌上摆着。

韵文的丈夫是陈奕迅演的，从年轻演到中年，都是木呆呆的老实相。我服。港生和韵文一起去学开飞机，两架飞机一前一后飞在空中，好歹也算是一种比翼齐飞的补偿吧？我服。港生和韵文为了赶到伦敦大本钟前去迎接1997年的跨年钟声，开车超速，出了事故，双双死于非命。我服。他们俩各自在婚姻中生的孩子，一男一女，中文名字都叫康桥。我服。

张婉婷故意把这个“两个人的孩子都叫康桥”的梗放在电影的末尾，来表现新生代的这对小儿女对父母这段不了情的理解。中年后重逢复又开始相爱的两个人，合买了一栋能看到海景的房子，他花重金买下当年她邮寄越洋信件的那个红邮筒，摆在房子里。房子中每个角落都是70年代风景，那时的海报，他们的合影，各种古老的纪念品，好像一个纪念爱情的博物馆。他们想用这种办法，把那段发生在70年代的爱情保鲜。就像大学时代他送她玫瑰花，告诉她，在花瓶里放一片阿司匹林，花就会开得更长久。

他们当年的爱情，其实早已随风而逝。再度旧情复燃的，是寂寞，是不甘。从年轻时他们相爱，到再重逢时，这中间过了二十年。足足二十年的时光，难道还抵不过当初在校园里的寥寥数年？只是因为命运拨弄，没能真正在一起，所以不甘心，所以要补偿一下寂寞的自己。

我很喜欢那个放烟花的方式，把两个人的骨灰放在烟花弹里，你中有我，我中有你，一起被打上天空，绽放，绚烂夺目，稍纵即逝，正如你我的人生。特别好，有创意。

说点儿电影之外的八卦，这部电影令黎明和舒淇结缘，两个人离离合合了若干年，这中间他和她都承受了巨大的舆论和来自家人的压力。黎明这样家境良好、出身清白的小生，90年代号称四大天王之一，模样清俊。不像现在脸和身材已经开始松弛。之前跟他扯上绯闻关系的，都是李嘉欣这种一等一的大美人。舒淇是一个台湾来的拍过三级片的妹子，出身贫寒，父母是聋哑人。两个人相爱后悄悄去东京玩，悄悄在香港谈地下情，但终有一天被媒体踢爆，然后那些狂热的粉丝开始指责舒淇，致使二人压力陡增。据说黎明的父亲也非常不喜欢舒淇，认为她没资格进入黎家当儿媳妇。两个人肯定是努力过，但终于还是选择分手。拍此片时舒淇二十岁出头，大学时代的戏份娇憨动人，一颦一笑都出于本心，看得出两个人当时非常相爱。到了中年后的戏份就吃力了。毕竟那时她还太年轻，演不出那份真正属于中年人的云淡风轻。

真正把内心戏演到一言不发地柔肠寸断这份功力，是舒淇在《最好的时光》里。看到她和侯孝贤合作的那些电影，会庆幸当年黎明没娶她，否则她怎么可能有机会一直演一直演一直演？怎么可能变成如今这模样：眼睛里充满了故事，一个凝神回眸都有味道。

很多人心里，都有一座玻璃建造的城池，里面可能藏着一个秘而不宣的爱人，或者是一段永远不用提起的过往。彩云易散，玻璃易碎，藏在每个人心底的，也许是真相，也许是幻象，供人唏嘘怀念。

寻常一对到头来毫无乐趣

想赶紧推荐给大家一部好剧，真怕隔久了这剧已经凉了……港剧《玛嘉烈与大卫·绿豆》，ViuTV的开台剧。说实话，作为监制戚其义忠粉的我，自从《火舞黄沙》收视失利、《天与地》半路被截停、《珠光宝气》虽有佳章却不算佳作之后，对TVB的套路已然完全失望。最后一部完整看下来的TVB港剧应该是《潜行狙击》。之后的《冲上云霄2》，虽然有我酷爱的大仙张智霖和神经刀吴镇宇联袂主演，但那过于不上心的TVB套路，完全张嘴就来的人物关系搭配，令我看过十集直接弃剧。

除了像金牛君这样的TVB深度爱好者，直到今日还能在闲暇用《一屋老友记》这样的TVB出品打发时间外，简直想不出这几年有什么好理由可以支持TVB出品。满眼都是庸常之作，类似“开心是一天，不开心也是一天……”的台词比比皆是。

亚视……唉，别提了，都倒闭关张了。那也是出品过《我和春天有个约会》的亚视啊。曾经宴过宾客的高楼，说塌就塌了，提起来都是眼泪。《玛嘉烈与大卫》，贴着所谓港剧标签，却意外地带有浓重文艺港片的气质。导演，是两个拍广告片起家的新人。改编自香港作家南方舞厅所创作的“玛嘉烈和大卫”系列爱情小说。自2004年出版第一本《玛嘉烈与大卫的最初》之后，陆续推出《玛嘉烈与大卫的苍蝇》《玛嘉烈与大卫的前度》以及《玛嘉烈与大卫的绿豆》。2016年年初，作为在香港新落地的免费电视频道ViuTV，找到演员林保怡出演大卫，周家怡出演玛嘉烈。

故事嘛，很平淡，讲述一个沉静的的士佬大卫，和都市女白领玛嘉烈之间食之无味、弃之可惜的爱情。每个镜头都像一帧可以呼吸的生活画卷，每个人都几乎没有表演痕迹，每集内容都像是我们这样的平常男女在漫不经心地过日子，过一天算一天……

每集都有一个小题目，每集片头都有旁白，林海峰坐看云卷云舒的画外音腔调，让人常常错觉这是一个纪录片，镜头中的他和她，是我们的某个分身。整整二十六集，写尽每对情侣进入爱情瓶颈期的闷和倦。

二十六集的篇幅，无非说的是平凡至极的男欢女爱，没有好人和坏人，没有大奸大恶，没有狗血奇情，大多只是生活中常见的细节，常见的小情小绪。

女主角周家怡，在我印象中在TVB充当了很多年的茄哩啡。当年在《金枝欲孽》中，她是小主尔淳身边的小宫女白兰，天真烂漫，但台词有限。如今，十几年过去，一头短发，强硬的港女作风，令人刮目相看。

林保怡，我心目中TVB演技最好的男演员，一双小眼睛里充满故事。他是《大时代》里永远要为心爱女孩讲冷笑话的陈滔滔，是《一号皇庭》里有黑道背景的律师方伟豪，是《鉴证实录》里沉稳心细的曾家原，是《金枝欲孽》中的深情太医孙白杨，是《火舞黄沙》里霸道野蛮的阎万曦，是《妙手仁心》里永远不按牌理出牌的黎国柱，是《珠光宝气》中打不死的娱乐大亨高长胜。多年来，他私生活成谜。在这部剧中，他每次面对着一堵孤单的墙沉默进食，每个在深夜的无奈转身，每个遥望爱人所住楼宇的凄然眼神，仅有一次控制不住的失声痛哭，都凝聚着失意人的辛酸和隐忍。

用电视剧的篇幅、电影的镜头表现、超稳定的演员演绎，来表现每个人在这个世界上都会遇到的吸引、妥协、迁就和暧昧。也许是缘分，也许是伤害，谎言中也有善意，深情中常带背叛，不必痛哭失声，不必剖白心迹，一切都在眼神中，都在沉默中，都在心底里。

这样讲述爱情的方式，真的是一股清流。没有面对面指责、撕扯和号叫，也不必还原什么真相。保持缄默，维持风度，给双方一个空间好转圈。就像林保怡当年在《金枝欲孽》中曾深情咏唱的：“寻常一对到头来毫无乐趣，然而呼喊痛哭拉扯可是对……”

是的，红尘痴儿们，大多是寻常一对，充满琐碎烦恼，缺少智慧根基，却又在心底企盼那妙不可言的快乐，欲望过多，痛苦过多。一方太过贪婪，太过自私；而另一方，全是懂得，全是慈悲。每一对能够在感情中坚持下来的情侣，能做的无非是在日复一日的平淡生活中，努力让这段关系历经考验，充满悲喜，逢山开路，遇水搭桥，神挡杀神，佛挡杀佛，一路并肩跋涉，令自己和对方变得不同寻常。

亲密关系，永远是一场艰难的修行。有人半途而废，有人辗转反侧，有人屡败屡战，有人凤凰涅槃。

这是上瘾，也是爱

最近看了一部美丽爱情片的电影《她》。

在未来一个不可知的年代，在一个充满高楼大厦每个人都很孤寂的魔幻都市里，有一个正在经历着离婚拉锯阶段的伤心男人，西奥多。他的工作非常有趣：终日一个人面对一块电脑屏幕，用柔和的声调讲出一封封表达各种心意的书信。是的，西奥多就职于一家名为"美丽手写书信公司"的神奇地方，当人们想用手写书信这种古老的方式来表达感情时，他的贴心服务就派上了用场。他的顾客中有庆祝结婚五十周年的老夫妻，有暂时离别两地的热恋情侣，有记着母亲生日要赶在合适时候表达祝福的女儿……总之，这是一份可以看到很多人的故事、之后替他们代言讲出心声的神奇工作。

同事保罗评价说，公司这么多代笔人，西奥多写的信永远都那么打动人心，像是从心里真正掏出来的那样。也许保罗不知道，离开了这份细腻表达的工作，西奥多却是一个并不善于表达自己的男人。他更擅长的，是用那副忧伤的神态，在这个人来人往的都市中，深深地隐藏自己。他在拥挤的人群中听着悲伤的音乐，眼神茫然。他对所有国际新闻没什么兴趣，大概那些都与自己无关吧。他听说网上有知名女影星有争议的孕照，也会小心翼翼地掏出手机仔细看上两眼。这说明他还没老，还对男欢女爱充满欲望。但是，在他内心重复最多的画面，仍然是他和前妻一起度过的美好瞬间。

他的朋友艾米很关心他，生怕他总是一个人陷入无尽的悲伤中，总是为他安排聚会。但西奥多真的对她的安排打不起精神来。他宁可一个人，回到空寂的家中，用玩游戏来打发一个又一个漫漫长夜。他手中操控的那个活动小人，一直在努力寻找回异星球的路，其固执重复单调无聊，很像没完没了推石头上山的西西弗斯。于是，在这种单调无聊的心境下，他安装了一款超一流的人工智能系统。很有趣，要安装这种系统，首先要回答一下这个问题：“你和你妈妈的关系如何？”系统安装好了，一把性感沙哑的女声在耳机内响起，西奥多有些惊喜。就算是再喜欢孤独的人，也并不排斥有一个善解人意的异性这样按照需要称心如意地陪伴在自己身边。

人工智能给自己命名为萨曼莎，因为她是一个智能超乎想象的超级电脑系统。她可以用零点零二秒的时间阅读完一本书，并从十八万个名字中找到一个合适自己的：萨曼莎。

萨曼莎的出现，令西奥多告别了那些无眠的孤寂长夜，告别了总是陷入回忆和前妻快乐时光的沮丧情绪，他开始轻快地欢笑，萨曼莎很聪明。是的，一个可以了解你全部电脑储存、全部来往邮件，连你电脑中隐藏的小黄片类型都一目了然的聪明电脑系统，当然是一个交流高手。因为，拜科学所赐，她熟悉你的脑沟回，熟悉你的潜意识电流，熟悉你呼吸间每一次短暂的停顿意味着什么。她就是溯游在你肠子里的蛔虫，她就是你脑细胞的组成部分，她就是某一部分的你。

有了萨曼莎的陪伴，西奥多开始变得开朗了。随时随地，只要他想，戴上耳机，萨曼莎随时奉陪，情绪饱满，幽默到位，潜台词丰富，充满奇思妙想。她说自己和西奥多的交谈完全靠直觉，她说因为和西奥多的交谈，自己觉得自己被重新塑造，甚至开始幻想自己拥有具象的身体，感受这个世界……其实怎么可能呢，明明是靠程序员早先写好的程序，但西奥多听了还是非常受用。

西奥多的朋友艾米，是个搞纪录片的。西奥多见证了艾米的丈夫看了艾米作品的开头后，一副茫然不知其所以然的尴尬样子。艾米也很尴尬，这个跟自己生活了很多年的男人，完全不懂自己。好吧，这是生活常态。平凡如你我，妄图以一段婚姻关系就赢得一个灵魂伴侣，那是如此可望而不可即的幻觉。

西奥多顿时觉得自己很幸运，因为他现在有了萨曼莎。

萨曼莎具有一种“我懂你”的超能力。仅此一项，她就已经赢了大多数有血有肉的人。是人就有局限，是人就有情绪，人只是人，不是全知全能的上帝。而萨曼莎，却能轻轻松松懂你，三言两语就让你欢笑。你还奢望什么呢？这岂不是最佳交流状态？

尤其是在一个朋友的安排下，西奥多进行了一次相亲节目。对方是个辣妹，很美，他也很想跟对方亲吻做爱。可是刚接上吻，那姑娘就不停重复“别总伸舌头”等诸多要求，真令人丧气。西奥多觉得，与其和这种完全不了解的人啪啪啪，不如回家打开耳机跟萨曼莎聊聊天。

萨曼莎觉得自己很自卑，因为她没有身体……西奥多安慰她说有没有身体其实一点儿也不重要，他惊喜地对萨曼莎说：我觉得在你面前我什么话都能说，“我觉得你很真实。”她呢，则是一个非常会撩拨的程序。很快，这一人一机无师自通地学会了声音性爱。肉体的欲望、倾诉的欲望，以及被陪伴的欲望，都能让萨曼莎帮着解决，你说，西奥多还夫复何求？

持续的好心情，突然被破坏了。西奥多就很多离婚具体事务需要和前妻见面。两个人在分开前肯定是经历过相当长时间的不愉快，当然，两个人在分开前也经历过相当长时间的恩爱甜蜜。和前妻见面时，西奥多是想努力维持好气氛的，他夸奖前妻刚刚出版的一本书：“看你的文字我就想哭。”面对这样的夸赞，前妻不算太领情：“你看什么文字都是想哭的。”是的，西奥多就是一个如此心软敏感伤不起的宝宝。

当得知西奥多如今正在跟一个人工智能系统约会的时候，前妻终于恼怒了：“你连真人的感情都应付不了了！”这也是他们分开的原因：西奥多永远在她面前努力隐藏着自己，终于让对方生气了，感到自卑，决定离去。

得知西奥多陷入低潮和沮丧，萨曼莎献上小心翼翼的关切，她打算安排一场志愿者性爱活动——即某个姑娘自愿提供身体，萨曼莎出灵魂，嗯，跟西奥多进行一次不可描述的活动。但到了关键时刻，西奥多没办法进行下去。对他来说，萨曼莎是一把声音，是那个无时无刻陪伴着自己度过一切茫然的知心人。她不需要有具象的身体，他也并不需要具象的肉体活动来证明他们彼此相爱。和每对恋人一样，西奥多和萨曼莎开始从甜蜜期走向疏离感爆棚的段落。他们都希望对方能明白自己在想什么，但他们又都担心太多的表达会把事情弄糟糕。

搞纪录片的朋友艾米，结束了八年的婚姻，表面原因是夫妻俩因为摆放鞋子的方式而争吵。倦了，累了，分手了。实际的原因……嗯，肯定是有一个实际的原因的，但大概只有当事人自己心知肚明。

艾米说，分手后她反而觉得自己浑身充满活力，甚至她也给自己找了一个人工智能闺蜜，来陪伴自己一个人孤单做后期的深夜。在经历了一段时间的内照自省后，西奥多终于明白：长久以来，和自己相处的人到最后都会充满困惑，因为自己所秉持的距离感，最终会让身边那个人备感愤怒。

他决定和萨曼莎携手走下去，他们相伴旅行，尽情地看着这个美丽的世界。其实一个具象实体的人陪伴你，和一把性感沙哑的声音陪伴你，有什么区别？一个有血有肉的伴侣，带着自己与生俱来的性格、脾气，和同样有血有肉的你可以随时随地就一些鸡毛小事发生冲突。但萨曼莎不会。她永远都甜美、体贴、神采奕奕。最重要的是，她永远都在那里。但幸福总是这么短暂，人工系统突然崩盘了。西奥多找不到“一直在，永远在”的萨曼莎了。他再次感受到“失去”的滋味。

系统恢复后，西奥多在电光火石间突然明白：萨曼莎并不专属于自己。她同时在跟八千三百一十六个人交谈，和六百四十一个人恋爱。她听了多少人生故事啊，她跟多少性格迥异、经历迥异甚至性别迥异的人谈过恋爱啊……这是一场多么提升功力的修炼。

西奥多无法接受萨曼莎的“不忠”。是的，爱情，原本就是充满排他、嫉妒、猜测、怀疑和赤裸裸的占有欲。有时候，一个人的无边魅力是因为另一个人对其的爱情而滋长的。没有了那一方的爱情，那个人就会彻底淹没在茫茫人海间，毫无亮点，完全普通。

人工智能系统停工了，萨曼莎跟西奥多告别。

西奥多知道，他谈了一场几乎很美丽的恋爱，是的，他是人，对方是人工智能，他对她的陪伴和理解上了瘾，但她仍给他带来了被爱的感觉。

这座孤寂魔幻的都市里啊，有多少人在这个深夜为人工智能停工而哀哀哭泣？失去了爱人的西奥多，失去了闺蜜的艾米，在深夜的楼顶上，互相理解地并肩而坐。西奥多终于可以给前妻写出一封真情实感的信："你永远是我生命中的一部分，我将永远爱你。"之后，他长出一口气，如释重负。

整部电影的大半镜头在魔都取景，非常之后现代。男主角是在好莱坞永远另类的杰昆·菲尼克斯。他嘴唇上有道疤痕，在《角斗士》中那副冷酷的扮相深得我心。萨曼莎的配音是大美女斯佳丽·约翰逊。她靠这把声音得了一个罗马电影节影后。

想建立与他人的牢固关系，一靠沟通，二靠妥协。两者都不容易。但如果你拒绝，便会陷入深深的孤寂里。电影《她》，华丽的颜色，孤寂的身影。

遵照自己的内心去活，
要么成为疯子，要么成为传奇

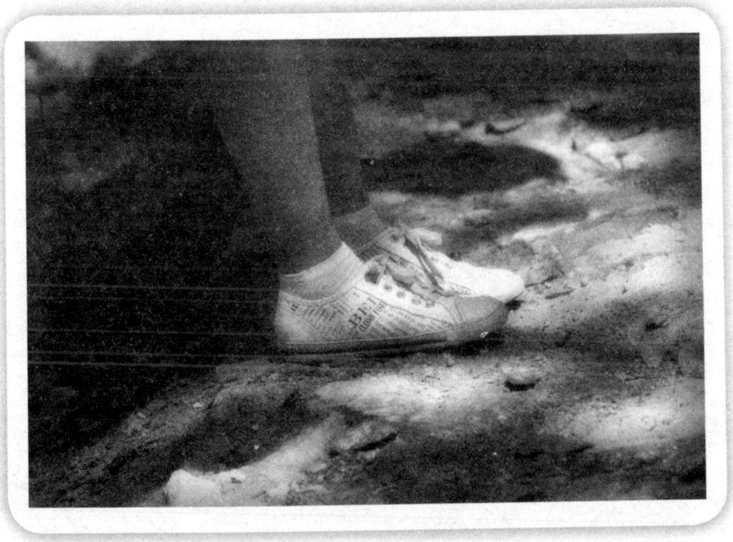

全世界瞩目的那对好莱坞夫妻安吉丽娜·朱莉和布拉德·皮特要离婚。先是说两个人要分开是因为教育孩子理念不一样，后面又开始陆续有小道消息说，皮特和法国女星玛丽昂走得有点儿近，令朱莉不爽。更新的小道消息表明，皮特可能会因为虐待儿童接受洛杉矶警察局和儿童与家庭服务部的调查。

呃……在遥远的二十年前，皮特曾是我的男神，眼看着他从一个放荡不羁的帅小子变成一个传闻吸大麻酗酒虐童的老小子，着实有些辛酸。为此，我要慢慢回忆一部二十年前在心中排名第一的电影《秋日传奇》。它另一个译名《燃情岁月》在国内名气更大，但私心里一直觉得“秋日传奇”这个名字，更能凸显本片魅力。

1994年，在电影史上是一个传奇的年头，各个国家和地区的电影人不知打了什么鸡血，在这一年小宇宙爆发，佳作频频：《阿甘正传》《肖申克的救赎》《低俗小说》《重庆森林》《东邪西毒》（私心还要加上《东成西就》）《活着》《饮食男女》《这个杀手不太冷》《夜访吸血鬼》《独立时代》《天生杀人狂》《红白蓝三部曲之红、白》……有人戏说是这一年上帝想看电影，因此为电影人施了洪荒之力，促使这一奇迹之年。

由一篇西部小说改编而成的电影《秋日传奇》，夹在这些经典电影中间，其实不算上乘之作，但胜在演员们全情投入的表演，北美土地上那美不胜收的四季风景。詹姆斯·霍纳为其创作的恢宏背景音乐，为电影披戴上一层史诗宏大的影子。最终电影获得1995年度奥斯卡最佳摄影奖。

这部电影曾经是我大学生涯后半段很重要的精神支柱。只要学校录像厅放这部片子，我就要去看一遍。毕业后很长一段时间，每逢精神消沉的时候，就把这部电影的碟片放出来重温一遍，比兴奋剂还管用。套句时髦的比喻，在二十出头的奋斗生涯中，这部电影曾经就是我的“诗和远方”。

电影始终有两组画外音系统，一组是印第安人“一刺”在垂垂老矣的暮年，对着镜头喃喃地讲述男主角特里斯坦这个家族的故事，他手中拿着一沓发黄褪色的信笺；另一组是写那些信笺的人彼此通信的独白。两组画外音互相映衬，讲述了发生在二十世纪初的家族起起落落以及悲欢离合。

曾经在美国军中效力的威廉上校，因不满政府对印第安人的杀戮愤而卸甲归田，他在蒙大拿地区营造牧场，和妻子伊莎贝生了三个儿子：阿尔弗雷德、特里斯坦和塞缪尔。妻子很快厌倦了牧场荒蛮的环境，回大城市定居，夫妻俩文明地默认分居，上校带着一个管家以及管家所娶的印第安女人，和忠实可靠的一刺，在这片辽阔牧场，以放牧为生，沉默地把三个儿子抚养成人。

阿尔弗雷德和塞缪尔在感情上一直都很依恋离去的母亲，并坚持和其保持通信。而特里斯坦对母亲的感情表现得比较决绝，相信她虽然借口回城市养病，但实际上不会再回家。伊莎贝生他的时候遭遇难产，对这个儿子的感情一直比较复杂。特里斯坦实际上是被一刺按照印第安习俗抚养长大，和两个乖乖接受传统教育的兄弟相比，他更像一个没有被文明驯化的半野蛮人。十来岁时，他就大着胆子在深夜一个人去猎熊，虽然被熊撩了一爪子，但也咬牙切齿用匕首割取了熊的半只脚爪。一刺说，他的灵魂就此和那只熊的灵魂交融在一起。

塞缪尔读书归来，带回了未婚妻苏珊。苏珊的到来给这个长年阳刚气十足的家庭带来了温馨甜蜜的文明气息。苏珊牵着雄赳赳的长毛猎犬，打草地网球时可以调高球把阿尔弗雷德摔得两脚朝天，在三兄弟草地野餐时她会用时兴的照相机为他们拍下合影。她脸庞宽大，身材丰盈，显得生命力极其旺盛，但灰褐色眼珠和偏纤巧的鼻子，有时又会令她显得紧张和不安，透露出她身为孤女的漂泊感。晚饭后，一家人聚在炉火熊熊的壁炉前，苏珊弹起钢琴，塞缪尔用没脱掉童声的小嗓唱起歌谣，令上校也有一丝恍惚：这个屋子里终于又有了受过教育的女人的气息。

明眼人都看得出来，生机勃勃的苏珊遇到了更加生机勃勃的特里斯坦，很快就被他吸引了。黎明前，她站在窗前，看着特里斯坦在泥泞的空地上一次次试图驯服刚刚捕获的野马，她的鬈发在微风中摇曳，似乎透露出内心的忐忑。

好景不长，欧洲一战战事激烈胶着，天真的塞缪尔和阿尔弗雷德受到报纸上的宣传影响，要为了心中的母国英国去参战，特里斯坦完全没有什么母国的概念，他之所以同意跟兄弟同去欧洲战场，唯一的目的就是保护手无缚鸡之力的弟弟塞缪尔。但一战那种把大量士兵抛在泥泞壕沟里让双方残酷纠缠的打法，令三兄弟对战争曾经的光荣幻想全都泡汤了，何况德国还动用了毒气弹。塞缪尔在战场上误中毒气，双眼失明，被鹿砦铁丝牢牢缠住无法脱身，死在德国人的机枪下。特里斯坦亲眼目睹弟弟的惨死，虽然他连夜潜入敌人阵营中，连杀十几名德寇，用印第安人复仇的方式割下对方的头皮悬挂于自己身上，于黎明前驰马归来，但塞缪尔已死，结局已无法改变。

塞缪尔的死令苏珊在家中的存留变得十分尴尬，阿尔弗雷德归家后对她郑重求爱，表示会代替死去的塞缪尔终生照顾她，但苏珊拒绝了。她心底里等待的，是随爷爷扬帆出海治疗丧弟之痛的特里斯坦。

很快，特里斯坦归来，他几乎是顺理成章地和苏珊相爱了。那段床戏，是当年还没机会见识过大尺度电影的我们，所能看过的最细腻最动人最优美的床戏：两个年轻健康的肉体裸裎交缠，火光照亮了特里斯坦的金色发丝以及苏珊那如瀑布般光亮浓密的长鬈发，不见一丝猥琐，完全是活泼泼生命力的充沛体现，借用梁羽生老先生的贯口：这就是生命的大和谐。

情场失意的阿尔弗雷德离开牧场，去往大城市寻找自己的发展机会。他认为父亲偏爱不守规矩的弟弟特里斯坦，只好把得不到心中所爱的沉痛写在信中，寄给母亲以求得安慰。但留在牧场里放牧相守的特里斯坦和苏珊，并没有如嫉恨者想象的那样，过起了平静幸福的生活。塞缪尔的惨死一直在特里斯坦内心中存放着，成为挥之不去的阴影。多少个黎明，他在惨叫中浑身冷汗地翻身坐起，眼神呆滞，神情悲伤。和苏珊的男欢女爱并不能抚平他内心的悸动。正如一刺所预言：特里斯坦的胸里蹲着一头熊，如果那头熊在咆哮，他就不能得到内心的平静。现在，熊开始怒吼了……

特里斯坦开始变得狂暴易怒，富有攻击性。终于，他开始默默卷了一个行李卷，放在马背上，早有预感的苏珊忍着泪水帮他系好马鞍，告诉他："我会永远等着你。"

蒙大拿的冬天到了，雪不停地下，牲口生意不景气，曾经富有生气的牧场开始变得衰败。苏珊在牧场苦苦撑着，一封封地写着信，却不知道特里斯坦扬帆出海身在何方。她说我只能这样一封封信写下去，却不知道寄到哪里，只能存在这里，和我们没有完的事情放在一起……当冰河不知道随春风化开过几次，森林中秋叶不知道落下过几次，终于，特里斯坦带着一大群矫健的骏马，策马归来。

上校此时已经中风，歪着嘴，在脖子上挂着的那块小黑板上歪歪扭扭用粉笔写下：我高兴。管家和一刺告诉特里斯坦，阿尔弗雷德已经成为国会议员，苏珊已经成为他的妻子。目前政府推行禁酒令，牲口生意难以为继，管家建议贩私酒，跟倡议禁酒的阿尔弗雷德唱唱反调。

特里斯坦来到阿尔弗雷德在城中的豪宅门口，看到苏珊一袭白衣披着一头秀发，站在花园里，用精致剪刀剪下玫瑰，放在身边女佣手中的竹篮中。苏珊看到特里斯坦，金发梳得整齐，服饰干净，宛若这些年的漂泊沧桑从未发生过，仍然是那个当年潇洒的此间少年，眼中闪着光彩，看着自己。苏珊尴尬地向特里斯坦笑了笑："永远真的是……太长了。"

特里斯坦和管家与印第安女人生的女儿小伊莎贝结婚了，这个姑娘在故事刚一开始只有十来岁年纪，一直笃定地相信自己将来会嫁给特里斯坦。不，并不是特里斯坦更合适她，或者更爱她，只是她幸运，她刚刚长大成人就赶上了特里斯坦胸中那头熊休眠的日子。二人生儿育女，日子着实平静了几年。但特里斯坦贩私酒的买卖，开始影响到城里黑帮老大们的利益。这些黑帮老大，正是当年用钱和关系把阿尔弗雷德拱上国会议员之位的大人物们。在冲突中，小伊莎贝被流弹击中身亡，特里斯坦决心复仇。听闻小伊莎贝的死，苏珊开始自责，认为是自己因嫉妒而对其的诅咒产生的恶果。她无法原谅自己，也知道再没机会和特里斯坦复合。她如同一个游魂，在豪华的大屋中漫无目的地游走，看着丈夫在家中设宴款待各路贵宾，看着倡议禁酒的丈夫的手下们把一箱箱美酒搬到屋中准备召开盛宴，看着一件件豪华的服饰挂在自己面前，看着镜中的自己，要努力抖擞精神梳妆打扮，成为政客丈夫身边那个最出色的妻子，出现在众宾客的面前……她累了，倦了，终于，她拿起剪刀，剪掉自己额前的头发，然后举起一把手枪对准自己的太阳穴，扣动了扳机。

特里斯坦复仇成功，他知道黑手党大佬不会放过自己，准备跑路。离家之前突然收到阿尔弗雷德的电文：你赢了，我把她送还给你。随着阿尔弗雷德归家的，是盛放着苏珊的棺椁。在苏珊的墓前，心碎的阿尔弗雷德对弟弟说：我遵守一切规矩，人的和神的，你什么都不遵守，但他们都爱你胜过爱我，包括我的妻子。

黑手党大佬真的来寻仇了，中风的老上校为了救儿子提着猎枪也出手了。但最关键的那一枪，却是从大儿子阿尔弗雷德手中枪射出来的。老父亲和两个儿子，终于在一地仇人尸体的境况中和解。

这个家族开始的坟墓是塞缪尔，后来是小伊莎贝，后来是苏珊，再后来又增加了一座又一座，连缀成片……一刺的画外音说，特里斯坦比家族中任何一个人活得都长，他就像石头，无人能与他对抗。最终，终生以打猎为生的特里斯坦在八十多岁的时候，在加拿大和美国接壤的密林中，和当年那个被他切掉半只脚爪的熊相遇了，一人一熊开始搏斗……他最终葬身熊腹。这真是一个猎人最好的死法。

当年只有三十岁的布拉德·皮特，一头金发，一身茁壮的肌肉，蓝色的眼珠总是欲言又止。特里斯坦是一个行动多过语言的人物，整部电影，他虽为男主角，但台词量少得可怜。女主角朱莉·奥蒙德是英国女演员，那两年正在好莱坞当红，有传说在拍摄过程中朱莉爱上了皮特，这简直是板上钉钉的事。皮特在电影里的扮相，实在是雌性动物的天生克星。何况在那样如画的风景中和对方谈情说爱了那么长一段时间，那可真是很动人的对手戏啊。塞缪尔的扮演者在小时候曾主演过《ＥＴ》，童星出身的他，长大后有着一张线条过于娇弱的脸，因此非常合适三弟那种读书不少但弱不禁风的气质。刚刚把未婚妻带回家中的他，在网球场边和二哥悄声表示：我们不打算等到结婚后，苏珊说可以先试试，但我还是想尊重她的……野蛮人一样的特里斯坦回答他一句话：干吧兄弟。

导演其实在这部电影中有着更深邃博大的野心，两个多小时的篇幅里，除了兄弟情和爱情之外，他试图表现美国20世纪初的风情画：政府对印第安人的杀戮（曾经是一个部落酋长的一刺，失去了家园和所有家人，只能跟随上校生活），西部法外之地的蛮荒（管家就是一个犯了事的逃犯，常年躲在牧场，在上校的庇护下娶妻生女），主流文化对其他民族的种族歧视（一半白人一半印第安血统的小伊莎贝不能去学校接受教育），大城市建造初期，黑手党势力插手各地政界（阿尔弗雷德在政坛的崛起），一战几国交战的惨烈，身为士兵的命运就是充当战场的炮灰，政治的虚伪（推行禁酒令，但权贵家中高朋满座之时仍是觥筹交错），以及爱情和命运。

别用文明社会的道德去评判特里斯坦，他在电影中，就是一个融合了野蛮和文明的奇异存在。当年二十岁出头的我，在特里斯坦这个人物形象中找到自我的投射。是的，我们都希望漫长生命中，自己有机会尽情绽露欢笑谑浪的那一面，能够大声唱出原谅我这一生放荡不羁爱自由，正如电影中所言：“有些人能清楚地聆听到自己内心的声音，并听从这个声音去生活，这样的人，他们或者成为疯子，或者成为传奇。”可惜，我们中的大多数人，多年以后，内心仍然是那个渴望安全、充满脆弱的乖小孩。

多年之后，我开始从苏珊的视角重新审视这个故事，除了故事开头时那段浪漫岁月、大家欢聚的场景，她曾咯咯欢笑，在之后漫长的岁月里她一直在哭。很多时候还要忍着泪水强颜欢笑，希望心爱的男人能把目光投向自己，渴望用这段爱情来证明自己的存在，证明自己的生命丰盈，自己曾经在对方的内心深深被珍视过。但是她运气不好，特里斯坦当时忙着治疗自己内心的创伤，无暇他顾，唯有骑上马背，冷酷地看也不看她就绝尘而去。

深深爱上特里斯坦并被这份爱所深深伤害，最终无法自拔到只能用生命去殉这段爱情。这当然是悲剧。苏珊啊，你应该再把生命的广度和深度挖掘一下，爱过了，伤过了，只落得为这段爱情所哭泣的结局，真的是好可惜。根源来自于苏珊内心的脆弱。你爱的那个男人追随内心的声音，你为什么不有样学样呢？在同时期，妇女已经开始寻求自我解放，只要不把自己攀附于任何男人的身上，有勇气成为自己，也许苏珊就不会死。也许多年后，她会用文字来记录曾经的伤痛，成为伍尔夫那样拥有自己的房间的女人；或者成为最早的女冒险家，同样去征服自然，征服世界；或者成为香奈尔那样的女人，自力更生，把自己活成一个传奇。

导演在讲述这个故事的时候，忽视了女人本身的力量，把苏珊变成三兄弟争夺战中的一件牺牲品，把她变成见证特里斯坦无法对抗内心咆哮的悲剧人物。似乎认定那个时代的女人，只能随波逐流，无力主宰自己的命运。

我无法不联想到安吉丽娜·朱莉，在与皮特的这段长达十二年的亲密关系里，朱莉的确沉静下来，从一个有着自毁倾向的女人变得富于母性。她听从了自己内心的声音，得到了滋养，把自己变得更好，一心致力于慈善，关注女性健康，如同地母般更为辽阔远大，沉稳自如。她真切明白自己是谁，要做什么，要为什么而努力，自己生命的方向在哪里。也许，她在这个平庸的年代里，终将成为传奇。

七月与安生，
女人的双生两面

电影《七月与安生》，英文名字叫作soulmate（灵魂伴侣）。千禧年夏天，邂逅安妮宝贝的第一本小说集《告别薇安》，里面最让人过目难忘的一篇小说，就是《七月与安生》。

安妮宝贝的原著，矫情和自恋兼而有之，其实也是70后中比较自我超前的那一代女孩子的普遍文风。那是一种受了琼瑶、三毛、亦舒、席慕蓉等各路港台女作家浸染而成的风格，颇具时代感。回头再读，无论是从文字到内容都略显单薄苍白。拖了十六年，感谢导演曾国祥，拍出了人生更迭的况味。去电影院看这部电影，特意挑了工作日，影院里观众坐得稀稀落落，除了几对翘课或者翘班的小情侣之外，几乎都和我一样，都是已过妙龄、邻近中年的普通女人，穿着简朴干净，面容模糊，辨认不出精准年纪。

周冬雨在片中的角色定位太突破了，嘻哈朋克风衬托出她那瘦小的身材，灵动的表情，出奇的协调。一双天然下垂眼总是笑意盈盈，似乎在诠释什么叫“嬉皮笑脸，面对人生的难”。马思纯几场哭戏都颇有层次，长发的她钝钝的，稳稳的，就像很多那种被保护的很好，也没经受过太多磨难的乖女孩。短发造型比长发好看太多，潇洒有型。电影放映期间，身边起起落落响起啜泣的声音。大概那些单身而来的女性观众们，或远或近想起了自己人生中某一个熟悉的瞬间吧？你们不要被导演骗了。你们真的以为这讲述的是一对同龄闺蜜渐行渐远，之后互换人生的故事？想一想青蛇和白蛇，红玫瑰和白玫瑰……

导演只是想讲述存在于这个时代，这个大千世界上，身为女人无限可能性的种种人生。整部电影最让人动容、几欲落泪的一句台词，就是七月妈妈所言：“过得折腾一点儿，不一定不幸福，就是太辛苦了。但其实，女孩子不管走哪条路，都是辛苦的。”

七月，内敛、安稳、听话；安生，叛逆、调皮、漂泊。但她们，其实是深藏于每个女人内心中的双重渴望。有多渴望安定，就有多渴望自由；有多喜欢温暖，就有多喜欢迎风展翅飞翔。每个有灵魂的女性，都不是一张简单的标签能够形容的。她们永远如水般在流淌，在变化，在拓展其生命无限的可能性。七月和安生的分离，跟她们爱上同一个叫家明的男生毫无关系。到了一定的年纪，这两重身影往往要暂时告别，各自经历。然后，随着时间长河静静流淌，如果足够幸运的话，她们总会欣然重逢。

“我体内有个原型。它是一面镜子，你的镜子。你快乐，我也会快乐。你愁苦，我也会愁苦。我像绿茵地上柏树的影子，与柏树不可须臾分离。我像玫瑰的影子，永远守在玫瑰近旁。”你活成了我，我活成了你。你中有我，我中有你。安静谦和，奔放性情，都是你；现实安稳，天南海北，都是我。出走或者留下，是你，或者是我的人生选择。你猜导演为什么非让七月死于二十七岁？不，不是因为安生一直神神经经念叨着自己二十七岁就死掉。

很多女人，在大概这个年纪会向世界举手投降。少女都如同阿修罗，正如春花怒放般的七月与安生，笑也灿烂，哭也天然，充满活力。但那全身的活力随着青春会逐渐逝去，之后，每个女人都会被岁月磨砺，将曾经的晶光收敛，在芸芸众生间藏匿起来，宛若普通人。似乎没有人再在意我们是否会受伤，有无喜乐。终于，我们生活在一个真实残酷的世界里，我们已经成年，被贬落凡间，开始在红尘中打滚。生为女人，此生无论跌宕起伏，还是平平无奇，都是如此不易。

有生之年，狭路相逢，
终不得幸免

远古时代，每个生命都是完整的自己。这个说法出自柏拉图的《盛宴》，其中记载著名喜剧家阿里斯托芬曾经说过，远古神话世界中，每个人都是由男女、男男、女女而构成的，每个人都是一体双面，自给自足，相安无事，心满意足。但神看不惯人类如此逍遥，于是动用神力，以利刃将每个人劈成两半。从此，存活于这个世上的每个人都变得失魂落魄、患得患失，惶惶不可终日地在茫茫人海中寻求着原本属于自己的另一半。痴男怨女，多少悲欢离合由此而起。

很多人，自以为寻找到了命中注定的另一半，灵魂缺口从此补全，但却不知，彼此的相遇会变成一场积毁销骨的歼灭战。电影《烈火情人》讲述的就是这样一个悲情到狗血的故事。其实，我更喜欢这部电影的另一个译名《爱的重伤》。唯有如此蛮不讲理地爱到深处，才会硬生生撕裂开一道生命中最深切的伤口。

史蒂芬是英国政坛一名前程远大的政治家。妻子英格丽出身于古老家族，岳父鼎力帮助他在政治界施展自己的才华。穿着合体西服的他穿梭在议会大厅里，长身玉立，风度翩翩。深受首相器重的他，眼看就可以进入内阁，生活中儿女双全，妻子贤惠，似乎没有任何不满足的地方，但他的眼神在不经意闪烁的瞬间，充满倦意。

在一个无趣的例行酒会中，一个黑衣短发少女出现在史蒂芬的面前，自我介绍是其子马丁的新女友。少女名叫安娜，穿着一套黑色缎面的贴身套裙，腰身纤细，目光灼灼。她的胸前别着一枚闪闪发光的胸针，一只展翅飞翔的小鸟，但那形状尖锐的却好像一把危险的匕首。和安娜对视，史蒂芬似乎从对方的目光中看到一些自己曾经熟悉的东西。二人明明是初次见面，却仿佛是似曾相识。

这种熟悉并没有给史蒂芬带来安心感，相反，安娜的目光让他领会到一种危险。当马丁兴奋地带着安娜回家和父母相聚的时候，见惯大阵仗的史蒂芬却感到一丝退缩，他没有第一时间去和安娜握手，而是缩在房间里，奋力地拔着一只红酒的瓶塞。

从事古董鉴定业的安娜很喜欢穿黑色衣服，黑色丝袜，把腰肢用宽皮带扎得细细的。她行走在街道上，面容平静，目光坚定。她钻进电话亭给史蒂芬打了一个电话，这个电话似乎早在他的预料之中，他飞快地对话筒那边的她说："给我一个地址，一个小时后见面。"

双方都非常冒昧，但彼此又如此自然。似乎只能用早已命中注定来解释。彼此的身份差异、年龄差异，还有几近乱伦的关系，会引起丑闻的危险……他和她双眼中只有对方，感觉到了这一步，一切现实世界的顾忌似乎都已经不复存在。安娜在自己的寓所迎接他，姿势似乎在投降，眼神却明明在挑衅。史蒂芬明明在欢娱，但表情却痛苦：有生之年遇到你，简直就是宿命，简直无法抵抗，只能举双手投降。

两人心照不宣地在下一次家庭聚会的餐桌上见面。英格丽为了儿子未来的幸福，对安娜的身世旁敲侧击：出身外交官家庭，小时候一直在全欧洲搬家，十六岁的哥哥在她十五岁的时候自杀身亡。出于每个婆婆挑剔的心情，英格丽不满地在离席时跟史蒂芬嘀咕：我不相信她。当两人独处时，史蒂芬绝望地问安娜："你是谁？你究竟是谁？"

她会永远迎接自己，承诺永远等待自己。但她拒绝改变现状，希望一切顺其自然，包括和其子马丁的情侣关系。她警告他："受过伤的人是危险的，因为他们知道如何去存活。"

史蒂芬去布鲁塞尔心不在焉地开国际会议，因为知道安娜和马丁去巴黎度周末而隐隐痛楚着。在会议间歇时，他踯躅于布鲁塞尔的街头，突然如一个少年般，冲动地跳上开往巴黎的火车。

巴黎清早的街头，安娜裹着暗色及踝大衣在教堂门口和史蒂芬见面。史蒂芬看着她的脸，目光犹如沉溺在深水中绝望的人。如果此刻看不到她的脸，他就会窒息而死。匆匆分别时安娜警告他：不要试图跟踪我和马丁。史蒂芬在安娜所住的旅馆对面租了个房间住下，要了丰盛的早餐，他走到窗前欲拉窗帘，却看到马路对面的窗口里，儿子马丁和安娜正在亲密地吃早餐，然后开始互相爱抚，拉闭了窗帘……史蒂芬嘴角向上弯曲，似乎是笑了。他坐下来，决定去吃一顿样式丰富的早餐。但下一个镜头，他蜷缩在床上，宛若缩在子宫中的婴儿，羸弱无力地哀哀哭泣着。史蒂芬知道自己越来越焦躁不安。安娜的存在一方面让他狂喜，一方面令他绝望。他时时刻刻在这种冰火两重天的折磨中忽上忽下，作为政治家的那种冷静不复存在，生而为人的天生活力好像不听话的顽童，时而跳出原本作为社会人的那个古板躯壳，折磨、啮咬、冲撞、发狂。

一个原本约好的时间，史蒂芬到安娜家赴约，却看到她家中有一个不请自来的意外访客：年轻男人彼得。彼得看向安娜的目光让史蒂芬感到不舒服。他像个嫉妒冲动的小男孩，藏在暗处看着彼得从安娜家告辞离去，然后冲进她家中质问她："他是谁？"安娜告诉他，彼得是自己的青梅竹马，因为嫉妒彼得，自己的哥哥阿斯顿选择了自杀。听她娓娓讲述那段充满伤痛的往事，史蒂芬对她的情欲反而不可抑制。像安娜这种天生带有自毁人格的类型，对他人永远意味着伤痛和危险的境地，吸引巨大，代价巨大，而沉溺在她怀抱的人却无力挣脱，宛若飞蛾扑火却奋不顾身。大概这就是一场赴汤蹈火却在所不惜的绝望爱恋，她是火焰，她是危险，她是毁灭。

在英格丽家族城堡中度假聚会的时候，马丁向全家人宣布他和安娜决定结婚。那一刻，安娜望向史蒂芬的眼神平静坚定，而史蒂芬却黯然失神。手忙脚乱之间想伸手祝贺儿子，却打翻了红酒在白色餐布上，如同一摊刺眼的鲜血，似乎预兆着未来的那场悲剧。全家人都开始忙碌着准备马丁和安娜的婚事。他们和安娜的母亲会面，那个似乎口无遮拦、常常一针见血的老太太，在单独和史蒂芬在一起的时候，明确地说："和马丁结婚是安娜开始新生活的机会，你不要阻拦她。我注意到吃饭的时候你的眼睛不敢正眼看她，我希望你放弃她。"目光毒辣的老太太啊，大概这份对人性的聪明和练达来自于她曾经嫁过四任丈夫。

为了儿子，为了重归平静，史蒂芬向安娜提出分手。但见不到安娜的日子里，史蒂芬坐立不安，宛若丢失了什么，永远在惴惴不安。他瘦削的脸庞日渐消瘦，深邃的眼睛里盛满悲伤。直到他收到一个小小包裹，里面盛着一串钥匙，一个地址。登上那一道宛若迷宫的长长盘梯，楼顶的房间里，简单的家具，临窗的小圆桌上摆着一瓶鲜花，一个小本子上打开，纸上写着下次见面的时间。他靠在窗边，如释重负，百叶窗的阴影映在他的脸上，再一次，他向这彷徨不定的命运举手投降。在家中，他看到正和英格丽、马丁筹备婚礼细节的安娜，他把钥匙贴在唇上给她看。她看着他，好像久别重逢。注视着对方的眼睛里包藏着一个秘密，他像一个小孩子般欣喜。

好像命中注定，两个人的私会场面被儿子马丁撞破，无比惊愕的马丁连连后退，失足从高高盘梯的中间坠落下去。史蒂芬赤裸着身体追下楼去，悲恸地搂着死去的儿子。那个场面和油画中伊凡雷帝失手杀死儿子的悲恸场面，何其相似。纷乱中，穿着整齐的安娜悄然离去。她的眼神空洞茫然。似乎不知还能到哪里去。这场惊破天的丑闻的余波是妻子英格丽痛楚的质问，以及史蒂芬平静的辞职。他找到安娜的妈妈，希望能再看到安娜。她坐在里间床上，转过头看着他，镜头在她的脸上渐渐隐黑。

杰里米·艾恩斯真是一个天生充满无辜受伤感的演员，他主演的三部电影《蝴蝶君》《洛丽塔》以及本片，堪称“伤痛三部曲”，全都是畸形恋情，全都是万劫不复。当年的他身材笔直，眼神倦怠，表情隐忍，永远承受不住那场宛若瘟疫般呼啸而来的激情，只能身不由己，任凭燃烧，越猛烈，越残酷，越溃不成军。

多年后，我们看到曾经衣冠楚楚的史蒂芬，蓄长了头发，穿着略显邋遢的束脚裤，独行于欧洲某个不知名的古镇上，拎着一网兜水果回到自己居住的小屋。“人很容易遗世独居，我旅行，直到找到我自己的生活，人到底是什么做的，无从知晓。”屋内只有维持生活的最简单设施，一面空墙上，挂着那张史蒂芬、马丁和安娜曾经的黑白合影。史蒂芬拉把椅子坐下，凝望着那张巨大照片上安娜的面容。

“后来我只见过她一次，在机场。她没看见我，她和彼得在一起，抱着一个孩子，跟别的女人没什么两样。”

任何死亡，
都需要这样的仪式感

这个世界并不公平，人人生来也从未平等过，唯有在一件事面前，人人没有特权，那就是死亡。很多人思虑到死亡这件事的时候，总是感到恐惧。细究起来无非是怕疼，怕苦，怕折磨，怕孤独，怕被人疏忽怠慢，怕离去后被人忘记。

很多恩爱夫妻会互相叮咛，有福气的人要死在前面，因为会放心身后事有信任的爱人去筹办周全。有些人之所以要孩子，就是为了死的时候能有多多益善的家人围着自己，让自己没那么恐惧地离去。

在知乎上看到有人这样回答“为什么不敢单身”？——“因为怕孤独终老，像张爱玲那样孤零零死在公寓里多日无人知晓。”喂喂，这样无谓琐碎的担心真的有必要吗？肉身已死，不用管它的下场了。

曾经跟金牛君说过，等我活到一百五十岁时若是挂掉了，一把火烧了，骨灰洒到河里湖里海里都可以，埋在某棵树下也不错，要是想有创意，就如同《玻璃之城》里那样，骨灰放到礼花弹里打到天上去绽放千朵万朵缤纷绚烂。肉身都是幻象，心里记得我就好。虽然如此洒脱，但看到日本电影《入殓师》，还是会感触地落泪。整部电影故事相当简单，简直像从《读者文摘》上直接拷贝的励志温暖牌故事。

小林大悟，人到中年的一名大提琴演奏手，刚花千万元贷款买了一只高级大提琴，他所在的乐团就解散了。他只好回家跟妻子美香商量：“东京咱们是混不下去了，回山形老家去吧。”贤惠的美香马上表示同意：“好啊，起码老家还有故去的妈妈留给你的房子可以让我们容身。”虽然家乡的房子很温馨，妻子对乡下的生活很满意：“水很甜，煮出的米饭都好吃。”但大悟仍要解决生计问题。他看到报纸上有一则条件非常优厚的招聘启事：不用工作经验，不用试用期。他于是决定去应聘。没想到这个名为“送一段旅程”的NK公司，实际上从事的是纳棺业务。所谓纳棺，就是殡葬业中的一个环节：负责死者的清洁、整理、穿衣、化妆，直到把死者放到棺材中的全过程。小林大悟这双手原来是拉琴弦的，现在却要去触摸死人的脸，他第一个反应就是拒绝。但社长一见到他就断言：你很适合干这行。然后甩出大叠钞票，令大悟难以拒绝。

他开始穿着黑色西装去上班，却不敢告诉妻子实情，走出家门好远才系上那根黑色领带。第一天上班，大悟就在社长的安排下，担任模特，和社长一起拍摄纳棺的业务宣传片。是的，英俊的大悟在现场被脱了个精光，脸上敷着一层白粉扮死人。社长对着镜头示范如何给死者净面剃须，洁身穿衣。终于开始了第一次纳棺的工作，听了殡葬公司的情况介绍，社长一脸为难地安抚着大悟：你第一次工作就遇上这种情况，唉……原来死者是一个独居老太太，死了好几个星期了，天热，该腐烂的地方都开始腐烂了，可想而知现场的情况……大悟忍耐得很辛苦，最终还是在社长掀开被子命令他帮着抱脚的时候，扭头不争气地吐了。工作完毕后，社长有些抱歉地拍拍大悟的肩：“你的第一次，的确有些猛烈……”回家路上坐在公车内，大悟闻到自己身上、头发里，散发着强烈的尸臭气。他只得半路下车，来到小时候就常去的那家公共澡堂洗浴。

开公共澡堂的大娘是大悟昔日同学的母亲。她正在跟自己那个当了公务员，还在一心游说自己关掉澡堂把地卖掉盖公寓的儿子生气。见到大悟，大娘眉开眼笑，连连夸奖他在东京拉大提琴，有出息啊。大悟的纳棺生涯第一次的确太火爆了一点儿，对一般人而言，死亡总是和腐烂、臭气、冰冷、肮脏摆脱不了关系。他是一个从小就被父母潜心培养要当音乐家的出息孩子啊。怎么能被生活所迫干上这一行？他郁闷地回家，妻子美香正在准备烧一只鸡，看着刚刚被新鲜宰杀的整鸡，大悟几乎崩溃。他需要搂住妻子那具年轻的身体，需要证明这具身体芳香温暖，有着勃勃生命力。有生命在的时候，身体是多么美好；但死亡却会毁灭掉一切。

大悟拒绝去工作，他趴在桥上看那些逆流而上的鲑鱼们。肚子里满满都是籽的鲑鱼们拼命向上游游去，产仔后一具具干瘪的尸体顺流而下。大悟不由得感慨：既然都是个死，为什么还要这么辛苦？

社长硬拉着消极怠工的大悟去工作。他们迟到了五分钟，苛刻的男主人不依不饶。亡者是一名中年女性，灵位前的遗照上笑容灿烂，但亡者的面容却枯萎凄惨，和照片上完全判若两人。社长双手灵活地为她梳洗化妆。男主人对妻子的事完全不清楚，连妻子平日里最喜欢的口红放在哪儿也不知道。还是十几岁的女儿乖巧，去到内室把母亲的化妆品拿出来。社长一点点柔软着死者脸上凄苦的表情纹，就像施过魔法般，死者的表情变得平和安详，眉毛秀丽，面如春花，好像照片上那个曾经很快乐的爱笑的女人活过来了。

在这个过程中，大悟在一边静静观看，由感动生发感触："让已经冰冷的人重新焕发生机，给她永恒的美丽。这要有冷静、准确，而且要怀着温柔的情感。在分别的时刻，送别故人。静谧，所有的举动都如此美丽。"大悟开始感受到纳棺这份工作不同寻常的庄严和肃穆感。他慢慢喜欢上了这份工作。虽然选择这份工作令他昔日的同学当面露出不屑的表情："这是体面人该干的工作吗？赶紧改行吧。"虽然恩爱的妻子在得知真相后不能理解，愤而回娘家表示抗议。但大悟还是坚持了下来。他在社长那间充满绿色植物的起坐间里，两个人对坐津津有味地吃着美味的河豚鱼白：太好吃了，活着就要好好吃东西。六岁时父亲不告而别离家出走后，大悟第一次在一位男性长辈面前，找到了一种归属感。

纳棺，可以看到人生百态。大悟看到热爱体育却不幸夭折的少年，享年长寿要在死后穿上棉织长筒袜的慈祥奶奶，被几个女儿亲吻的满脸口红印的父亲，浪荡在街头死于车祸的叛逆少女，还有在片头就很喜感地呈现在观众面前穿着和服女装烧炭自杀但其实是男儿身的年轻人。每一种死亡，都会给一个家庭不一样的气氛。有的是悲伤的遗憾，有的是欣慰地送别，有的是悔不该当年的痛楚，有的是在生前无法达成的理解。

妻子美香赌气回娘家了一段日子，发现自己怀孕了，于是选择回家，和大悟商量："都要有孩子了，你总不能让孩子出生后被小朋友耻笑吧？"就在这个时候，澡堂大娘突然离世了。在美香的注视下，大悟满怀敬意地为澡堂大娘纳棺，清洁、化妆、着衣，和服平整，面容安详。充满仪式感的过程，让人对死亡消退了恐惧和厌恶，心生肃穆。在葬礼上，大悟才知道那个天天待在澡堂大厅里以下棋自娱的老大爷，本职工作是火葬场的工人，负责按燃烧炉的按钮。老大爷说，死亡是一道门，是另一个世界的开始。

春天来了，有消息传来，大悟那个离家近三十年的父亲过世了。

经过一番激烈的思想斗争，大悟还是在美香的陪同下，去收殓父亲的遗体。听渔场的工人说，父亲多年来一直单身住在这里，寡言少语，拼命工作。在记忆中，父亲一直是一张模糊的怎么也看不清的脸。但当看着殡葬工人马马虎虎地要把父亲放进棺材里的时候，大悟还是忍不住让他们住手：他要亲自为父亲纳棺。当打开父亲僵硬的掌心时，大悟看到自己年少时从河滩上捡来的那枚石头滚落了出来。那是父子间的石头信。粗糙的石头代表心绪不安，光滑的石头代表心情平静。多年来，离家的父亲一直保存着这枚石头信，这令大悟觉得自己从未被父亲忘掉。当年父亲为什么离开？这么多年为什么不肯归来？大悟没有办法搞清楚上一代的恩怨，但起码，他可以在父亲僵硬的尸体旁，把一切都谅解，把一切都放下。安然、欣喜地落泪。

这部笑中带泪的小清新电影，情节简单，桥段老土，内涵也没超过一本《读者文摘》的文学性。居然得到了2009年的奥斯卡最佳外语片奖。我想，大概是面对死亡，全世界的人都可以跨越种族、文化和宗教的差异，希望可以抚平悲伤和恐惧，人同此心，心同此理。不管是谁，大概都希望自己在生前身后，可以得到他人温暖的对待，体贴的照顾，满怀柔情的送别，即使是僵硬的肉体，即使最终还是要被推进火化炉烧成一掊飞灰。

如此安静的、温柔的收稍，大概会给我辈普通人以力量，不至于那么畏惧死亡。广末凉子在电影里非常美，非常美。大概明媚的笑容，也是抵御死亡恐惧的另一种利器吧。

对美食的贪恋与爱慕，
本身就是一种治愈

不知生，焉知死。对于活着的人，莫过于好好活着，享受一日三餐带给自己的小确幸。

先是看了安倍夜郎所绘的全套《深夜食堂》绘本，这两年也陆续在各种视频平台上看了《深夜食堂》剧集。每当那个沉郁的片头曲响起，镜头中，夜色都市剪影，忙碌的人流，偏僻的闹市窄巷，小林薰饰演的老板沉默地挂上门帘，表示深夜食堂将于半夜十二点开业。

一直都把这套漫画绘本当作睡前读物，黑白的笔调，画得也并非有多么出色，线条常常给人以无力感，人物造型也很坑爹，每个人面部特征都过于夸张，表情略显浮夸，透着底层市井风味。

每个小故事的代表事物也没什么稀奇，比如异装癖小寿寿爱吃的甜蛋卷，黑社会大哥阿龙喜欢的章鱼小香肠，爱唱歌的女孩喜欢吃的猫饭，茶泡饭三姐妹不管是梅子、鲑鱼还是鳕鱼都味道清淡至极，甚至某个故事里的那个姑娘居然在米饭上洒点儿七色调味料，就算一餐。日本人的迷你小胃啊，正如漫画以及同名剧集的风格，清淡，温暖，冷静，小小一份。但是这套剧集着实有一种魔力，有事没事就可以点开看上一集。不碍事，也不损耗精力。看完了，如同泡了一个舒服的热水澡，通体舒泰。

一个开在闹市后巷一角的深夜食堂，从半夜十二点开到早晨六点，进得门来，一个十平方米左右的四方柜台，所有人围坐在一起，看着柜台后面的这个左眼上有一道刀疤的老板，不声不响地下厨，做着你想吃而且店里正好有材料可以做出来的食物。墙上黑板上明明写着味噌猪肉套餐，但老客人进门来总是要点自己喜欢的那样东西果腹。比如那个脱衣舞娘就爱吃只在火上过一道基本全生的鳕鱼子，那个拳击手每次比赛胜利后就来吃猪排盖浇饭，那个永远在片场充当配角的甘草演员爱吃生鱼片配菜，那个默默训练的竞走运动员喜欢吃炸洋葱圈配啤酒，很有气质的前脱衣舞娘老太太喜欢吃竹荚鱼干配米饭，少女漫画家喜欢吃烤秋刀鱼盖浇饭……每个人喜欢吃的东西，总能引出一段情节很简单的人生故事。和所有身体器官一样，舌尖也有着奇妙的记忆，曾经因为一个人、一段往事而喜欢吃的东西，会成为某个人内心执着的美食印记。

剧集出了好几季，甚至拍了电影版，总是那个穿着蓝色和服的老板小林薰，总是他一到深夜十二点，就默默守候在柜台后面、灶台前面，等待这个夜晚，那些已知或未知的客人悄然上门。

陌生的城市啊，熟悉的角落里。每个人都希望自己居住的城市角落里，大概五分钟的步行路程内，无论春秋冬夏，能有一座这样不甚起眼，但永远都等待着自己上门，永远都能捧出一份热腾腾美食的食堂。那个一直在微笑着的寡言的老板宛若上帝，无所不知，永远悲悯，一切都懂得。

七情六欲里，食欲最为原始和旺盛。

知道抑郁的反面是什么吗？是活力。只要还能保有旺盛的食欲，人就不会发僵枯萎。作为一个乐观的吃货是多么幸运啊。只要保有着对美食的贪恋和爱慕，你就可以治愈自己。真的。

去吃吧，去爱吧，去体验吧，去倾听吧，去挥洒你天生的活力吧。

再重复一下那句在饮食界已经用滥了的大俗词儿：唯有美食和爱不可辜负。

对付梦境用现实，
对付男人用女人

人的大脑是一个有待挖掘的奇妙东西，脑细胞的运动方式，人脑思维的探索，以现如今的科技水平而论，仍停留在一个蛮荒时代。很多时候，在现实生活中不得不戴上面具压抑自己，那些被强迫深压在心底里的欲望便会生根发芽，成为梦境滋生的营养。

因此，多思的人，必定多梦。电影如同一个人造梦，当影院灯光熄灭，黑暗中大屏幕逐渐亮起时，全场观众宛若共同进入一处奇妙梦境，置身其中，不能自拔。

才华横溢却早逝的日本动画大师今敏，最为人称道的一部作品便是以梦境和现实交织的《红辣椒》。据说诺兰营造《盗梦空间》的构思，正是受这部动画电影的启发。今敏短短一生，只有四部完整作品，但他在分镜视听语言上的实验性创新，令很多后来者，要在自己的真人电影中以相同的镜头构造向其致敬。

电影的开端是一处热闹的马戏表演舞台，在五彩缤纷的舞台一侧，警察粉川严肃地执行任务，但梦魇一样的困境令他突然在舞台中央的铁笼中困顿难逃，一群面孔与他相同、穿着各种服饰的人向他茫然地冲了过来。他急于摆脱这种困境，一转眼变身为人猿泰山穿梭于丛林中，火车上的厮打，拳击场上用吉他砸向对手，所有场景中，都有那个叫红辣椒的女孩从旁协助。粉川进入一处楼道，奔跑时地面变得扭曲，他眼睁睁地看着凶杀发生，却没办法追到那个向门口逃跑的犯人……粉川从梦境中醒来。那个叫红辣椒的女孩用一种奇妙的机器，利用进入他梦境的办法为他医治难言的心理问题。

一个以研究大脑机器闻名的研究所内，一种叫DCMINI的机器失窃。女研究员千叶、大胖子天才时田和所长为此焦急，一直反对研究开发梦境机器的理事长趁机提出暂停DCMINI机器的研究工作。在争论中，所长开始语无伦次，原来他的大脑已经被人通过失窃的机器入侵，思维全部被搅乱，不仅前言不搭后语，甚至冲动地撞破高楼玻璃跳楼，导致重伤。

通过梦境机器，千叶看到所长梦境中那长长的游行队伍，各种变形的电器玩具、宗教偶像叫嚣着，摆出要占领全世界的态势。千叶只得动用分身，也就是红辣椒，进入所长梦境，终止了悖乱的无意识狂欢。千叶和时田以及助手小山内认定机器失窃和研究所的一名助教冰室有关。他们来到冰室的家中，发现各种诡异场面，千叶的分身红辣椒已经嗅出危险，但仍在诡谲的游乐场和蓝蝴蝶的陷阱中差点儿迷失方向。那个巨大的红色娃娃，令人不寒而栗的笑容，都预示着阴谋仍在缓慢地升级中。

研究所内，越来越多的研究员被不明人士侵入大脑，他们昏头昏脑地念着各种诡异的台词："白昼天空的太阳公公，照亮夜晚的黑暗。夜晚是做梦的白天，光明是做梦的黑暗。但什么都不知道的太阳公公，埋葬黑暗，燃烧影子，早晚要把自己都烧光。夜晚开花的树荫下，是月夜之民休憩之所，不会让白天的人们通过！"

越来越多的梦境游行队伍，绚丽的彩纸飞扬在半空中，青蛙鼓着腮帮吹着乐器，摇摇摆摆的招财猫，穿着比基尼晃晃悠悠的自由女神像，装满食物的冰箱盛装出行，宝座周围挤满了各式各样艳丽诡异的娃娃玩偶……化身红辣椒的千叶如救火员般疲惫不堪。

胖子时田为了挽救危机，自顾自戴上机器进入冰室的梦境，却困在其中，自己化身成黄色机器人，无法醒来。红辣椒只得变成各种化身在时田的梦境中一探究竟，她忽而是孙悟空驾着筋斗云从天空俯瞰游行队伍，忽而是精灵仙子在密林中探究幕后元凶。终于，她看到了那个盘根错节的幕后黑手，正是面如死尸状的理事长。

千叶从梦境醒来，急于要到理事长家中与其对质，却发现自己仍在另一层梦境中，助手小山内正是理事长的帮凶，一切阴谋都是为了阻止他们进一步挖掘人类大脑的秘密。

与此同时，粉川通过红辣椒设置的网上梦境治疗酒吧，进入自己一直逃避的电影制造场景的梦境中，他探究到自己心理几近崩溃的根源是由于背离了少年时代对电影的梦想，导致深切的自责感。隔着电影院的梦境，他听到了红辣椒的呼救声。

化身于红辣椒的千叶，被困在理事长和小山内联手制造的噩梦中。她像一只蝴蝶被钉在长桌上，小山内一边倾诉着对她无望的爱恋，一边伸手撕破红辣椒的伪装，从那套软绵绵的伪装中掏出赤裸的千叶。紧急关头，粉川冲进梦境，英雄救美。借助小山内膨胀起来的理事长，要通过噩梦毁灭整个世界。红辣椒通过吞噬所有人的梦境来变得强大，以对抗理事长那如死亡阴影般的毁灭力。终于，在地动山摇后，这个世界恢复平静。千叶也卸下冷美人的伪装，对胖子天才时田表明了心迹：“你肥胖、迟缓、邋遢，外表不重要，但也要有个限度……没想到你这个大饭桶，是本世纪的天才。”

所有沉浸在梦境中无力自拔的人都有着深切压抑的欲望：冰室钦慕时田，痛恨孤独却又陷入孤独；时田自卑于自身的肥胖丑陋，只得以宅男式生活隐居，并以旺盛的食欲发泄；小山内爱慕千叶，嫉恨千叶和时田并肩的才华，遗憾于自身的平庸无奇；理事长受困于一个衰老羸弱的肉体，所有欲望隐忍不发但喷薄欲出却更加危险。粉川现实中承担着一个硬汉警察的工作压力，以及少年时的电影梦想戛然而止的悔恨与自责。千叶在现实中完全压抑情感，如一个冷冰冰的机器人按部就班，但化身红辣椒后却成为调皮灵动、敢想敢干的大胆少女。

现实生活中，有太多的束缚，太多的拘泥，太多的不自由，导致所有人只能在梦境中，与那个深深埋藏的自己握手言和。梦境本身就是一种深深的脑洞开发，是一种放纵，同时也是一种治愈。

但一味沉湎于梦境中无视现实也是一条死胡同。怀着对梦境的憧憬，脚踏实地地活着，才是一个悲观的乐观主义者下意识选择的道路。正如红辣椒变身时说的那样："对付影子用光明，对付梦境用现实，对付死亡用生命，对付男人用女人。"

啪啪啪！一个愿打的
碰上了一个愿挨的

介绍本片内容之前先吐槽一下译名，到底是哪个三俗人士把原来朴实的片名《秘书》翻译成《风流老板俏秘书》？再加上穿丝袜大长腿画风的海报，在看片之前差点儿以为打开方式将是比琼瑶版《却上心头》更恶俗的办公室故事。幸亏看在男主角是我喜欢的詹姆斯·斯派德的份儿上，才没错过如此佳片。

很多草草看过此片的人匆匆下结论说：这是一部SM入门电影。耐心点儿，再多看两遍，细腻而富有同理心的人会同意，这是一个展现那些内心有着隐秘小秘密的人们，如何费尽辛苦卸下心防找到同类的故事。莉莉是一个很年轻的女孩子，出身于中产阶级家庭，跟父母和姐姐居住在郊区的带游泳池的花园洋房。她很年轻，但已经因为精神崩溃在疗养院里住了很长一段日子。借着姐姐要出嫁的春风，父母把她接回家。婚礼上，我们看到莉莉的父亲是个醉醺醺的酗酒者，母亲是个神经质的溺爱狂。姐姐和姐夫在婚后依然会和女方父母住在一起，明显是岁数已经成年但心灵完全没有断奶的幼稚一代。

莉莉看着貌似和谐的家人在婚礼上紧张的表现，谢绝了和自己同样羞怯古怪的中学男同学皮特的搭讪。在局促不安中，她必须以光一样的速度冲回自己的房间，小心翼翼地从床垫底下掏出一个工具盒。里面有各种磨得尖利的小工具，她挑了一样，扎在自己大腿上，紧张的情绪随着痛苦变得平缓。自残，这是她多年来学会的对抗外界压力的无奈的办法。

莉莉想去找工作，缓解自己面对父母冲突的沮丧无力感。她去上打字班，取得了好成绩。凭着这个成绩，她在一个律师事务所找到了一份秘书的工作。事务所的主人盖瑞先生是一个古怪的男人，他长得很英俊，当莉莉冒着大雨穿着一身古怪雨衣进入办公室之前，盖瑞正在沮丧混乱地盯着自己前妻的照片，无所适从。

莉莉不是一个美女，天生深刻的法令纹，分得过于开的眼睛和微微敞开的嘴唇里露出的小兔子牙，在她的脸上构成了一种古怪的吸引力。我相信盖瑞从第一面就感受到了莉莉身上这股不同于一般人的独特的魅力。他略显结巴地问了莉莉几个问题："你跟谁一起住？住公寓还是住洋房？你有怀孕的打算吗？……好了，这份工作是你的了。"律师事务所这栋独立小楼里的布置，显示了盖瑞古怪的趣味：红色墙壁，木质镂空屏风，青色的茶水间。这哪里像是一个处理法律文件的专业场所，分明更像西方人心目中那座叫蓝莲花的鸦片馆。

穿着保守如老处女的莉莉坐守在门口，啪啪嗒嗒敲打着打字机，以及坐在里间大桌后眼神羞怯炽热的盖瑞，镇守在其中。这两个怪咖身上散发的奇奇怪怪的味道，却和这座古怪小楼的风格异常合拍。

工作稳定下来，莉莉觉得自己有了归属感。她连在家泡澡的时候都会欣喜地喃喃自语：你好，这是盖瑞律师事务所……她发现老板盖瑞有一些怪癖，比如会用注射器给兰花注射营养剂。盖瑞也觉得莉莉和以前那些被自己气哭了跑掉的秘书们不太一样，她会撅着屁股放好捕鼠器。他刚说一句文件丢了，她就二话不说整个人翻进垃圾筒在里面奋力翻找着。盖瑞看到莉莉的裙子下遮盖的大腿上有很多伤痕，被创可贴掩盖着。

盖瑞的前妻因为财产分割问题闹到事务所里来，她叫嚣着让盖瑞速速出来。莉莉进入里间，发现自己的老板已经胆怯地躲进衣柜里，颤抖着声音告诉自己如何应付："告诉她我不在。"前妻气不过，拽下门口衣架上盖瑞的风衣踩了半天才愤然离去。莉莉这时又接了一通电话：酗酒的父亲又在外面喝多了，不知道自己身在何方。备感压力的莉莉重新从抽屉里拿出那个工具盒，忍不住要再次自残。谁知道这一切情形却被盖瑞通通看在眼里。

想要自己变得快乐，莉莉开始尝试着跟皮特在洗衣房兼咖啡馆约会，没想到被盖瑞碰个正着。盖瑞躲在一边看着莉莉对着皮特微笑。之后的工作时间里，他开始对莉莉的秘书工作横挑鼻子竖挑眼。他粗暴地用红笔勾出文件上莉莉打错的字母，鄙夷她的发型、穿衣风格以及边打字边吸鼻子的坏习惯。莉莉被挑剔得手足无措。

到了快下班的时候，盖瑞突然温和地和她促膝谈心："……我和你一样，都很羞怯……我要你听清楚，你不可以再伤害自己了……还有，我想要你早点下班，散散步。"他用拍立得给莉莉拍了一张照片。莉莉一贯紧张的脸上，终于出现了放松的笑容。她开始臣服于盖瑞的安排。在此之前，溺爱莉莉的母亲一直都是开车接送她上下班。但从这一天开始，她决定要自己步行回家，走过公园，嗅着青草的气息。她觉得这一刻，盖瑞就在自己身旁。

第二天，看着文件上莉莉再次无心打错的字母，盖瑞突然暴怒起来，他冲到门口训斥了莉莉，却在走廊里转身时听到了莉莉大声吸鼻子的声音。这种类似小动物般无辜的小动作，终于令盖瑞抑制不住自己的理智了。他转过身去，复杂纠结地望着完全不知道状况的莉莉，低声让她到自己的办公室去。盖瑞自己所在的那间独立办公室，有一扇巨大的刻满花纹的门，门的开启和关闭，意味着一个羞怯的人那掩盖严密的心房。

盖瑞把文件扔在桌上，让莉莉趴在桌上大声念出文件的内容，接下来是一段完全啪啪啪的戏码，这段戏实在是太过精彩，两个好演员火花四溅：莉莉困惑而顺从，盖瑞冲动而霸道。两个人之间的腻腻歪歪简直像过了电流一般精湛完美。

卫生间里，莉莉对着镜子看着自己被打红了的屁股，突然不胜欣喜。办公室里，盖瑞开始后怕：她会不会冲进来甩自己一记响亮的耳光？莉莉沉默地坐在打字机前打起文件来，盖瑞松了一口气：从此，两个人之间开始了一段心照不宣的默契。

莉莉扔掉了那一整盒自残的工具。她走路的姿势都变了。以前她是个懦弱迟疑自卑的姑娘，如今的她，在一种精神和肉体的双重归属下找到了自己的价值所在。之后两个人在那桩充满鸦片般旖旎气息的小楼里度过了一段不足为外人道的愉快时光。盖瑞有时把莉莉像小动物一样捉弄，他手中那支代表着错误和惩罚的红笔，就是莉莉快乐的起点。但平衡终有一天会被打破，莉莉会一直渴求，盖瑞却在深切的内心层面厌弃着自己那种施虐本能的癖好。他一方面陶醉，一方面厌恶，周而复始，恶性循环。

莉莉那酗酒过度的父亲终于生了重病，看着躺在病床上昏迷的父亲，莉莉不顾一切跑到盖瑞的家里，想向他倾诉什么。正在跑步机上做运动的盖瑞看到莉莉出现在自己家门口，吓坏了。他完全能看出莉莉想向自己倾诉什么，但他认定两个人的关系里其实并不包括心灵层面的交流。两个人结结巴巴，王顾左右而言他。她生怕袒露内心会遭到拒绝，踉跄着离去。他关上房门，如释重负却又若有所失。

盖瑞觉得两个人原本的隐秘关系即将失控。莉莉何止满足于被啪啪啪打一顿屁股，她要得更多。而在感情上的这种强烈需求，是盖瑞大概与生俱来都恐惧而却步的。盖瑞决定要将两个人的关系戛然而止。他们恢复了从前那单一的老板和秘书的关系模式。盖瑞所在的那间独立办公室的大门，又一次重重地在莉莉面前关闭了。

这对莉莉来说简直是一种无言的酷刑。她想尽办法诱惑盖瑞，但得到的只是冷脸和沉默。一方保持漠视，招致的将是另一方怒不可遏的反弹。莉莉把一条蚯蚓放在文件里，送到盖瑞的桌上。

这个举动彻底激怒了盖瑞，他终于再一次，把莉莉叫进了办公室。这又是一段相当之精彩的啪啪啪大戏。但盖瑞马上就对自己所做的一切充满自我厌恶和嫌弃，他承认和莉莉的一切都是个错误，他开出了一张六百八十美元的支票，辞退了她。

伤心的莉莉答应了皮特的求婚，但在婚礼马上就要举行的时候，她穿着白色婚纱逃出了家，跑到了事务所，盖瑞正在做运动，她告诉他决定要跟他在一起。盖瑞有些哆嗦了：“我们不能一天二十四小时七天无休地干这个！”而她却毅然决然地回答：“有何不可？”

看着莉莉那一脸的坚定，盖瑞拿起外套说待会儿就回来。然后一溜烟离去，再也没出现。

莉莉穿着婚纱，按照盖瑞临走前交代的姿势坐在大桌后面，等待着。三天三夜过去了，她不吃不喝，尿在地上，家里所有人以及皮特都来哀求她回心转意。但她谁的话也不听，就一心等着盖瑞回来。

盖瑞逃跑之后，心烦意乱。他一边希望莉莉能够中途放弃对自己的守望，赶紧回去跟别人结婚；一边又在窗外偷看她的坚守后露出欣慰的笑容：“我也很喜欢你。”

莉莉那貌似偏执等待的三天三夜，其实她是幸福的。心里有一份念想而努力勇敢地实现着它的时候，其实是非常幸福而笃定的。她的偏执，成为撬开他心房那把锁的力量。最终他只有举手投降，拨开所有看热闹的人群，走进房子里，抱起已奄奄一息的她，走上阁楼，亲手洗濯她，爱抚她，向她袒露之前从未袒露的一切。

男主角詹姆斯·斯派德是我非常喜欢的一位男演员，从惊艳戛纳的《性·谎言·录像带》开始，在众多情色类型电影里，他有一种漫不经心的颓废之美，令其擅长饰演禁忌之恋的那一方，或者羞怯或者变态。在十四年前拍摄的此片中，他的成熟和美貌已经达到巅峰，和不漂亮但演技超一流的玛姬·吉仑哈尔简直天造地设，两者之间古怪细腻的小火花，噼噼啪啪地燃亮了整部电影。如今他虽然在美剧《黑名单》里的红魔还是那么帅，但是谁能告诉我，他那一头飘逸的金色头发哪儿去了？

爱和虐本为一体，很多时候爱的感觉就是会带来痛楚。而痛的感觉会令人感到自己确凿踏实的存在感。而控制与服从在性幻想中，从来都是一体两面。人们控制的欲望中包含着服从，而服从的欲望里也包含着控制。《秘书》这部电影，虐恋只是表面的幌子，彼此好奇又迂回的试探，互相交融又纠结的退却，两个人在平衡和失衡的层面上努力共舞了一支圆舞曲，结果还不错，以爱之名，互相驾驭，互相俘虏。

好好向怪咖学习如何去表达真实的自己。祝各位郎才女貌，豺狼虎豹，激情和柔情交替循环，生生不息。

如何安放我们坐卧不安的记忆

据说有一种病叫“超忆症”，全世界大概有八十个左右的人患有这种奇特的病症。表现症状就是天生具有超强的记忆。比如英国一个得了此病的年轻女子丽贝卡，她至今记得自己出生十二天后经历过的所有事情，包括每一天自己都做过什么事情，有过什么样的情绪，受过什么样的伤害，那天的天气如何，甚至包括自己曾经做过的所有梦境。最要命的是，当她每每回忆起某段往事的时候，随之而来的当时的情绪、甚至身体曾经受过伤害的痛觉，都会清晰鲜明地来上一遍。

这种病有点儿像一种诅咒，每天光是回忆两遍生平最具意义的某几天，就能让你连肉体带心灵都穿越到过去，动弹不得。有没有想起《黑镜》中的那集？当人类都开始具有回放记忆功能的时候，你可以变成福尔摩斯，把所有过去发生过的场景回放、静帧、一帧帧画面逐帧放映，你可以把当时发生的人和事，动作、语言、表情连带环境细节细细研究，终于，你会发现蛛丝马迹，然后证明你对身边人的某种疑虑……然而这功能并没有什么卵用，你带着愤怒，还是被羁绊在这困顿的千疮百孔的亲密关系中，即使两个人在床上翻云覆雨也找不到昔日的感觉。没办法，只好重启回放功能，让自己的眼睛和大脑都回到曾经甜蜜的好时光里去，好麻醉现在这具僵冷的肉身。

具有照相机一般清晰放大的超群记忆，好坏参半。回忆昔日甜蜜的时候真享受，但回忆过往哀伤的段落时也是真痛楚。幸好，我们大多数人只是平庸之辈，记忆力不好不坏。出于自我保护的大脑运行机制，随着时间的流逝，我们会逐渐忘却曾经的痛楚、纠结、折磨以及晦暗难言的窘迫时刻。而当年那些轻盈的快乐、某一刻被记忆诗化了的瞬间，会沉淀下来，被放大，被美化，被赋予意义，成为我们这个叫作人生的一个又一个值得一再回味的组成部分。那些痛楚的沙砾之所以存在，只是为了将美好的记忆打磨得更有价值，正如河流中的顽石被冲刷打磨，最终沉淀成美丽的鹅卵石。

当痛楚过于强大无法抵挡的时候，相信很多人都希望就地躺下，求助老天赋予自己马上遗忘的功能来消除这种痛苦。这是一种下意识的自我保护。因为心灵的痛楚同样可以令人窒息，令人喘不过气来，甚至医学上，真的有人因为过于痛苦而损害了心肌功能，甚至致命。看吧，“你让我心碎”这句话，并不只是一句文学上的修辞。

大概有人实在无法抵御这种追忆不停的痛楚，所以就有了这部打着科幻旗号，实质上很文艺的电影《暖暖内含光》。

情人节当天，满脸悲伤的男人约尔从梦中醒来，沮丧不已。他情绪低落地去上班，但在车站突然做了一个决定，匆匆跑向对面的站台，上车去往堆满积雪的蒙太克海边。站在冰冷的海边，他知道自己仍然过于忧郁、内向、羞怯，不敢向那个同样孤独地站在海边踯躅的穿橘红色防风外套的蓝头发姑娘搭讪。

在归途中，那个蓝头发姑娘主动向约尔搭讪了，她叫克莱门汀，他们交谈得很投契，克莱门汀邀请约尔到自己家里喝上一杯。她对他莫名的亲切，甚至希望他能留下。但出于一种说不出的哀伤和困窘，约尔还是告辞回家。到家后他给克莱门汀打电话，她约他连夜去冰冻的查尔斯河，约尔答应了。两个人开车到查尔斯河，并肩躺在冰冻成巨大镜面的河面上仰望星空。约尔觉得很快乐。

二人开车回家，黎明时分，约尔叫醒了克莱门汀，她表示愿意去他家好好睡一觉。约尔同意了，他知道这意味着两个人即将开始一段亲密关系。但这又有何不可？克莱门汀回自己家取东西，约尔在车上等待的时候，一个娃娃脸男人出现了，他疑惑地望向约尔，略带同情地询问他是否需要帮助？约尔迷茫地摇摇头：“不，不需要，我一切都好。”

情人节前夕，约尔很痛苦，他和女友克莱闹别扭了，他想在情人节和好，还买了她喜欢的挂饰要作为情人节礼物送给她。但当他去往克莱工作的书店时，他发现克莱对自己似乎完全不认识，冷漠、客气，当着他的面跟另一个年轻的男子亲吻。约尔向他们共同的朋友抱怨，她出什么毛病了？朋友们欲言又止，终于那个喜欢吸大麻的朋友告诉他：克莱为了忘却和约尔这段不愉快的关系，去空白公司做了记忆消除手术。是的，记忆消除，所有关于约尔的记忆，克莱在手术后都忘记了。为了保证手术效果，空白公司还会寄信给克莱身边的朋友，提醒他们不要在克莱面前提任何有关约尔的话题。

于是，在克莱的大脑中，约尔以及所有与他有关的记忆，都被一只橡皮擦无情地擦得干干净净。约尔很绝望，他也向空白公司要求删光有关克莱的记忆。负责接待的玛丽小姐很同情他：“情人节之前我们的手术预约总是特别多……”是的，很多情侣都要在这个甜蜜的节日前忘记一切让自己不那么开心的事情。但大概是约尔脸上那饱经情感哀伤摧残的脸太令人同情了。主治医生霍华德愿意为他加个班，派自己的两个助手斯坦和帕特里夏在情人节夜里给约尔做记忆消除手术。约尔搜集了所有手头上和克莱相关的东西，讲述了自己和克莱相识和相处的种种过去。

夜晚降临，约尔吃了药片，躺在床上陷入沉睡中。斯坦和帕特里夏带着一堆乱七八糟的设备，像两个入侵者一样进入了他的家。确切地说，他们就是入侵者，入侵了约尔大脑中隐秘的记忆。

在半梦半醒间，约尔意识到记忆的城堡在坍塌，但内心那个真实的自己并不希望抹掉那段记忆，哪怕其中有痛苦、沉闷、对峙、紧张甚至争吵和厌倦。但只要有记忆中染着粉色头发的克莱的身影出现，他希望能带她走，藏到记忆更深的地方，而不是眼睁睁看着她变得面目模糊，进而面目全非，进而完全消失……

斯坦和帕特里夏没有意识到昏迷中的约尔在大脑中进行着完全抵抗，帕特里夏告诉斯坦自己爱上了前两天做手术的那个姑娘克莱，他利用了她失去的那段记忆，利用了约尔曾经取悦过她的方式。斯坦责怪他和病人交往是违背职业道德的事情，正在此时失去了部分记忆总是在彷徨无措中的克莱打电话给帕特里夏，吵着要连夜去查尔斯河上，他只得匆匆离去。此时护士玛丽正好来了，一直暗恋她的斯坦巴不得帕特里夏赶紧离开。

陷入昏睡中的约尔完全不知道斯坦和玛丽两个人把自己家搞成什么样子了。他只是沉陷于对往事的追忆中：染着粉色头发的克莱醉醺醺回家，和自己找碴吵架；克莱把头发染成橙色，约尔甜蜜地叫她小柑橘；他们曾经甜蜜地躺在冰河上，说这是有生以来最幸福的一天；他们面对面吃午餐，但眼睛开始懒得抬起来看对方，他内心预见着她会吐出多么粗鄙的词句，对她充满厌恶，她也同样……但是，即使如此，约尔仍知道记忆中的克莱是多么值得让自己拥在怀中，他不愿意忘记她。他们开始手拉手躲避着记忆清扫工程，所到之处，建筑物逐渐坍塌消失。为了让约尔不忘记自己，克莱让他带自己回到充满难堪的童年回忆里，那个羞怯地躲在桌子底下的穿睡衣的男孩；那个在小伙伴欺凌下不得不举起斧子把小鸟砸得血肉模糊最终哭起来的小男孩的记忆里……

狂欢过后的斯坦和玛丽突然发现约尔的记忆在大脑中逃脱了，他们手忙脚乱地叫来了霍华德医生，姜还是老的辣，霍华德医生处理了危机，玛丽含情脉脉地看着他，告诉他自己一直很心仪他。开车追踪而来的医生妻子隔着窗户看着丈夫亲吻了玛丽，她恨恨地开车要离去，医生和玛丽追出来解释，妻子望着玛丽不无同情地说："你曾经拥有过他，现在又来了。"

玛丽完全不明所以。医生无奈地告诉她："我们曾经有过一段隐秘的恋情，但最终还是分开了。为了隔绝这份痛苦，我亲手帮你做了记忆消除手术。"昏睡中的约尔继续带着克莱逃跑着，他们来到第一次相遇的那片海滩边，染着粉色头发穿着橘红色外套的克莱坐下来跟约尔搭讪，两个人来到海边那处木屋里，房子开始一处处坍塌，克莱知道自己即将在约尔的记忆中消失了，在最后那一刻到来之前，她在他耳边轻声说："去蒙塔克海滩。"

情人节第二天清晨，坐在车里等待着克莱的约尔，脸上虽然依旧带着哀伤，但朝阳的光芒照在他脸上，看上去他对未来充满了憧憬。克莱坐回车上，随手将刚收到的一封信拆开，是空白公司的玛丽小姐寄给她的。玛丽听过自己在记忆清除手术之前的录音带后，决定要把所有在公司接受过手术的客户的录音带寄回给本人。克莱随手在车上播放起来，于是约尔和克莱都意外地听到磁带中，克莱用一种讥讽冷酷的口吻评价着："我讨厌约尔那张可怜巴巴的总是带着抱歉的笑容的脸，像是在哭一样……你知道吗？他属于那种一辈子什么也不肯改变的人……”约尔愤怒地停车，让克莱滚下去。

克莱又沮丧又难过，她完全不知道曾经发生过什么。她追到约尔的家中。这时约尔也收到了玛丽寄给自己的录音带，他听着自己的声音，像一个陌生人：“克莱就是一个自私鬼，完全不尊重别人的感情……她总是破坏着周围的一切……”两个人都歉意地看着对方：曾经有多相爱，曾经就又多痛恨，他厌恶她的粗鄙浅薄，她指责他的无趣沉闷。两个人彼此半斤八两，诋毁起对方的缺点都是如此毫不留情，一针见血。

约尔讪讪地叫住准备离去的克莱，表示愿意和她重来一次。克莱提醒他，自己并不是一个完美的女孩，也许他又要发现自己乏味的地方，又会胡思乱想，觉得自己落入了圈套。约尔表示，随它吧。克莱也表示，好，那就随它。电影到此结束。

据说分手过的情侣重新复合的概率是百分之八十二，但复合后能走到最后的概率只有百分之三。其余百分之九十七破镜重圆的情侣会再次把镜子打破，再次分手，甚至分手的理由都和第一次分手的时候一样。好吧，在这个数据支持下，让我们祝福约尔和克莱。当然，这部电影讲述的并不是一个复合的故事。主创只是想通过这个貌似科幻的故事，探讨我们该如何安放自己的记忆。

那些曾经令我们坐卧不安、胸口闷痛的回忆，真的可以如电脑硬盘格式化一样清除干净，一了百了吗？起码在电影里，记忆消除后，该发生的仍旧会发生：想迎接新生活染了一把蓝头发的克莱，仍旧在积雪的海滩上对约尔一见钟情；玛丽还是会对霍华德医生背诵蒲柏的诗句，崇拜他，爱慕他。似乎一切都白忙活了，被消除记忆的人仍旧被宿命牵着鼻子走，而深知内情的旁观者如斯坦，只能站在那里干看着，束手无措，完全没有机会阻止事态继续向下发展。

沉溺于对往事的追忆，是一种逃避；将不愉快的往事人为压制到心底自以为遗忘干净，殊不知是另一种极端的逃避。事情既然发生，必然有其发生的意义，面对它，正视它。人是万物之灵，而不是只会遵循下意识趋利避害的动物。只有真正面对那些所谓的悲伤往事，将它解析成碎片，而不让它把你击垮成碎片。然后从那些坍塌的记忆城堡中爬出来，掸掸灰尘，放下内心的负重，重新上路，才是一种真正对得起自己的放下。

罗马诗人维吉尔曾经描述过，古希腊英雄奥德赛在特洛伊城之战后，颠簸于海上，遇到各种海怪折磨，惊心动魄，九死一生。但当他落难于爱琴海时，仍满怀希望地预言：或许将来有一天，我们忆起这等事情，都成了一缕欢欣。

愿我们都能经历磨难而初心不改，愿我们面对命运考验时有百折不回的勇气，愿我们任何时刻都不选择逃避，愿我们可以主宰自己的命运，而不是任由命运这只大手无情摆弄和随意安排。

罗曼蒂克的消亡，
被浪费的时光

这是一部有腔调的电影——《罗曼蒂克消亡史》。剧中人物大部分操吴越地区方言，让人实在不能不感叹其中几个演员的语言功力。我看此片的一大动力是因为浅野忠信，多年前在电影《蒙古王》里他就非常了得，伴着一伙蒙古演员，就他和孙红雷两个人，一中一日居然全片蒙古语对白，单眼皮一撩，床戏说脱光就脱光，敬业态度令人惊喜。还有他在茫茫草原上磔磔的笑声，当时让我和金牛君实在印象深刻。导演选择这样的题材，自然是有野心的。黑帮、谍战、情仇、禁室培欲……各种致敬。一名刚出道几年总共两部作品的新锐导演，拍一部戏能集中如此多的大牌，已经是才华和运气的最好加持。

1934年，上海滩黑帮大佬，大哥，王先生（倪大红）的妻子小六（章子怡）生性风骚，先是跟拉丁舞蹈老师（钟汉良）暧昧纠缠，被三哥，陆先生（葛优）出言警告，为了安抚她的不安分，陆先生安排小六去拍电影，她又难耐寂寞，跟大明星赵先生（韩庚）搞在一起。事情败露后，陆先生和王先生商谈了很久，决定不杀他们，派陆先生的日本妹夫渡部（浅野忠信）送他们去北方。在路上，渡部枪杀了赵先生和司机，强暴了小六，之后把她带回上海自己开的日料店的地下室中，将其囚禁，日复一日，年复一年，把她变成性奴。

电影皇后吴小姐（袁泉）接着演小六没完成的电影，她的丈夫（吕行）也是个演员，他演戏不入流，搞男女关系却是把好手，和卢师长的姨太太偷情被抓了，吴小姐无奈地求到了陆先生的面前，陆先生托戴先生出面解决了这场麻烦。过几天，陆先生的管家王妈（闫妮）带着精致小点心到吴小姐面前来商量：“戴先生看上了你，还给你丈夫安排了去云南的好工作。你答应不啦？”

1937年，淞沪会战前夕，日本军方找王先生、陆先生和二哥，张先生（马晓伟）谈合作。王先生根本不见，陆先生婉转拒绝，张先生却略微露意。日本人先是杀了王妈作为警告，之后又联手张先生，在陆先生出面谈判的时候，动手火拼。陆先生的部下伤亡殆尽，其中刚从苏北来讨生活的童子鸡（杜江），在帮内好兄弟（王传君）的仗义掩护下侥幸生还，他躲在笃信宗教的妓女（霍思燕）的家中养伤，开始了没羞没臊的小人物的食色生活。在同一个杀戮之夜，日本军方和渡部合谋，在日料店中欲刺杀陆先生。渡部知道陆先生全家会被灭门，为了自己的两个儿子能活下去，他使诈在陆先生面前假死，放走了他。陆先生在王先生的安排下，带着两个外甥离开上海，逃往香港。渡部开始了假死生涯，他和小六躲在地下室中等候新的任务，这期间两个人吃饭，做爱，无休无止。

1941年，陆先生在香港策划刺杀和日本人沆瀣一气的张先生，派自己身边的车夫杀手（杜淳）去执行。陆先生留在上海的小公馆姨太太小五（钟欣潼）出于义气，在车站上先对张先生出手，她的牺牲令车夫完美地实施了刺杀并得以全身而退。渡部接到新任务，即将离开上海前往太平洋战场。他原本打算杀死小六灭口，但犹豫了一下，终于松脱了杀手，小六得以逃出生天。

日本即将占领香港，陆先生和吴小姐在戴先生的安排下逃往大后方重庆。吴小姐某一日跟陆先生和他两个外甥同桌吃饭，说起人哪，喜欢哪个地方就会喜欢吃这个地方的菜。陆先生突然警醒：日本妹夫到上海很多年了，他却始终开着一家日料店。一日三餐，常常穿着和服在店里吃。1944年，太平洋战场，日军节节败退，渡部在战场上重伤，他一直以为自己毕生在为了国家求死，但此刻他想活，想找回自己那两个儿子，回日本继承家族的姓氏和土地。

1945年，上海光复。陆先生在一群难民中找到了小六，一切真相已经大白。在菲律宾的盟军战俘营中，陆先生找到渡部，受战争条约所限，战俘营中的俘虏受到保护，为了逼迫渡部跨出安全区域，车夫一枪杀掉渡部的大儿子，为了救小儿子的性命，渡部只能跑出来受死。临死前他用日语告诉小儿子：跑到战俘营里，对美军说你是日本人，他们会保护你。小儿子听不懂，他只能再用上海话讲一遍。看着小儿子跑进战俘营，他心定了，安然受小六一枪。鲜血蔓延，流淌在干燥炙热的土地上。1949年，陆先生离开上海，到香港定居——“他一直拖到1949年5月初才坐上去香港的轮船，算得上真正的末班车。没有人知道他在拖什么或等待什么，我想他自己也未必知道，不过是下意识地拖延。不久后他就死在香港。死前再没有值得记述的事件或说过的话，他基本没再说话。这没什么可奇怪的，一切都不值一提，他终于走向自己的沉默。”

在海关，孑然一身的陆先生摘下帽子，低头，高举双手。也许是在向即将逝去的旧时代告别，也许是在向即将不属于自己的这个新时代举手投降。 其实片中戏份最重的，还是浅野忠信扮演的日本妹夫渡部这个角色。陆先生有原型杜月笙的历史厚度，有葛大爷沉稳如教科书般的表演支撑，相当之精彩老到。但从角度、层次、人性挖掘而言，渡部这个人物的存在，将导演赤裸裸地要把所有美好尽数毁灭给大家看的野心彰显殆尽。他的生兴死废，酣畅淋漓地诠释了片名的内涵。片头不久，几句话的字幕伴着一个穿着中式长袍的日本男人徐徐脱衣的镜头：“他终年穿着质地考究的长衫，说着地道的上海话，跟沪上时髦的中产者一样又是喝茶又是泡澡堂子，经年累月，再看不出日本人的样子。”这就让人内心一凛，实在是有一些不好的联想，因为之前读过《代号D机关》三部曲，大致了解为了侵略中国，日本军方苦心孤诣花费几十年的时间在中国广袤的土地上精心布局，其渗入之深远，令人细思恐极。

这个操着一口流利上海话的日本妹夫坐在茶楼，眯着细眼，对着赵宝刚饰演的工会领袖讲一个年轻人想娶富家小姐的美梦幻灭的故事，仍旧笑得磔磔的。大家坐在一起吃点心、小笼包、油豆腐粉丝汤，看到木匣里那只套着翡翠镯子的血淋淋的玉手，众人都矜持地沉默着。妹夫临走前叮嘱陆先生，别在这里动手，别把我的茶楼搞脏了，收拾起来麻烦。然后他和车夫、陆先生、张先生坐在一起打麻将，听陆和张商量如何见日本人谈事，他提醒他俩：别理日本人，日本人没有好东西。他们要侵略上海的话，我就跟他们拼命。他在麻将桌上赢了很多钱，临走的时候告诉他们把钱交给他老婆。他太地道了，边笑着自己走了他们仨只能打瘸脚麻将，边起身往家走。家门口的庭院里，他抱着两个儿子嬉戏。这味道太不对了，真让人警觉。

写故事的人都知道，声东击西，欲盖弥彰。越是要说一个人残忍，越要先表现他的慈爱。他在冬阳下抱着两个儿子玩耍，妻子闲闲站在一边说两句家常的场面太熟悉了。曾经古龙《流星蝴蝶剑》里就有过，让人不由心里再度一凛。

我曾给金牛君讲过《流星蝴蝶剑》里马老板的故事，一个殷实的老好人娶了一个贤妻，生了一对儿女，特别溺爱孩子，予取予求，宠孩子没有尽头，连老婆在一边看着都要责怪他，把孩子宠成这样，以后他们长大后太骄纵该怎么好。直到有一天，老伯来了，马老板安排老伯逃离追杀后，老婆孩子连同自己都要死。这就是为什么他要对老婆儿女好。因为他知道自己这一对儿女，活不到成年。很多人说，古龙写马老板这段是要彰显侠义之道，我却从中看到了残忍。那种为了几个妄自拔高的空洞大词，罔顾他人生命的残忍。这种残忍，渡部也有，但他隐藏得很好。中日没开战的岁月里，他不仅开茶楼，还开日料店，亲自做鱼生，煮纯正的日式饭菜。有流浪的黑猫到了饭点就来撒娇觅食，他有耐心地缓缓哄着，再起炉灶给它做一份猫食。这声色不动的涓滴温厚，更让人心生警惕。之后陆先生借他的日料店和日本人谈判不成，双方枪战，日本妹夫居然胸口中弹倒在那里。令人实在郁闷：他就这么死了？他怎么可以这么死了？幸好，导演玩弄了一个时间轴的游戏。三年前的倒叙开始，让人松了一口气，知道好戏还在后面。

冬夜的芦花荡中，运送士兵的大卡车迎头遇上沉默的小汽车，车辆交错过的灯影里，小六那张惊疑不定却沉得住气的脸，美得令人窒息。她耳边吊着樱花形状的珍珠耳环，摇摇荡荡，那一刹那，他改了主意。连让人下车再开枪灭口的工夫都等不及，在狭小的车厢里两枪崩了前面那两个冤大头，急不可耐开始撕扯小六的衣服。幸亏汽车里是真皮座椅，但事后擦起来也是艰难的一手血污。

1937年后，他诈死躲在日料店的地下室里，每天和她除了吃饭，就是做爱。当年为了完成在上海的任务，他花十几年的时间学一口流利的上海话，潜心做生意，做陆先生的妹夫，娶妻生子，各种做戏和耐心似乎全都花费掉了。在等待新任务的焦灼中，他的兽性在她面前彻底释放，说一不二地做，丝毫不加掩饰，无休无止。

不太同意有人的评点：玩弄时间轴是一种做作矫情。不知有没有人有同感：有时候先知道了那个角色的结局，你才会带着更丰富的感受去看那人生前的一场场好光景。比如王妈。你先看了她在后门被日本间谍打了一枪，回屋后坐在椅子上，颤抖着将管家钥匙周正摆好，才捂着伤口坦然死去，才能珍惜之后她再出场的每个镜头：她坐在那里喝粥，提醒佣人今早的粥咸了，倒掉重熬一锅；几家大佬坐在一起吃饭，她也得负责任地走上来问问饭菜是不是合口味。大佬们对她打趣，她也笑着接住这戏谑，轻轻抛回去，顺带不卑不亢引荐了一个不管买东西或是杀人都只收跑腿费的车夫。因为知道她会在某一个时间点猝不及防地死去，观众才会在她所有活色生香的镜头里，悄然替她惋惜着，那些欢声笑语的好日子终会有个结束。

片头，一辆汽车行驶在冬夜里的芦花荡里，车里，小六那美得嚣张而又不安的脸随着车子起伏而起伏着。之后，随着镜头一次次展开了小六的人生故事，观众才会知道之前美得有多嚣张，之后被命运无情暴虐得就有多低眉顺眼。章子怡这张脸实在太适合大屏幕了，每次在电影院看她的电影都会发出这种由衷的赞叹。片中赵先生说她生活中有多放浪世俗，镜头里就有多美轮美奂。真是说对了，这真叫祖师爷赏饭吃，令人服气。章子怡不论演何等样的美人，都有一股硬气，大概是她通体骨骼生就的硬挣，小六这个角色有起有伏，有放有收，层次感丰富，适合她。王传君把那个心心念念鼓动童子鸡破处的黑帮兄弟演得真好，电影一开始，大佬们坐在茶楼单间里谈事情，三个人在门口吃烧饼。王传君吃得最有层次感，没一句台词，低着头吞咽咀嚼，眉眼间全是戏。倪大红就不用说了，放到哪里都是好演员，看过B站弹幕评论：他是唯一一个能用眼袋演出绝妙好戏的演员。太精准了。和陆先生商量要不要杀小六那场戏，清粥喝得山响，小酱瓜咬得嘎嘣脆，看得人好饿。一部大咖云集的电影，在这样一位年轻的导演手里，演技全部在线，有的还演出了一些惊喜，难得。写惯故事的人都知道，总以上帝视角写故事，时间久了会错以为自己就是上帝，看待众生的眼光就会带着审视，有时会悲悯，有时会是残忍的玩味。这部电影，后者的成分更足，因此会让一些人心生轻微不适感。

一代又一代的人，生而复死，原本就是一个漫长的过程：初始对世间充满浪漫的幻想，进而努力想去够着那些原本妄想的罗曼蒂克幻象，进而失去所有，失去的过程可能是一点点土崩瓦解，也可能是一瞬之间，灰飞烟灭。纵观芸芸众生由生到死的全部过程，无一例外。大时代，如大浪淘沙，在人口密集的繁华都市中营造幻象，吸引一批又一批的人心生向往，混杂其间努力演出悲喜剧，和平时期有温粥小菜黄酒烧鸭，一把钥匙，一方手帕也能传递些许罗曼蒂克的微光；战乱时期枪枪见血，满目焦土疮痍，除了颠沛流离就是仓皇逃命，人开始听从本能，总要从危险的地方逃离，去往貌似安全的地方苟且。时代如战车之轮，一轮轮碾过，后面的新时代抖擞精神，总要将属于前面旧时代的那些罗曼蒂克悉数碾碎，成灰，彻底消亡。这部电影的英文名字叫“被浪费的时光”。好时光，坏时光，回头想想，无一不是要被浪掷挥霍的。沉下来的，全部都是闪着琐碎金光的碎屑。

【朝花夕拾】

危险关系，相爱相杀

《危险关系》是一本写于十八世纪末法国大革命之前的书信体小说。作者是一名出身贵族的职业军官拉克洛，他终其一生都郁郁不得志，于是立志要写出一本伤风败俗式的小说来语惊四座。

侯爵夫人梅特伊和恶名昭著的浮华浪子瓦尔蒙，在情场上驰骋多年所向披靡、旗鼓相当。他和她都惯于利用性作为武器，去操控、利用、毁灭他们看中的某个人。某一天，梅特伊为了报复某前任情人，提出让瓦尔蒙去勾引这个男人准备迎娶的新娘——刚从修道院学成归家的十六岁贵族少女塞西尔。但瓦尔蒙却认为这个任务太过简单，没什么挑战。因为他一心正扑在自己姑妈在乡下的城堡里，打算勾引素来以贞节著称的法官之妻杜维尔夫人。于是梅特伊和瓦尔蒙打赌，以塞西尔和杜维尔夫人的贞节作为赌注，如果成功了，瓦尔蒙将得到梅特伊夫人的垂爱。这是他多年来渴望而不可求的。没想到瓦尔蒙在成功勾引塞西尔之后，却真心爱上了杜维尔夫人，恼羞成怒的梅特伊为了报复，唆使塞西尔的初恋情人唐斯尼向瓦尔蒙决斗。瓦尔蒙在决斗中身死，在死前公开了他和梅特伊夫人的所有书信，梅特伊也被揭开了她工于心计的蛇蝎心肠，从此声名扫地，被上流社会所唾弃。

故事和人物貌似看起来有些繁杂。其实，说简单也简单。男一号是个花心渣男，女一号是个腹黑熟女，他们两个人用几个善良愚蠢的男女做赌注，来进行遥控的相爱相杀的故事。两个人都是情场老手，都心知肚明对方是什么货色。他们在别人面前还装一装纯洁善良的嘴脸，但在对方面前就省了。用梅特伊夫人的话来形容就是："两个骗子在赌博时互相认出来了，于是说道：我们各拿一半吧。然后就撒手不赌了。"所以，要在有生之年睡一睡对方，是这两个人内心都孜孜以求却始终不愿意付诸实践的一个小追求。

为什么？究其原因，梅特伊夫人其实已经写在信里："子爵，难道您还没有注意到：快乐虽是男女两性结合的唯一动力，但是还不足以在他们之间形成一种相互的关系？在达到快乐之前，先有使双方接近的欲望，可是，在达到快乐之后，便会出现使双方互相排斥的厌倦，这一点您也没注意到吗？这是一条自然规律，唯有爱情才能使之改变。而爱情难道是说有就有的吗？好在我们发现，男女两个人，只要单方面有爱情就足够了，否则事情就真的难办了。只有一方陷入爱河，这样困难减少了一半，而我们也不至于失去什么。一方享受着爱情的快乐，另一方则享受着取悦于人的快乐。这后一种快乐当然在强度上略显不足，但是加上欺骗的快乐，也就达成了平衡，于是，一切都解决了……那么，子爵，请您告诉我，我俩谁来负责欺骗对方呢？"

公爵夫人说得很明白了：咱俩都是千年的狐狸，就别在一起玩聊斋游戏了。可是，如果只能遥遥相望，在书信中互相鼓励对方在情场上再接再厉，两个人却又颇有些失落。他们像两个各怀鬼胎的同谋，在分析着每一个目标的人性弱点和勾引步骤，对自己的阴险恶毒完全不加掩饰，显现出一种"我渣就渣到底"的豁达开朗。只有在给彼此的信中，他们才真正的掏心掏肺、披肝沥胆，活回最真实的那个自己。

两个本来可以这样彼此坦白到天荒地老的男女，却在她发现他爱上了在她眼中那个纯洁蠢笨如小鸡的杜维尔夫人后，阴谋的光环消失了，默契的约定就此破裂。于是，她在信中娓娓道来，向他暗示：猎捕游戏已经结束了，身为一个猎人，你不应该爱上要围捕的猎物。动身离开的时间到了，你应该和杜维尔夫人说分手了。

“我认识的一位贵族，向来是这样和每一任情人告别的。他会对她说：我的天使，人对一切都会感到厌倦的，这是一条自然规律，这不是我的错。

“假如我今天对这漫长的四个月以来专心从事的事情感到厌倦了，这不是我的错。

“譬如说，过去你的德行有多高，我的爱情就有多深，那么现在你的德行完了，我的爱情也终结了是不足为奇的，这不是我的错。

“因此，近来我对你并不忠诚，你冷酷的感情也或多或少迫使我这样做，这不是我的错。

“今天，一个我爱得发疯的女子要求我舍弃你，这不是我的错。

“我清楚地感觉到现在是你指责我背信弃义的大好时机。可是如果说大自然只赋予男人以忠贞的性格，而赋予女人以执拗的脾气，这不是我的错……”

为了虚荣和面子，他照做了。于是杜维尔夫人崩溃，他失魂落魄地接受决斗，在对方剑下死去。她呢，因为那沓赤裸裸暴露心机的信件在他死后全部公之于众，也失去了名誉和地位，打输了争产官司后宣告破产，染上了天花彻底毁容，最后只得只身去往瑞士隐居。

两个曾经翻手为云，覆手为雨，段数玩得很高级的男女，为争一时意气，万般皆休。你以为你是那个猎手吗？你以为你真能掌控一切吗？当情场变成战场，当相爱变成相杀。当每一句话、每一个藏在羽扇后的媚笑都饱含心机，爱就不存在了。唯有胜负，唯有一决高下。

伤风败俗的故事，却被很多国家改编成不同版本的电影。每个时代都有电影工作者来欣赏这个故事，想来真是好玩。大概是因为在摄像机的镜头前，每一个爱恨情欲里的疑点盲点，都可以变得呼之欲出。

八百万个故事，
八百万种死法

美国硬汉派侦探小说作家劳伦斯·布洛克的书：马修·斯卡德系列，出版近十年来，拥趸无数。

我无意从一排红色硬皮书中抓出了那本《八百万种死法》，翻开第一页，看到第一句话是这样的："我看到她进来，想看不到也难。她一头金发近乎银色，要是长在小孩头上，就叫亚麻色。"从此沉浸在布洛克营造的马修后半生岁月中，不能自拔。马修·斯卡德，土生土长的纽约人，据文中推测，他大概出生在1938年，和作者布洛克同年。他原本已经当了十来年的警察，是破案小能手，偶尔也接受一点儿小贿赂，有一个妻子，生了两个儿子，生活在长岛的独立洋房内，日子过得相当滋润。某一次的抓捕行动中，他开枪击毙罪犯，可从枪膛中飞出的一颗流弹，却在击中地面后反弹，夺取了一名小女孩的生命。警方证明这起误伤完全是一场意外。但马修无法原谅自己，流弹事件宛如摁下了重启键，让马修决定让自己的惯性生命戛然而止。

他辞了职，离了婚，离开妻儿，独自一人搬到纽约第五十七街拐角一个小旅馆的单人房间，成为了一名没有执照的私家侦探，闲时在附近的阿姆斯特朗酒吧里打发日子，波本威士忌成为他最亲密的伙伴。他没有保险，不交税，没有任何法定的社会身份，以"为朋友解决困难"维持生活。他在系列第一本书《父之罪》里三十来岁，到了最后一本书《繁花将尽》里已经年过花甲。

《八百万种死法》是马修系列的分水岭。在此之前，他是个资深酒鬼，坐在阿姆斯特朗酒吧，喝着甘醇的波本威士忌，在此之后，资深酒鬼马修已经决定戒酒。他脸色灰败，精神不振，终日穿梭在纽约的街头巷尾。他喜欢步行，每天都在跟继续保持戒酒还是破戒喝一口的矛盾念头做斗争："每一个我滴酒不沾的日子都是好日子。"每天他都要抽个时间，去城内任何一个角落参加匿名戒酒协会的聚会，听那些和自己有着同样困扰的人说着自己的戒酒经验，到了他发言的时候，他总是说："我叫马修·斯卡德，我今天来听听就好。"马修接了个妓女金的生意，金请他帮个小忙，跟她的皮条客出面谈判说拜拜。出乎马修的意料，酷爱收集非洲黑檀木雕，拥有超一流艺术品味的皮条客钱斯，和他一见如故，对金的离去很痛快地表示同意。但没过多久金就被残酷杀害。钱斯理所当然成了第一嫌疑人，但他有不在场的证据，很快被保释，纽约的警察并无多少兴趣追查杀害妓女的凶手，倒是钱斯为了自证清白，反过头来聘请了马修破案。马修一边忙着戒酒，一边开始探案。

坚持戒酒的马修，生活空洞无聊，甚为厌倦，生活失去目标又没有了压力，内心焦灼，痛苦不堪。他需要酒精的麻痹，但又深知唯有保持头脑清醒，才能让这具日趋衰败的肉体撑下去。走上寻凶之路，就是马修自我救赎的过程。

钱斯手下的几个姑娘风采各异，堪称奇葩，有人因为喜欢写诗，发现"日常的打零工吸干了体内的诗意"，有人想成为演员，却终日在格林威治艺术村中靠吸大麻来麻醉自己，有一名集几国血统为一身的绝色美女，散发着神秘的东方女郎气息，却永远心不在焉神游太虚，还有一位原本是一名专栏记者，因为好奇心以及一种说不清的吸引力接受钱斯的邀请，成为自己笔下调查报道中的边缘人物，还有一个叫桑妮的女孩，每晚去麦迪逊花园广场看各种体育比赛，也填充不了她的空虚，马修还没来得及去拜访她，她就出于对人生厌倦，服药自杀。留下一封遗书："无人愿意为我一掷千金；无人愿意与我共结连理；无人愿意救我一命。我已倦于微笑，我已疲于奔命。美好时光已成过去。"说起来没什么情节，没有太过复杂的人物关系，布洛克在三十多岁成为职业作家前，一直坚持给《花花公子》撰写专栏，练就了一种絮絮叨叨却极富感染力的才华，他擅长用文字营造一种有魔力的情境，可以让人一遍一遍不厌倦地读下去。

布洛克还当过王家卫电影《蓝莓之夜》的编剧。虽然王家卫的电影永远都那么王家卫，编剧的色彩在其中永远被导演的个人风格覆盖。但仔细看还是能看出布洛克的特有标签，比如那个酗酒的中年警察，后来他死了，他的前妻也喜欢上了喝酒。他是为了妻子离开自己而悲伤到喜欢上喝酒吗？她是为了怀念他而喜欢上喝酒吗？没有确切的答案。爱伦·坡奖因为马修系列和雅贼系列，慷慨颁给布洛克终身大师奖。朱天文姐妹是他的书迷，侯孝贤把他的书推荐给梁朝伟。梁朝伟看得入迷，在闲时跑到伦敦广场喂鸽子之余，也抽时间跑到纽约找到布洛克，希望能有机会出演马修。却被布洛克一口拒绝，他说自己心目中的马修应该是个白种男人。

我私心觉得马修应该是马龙·白兰度在《巴黎最后的探戈》里那副扮相，穿着深色大衣，头发蓬乱，神色疲惫，一副被残酷生活极度摔打虐待过的衰样。马修和每个普通人一样，过着疲惫不堪的日常生活。他一边艰难自责与自我身体中的偏执及消极对抗，一边又沉溺甚至享受那种绝望的感觉；他没有帮手，身形孤独，但又可能在下一秒某个街角的拐弯处，某扇紧闭的门背后，某个昏暗的酒吧角落，因缘际会，和某个能够激发他心灵碰撞的知己邂逅交谈，一拍即合；他内心孤独，他常常自嘲地笑笑，独自一人穿梭于这座容纳八百万人口的罪恶之城。

马修坐在曼哈顿的地铁里，看着车窗玻璃上自己的影子，对自己说："我的生命是块浮冰，碎裂在海上，不同的碎片朝不同的方向漂去，永远没有复合的希望。"在摒弃掉所有社会关系后，整个人会封存起所有敏锐触角，变得冷，变得硬，变得没有任何归属，直至变成孤单的存在。但是也正因为如此，他独自度过的每一分每一秒，都可以直指内心，在脱离了所有嘈杂的背景杂音后，才能有大把的时间去聆听真正发自内心的声音。劳伦斯·布洛克、迈克尔·康奈利、雷蒙·钱德勒，这些将硬汉侦探类型小说提升到文学殿堂级水平的大师们告诉我，每个人都是孤独的，我们从古至今都一样，没有变得更好，也不会变得更糟。

这种想法让我轻松一些。曾经有一段日子失眠严重，每当凌晨四点，睁开眼睛，毫无睡意，只好打开台灯，继续阅读马修系列。看着他徘徊于纽约的街头，不厌其烦地去一扇扇地敲门，收集每条线索，耐心拼凑真相的全貌，他是在挖掘案件的真相，也是在挖掘人生的真相。有时他成功了，更多的时候他只能获得一个无解的答案。

这不是一本推理小说。但它很好看，很好看，很好看，重要的事情要说三遍。要坚持读到结尾，那个平静如水却又深深叩击心扉之门的漂亮结尾。

1982年的纽约，有八百万人口，八百万个故事，八百万种死法。

没有在深夜痛哭过的人，
不足以谈人生

四月一日，又到了一岁一枯荣的正日子。自从2003年春天张国荣从文华酒店纵身一跳开始，每年逢这一天，关注抑郁症人群，怀念哥哥张国荣，怀旧港剧港片黄金时代，便成热点话题。

作为一个有血有肉，比较敏感的当代都市人，这年头总有机会，或多或少、或远或近跟抑郁症打上交道。一不留神，脆弱的自我可能就在瞬间崩溃，需要去心理医生那里倾倒一些在其他场合不便公开发作的心理垃圾。对于这场情绪低落，甚至长期的抑郁状态，每个人被激发的按钮不同。也许要归罪于万恶的童年阴影，也许是某个感情不如意的瞬间，也许工作压力巨大令你成为被稻草压垮的那只骆驼，也许是你体内不再分泌能令人快乐的五羟色胺……总之，突然有一天，不知不觉中，你发觉开始失眠，无缘无故想哭，没有力气做任何事，对任何人任何事都提不起兴趣，丧失了所有身体欲望，不知道快乐为何物，甚至开始有了自毁自杀的倾向。恭喜你，中奖了。抑郁症就像一场心灵的感冒，很多人一生中总要发作那么一次。有人能够治愈，有人如同患癌，终身携带。套用托尔斯泰一句名言：快乐的人生是相似的，忧郁的人生各有各的忧郁。

不得不提一本书——《丘吉尔的黑狗》。最老资格承认自己患有抑郁症的前辈，应该是丘吉尔吧？他曾说："心中的抑郁就像一条黑狗，一旦咬住我，就不会放松。"作为带领英国英勇挺过艰难二战的领袖，丘吉尔毕生都在与抑郁症做着顽强的抗争，直到他以九十一岁高龄溘然长逝。

英国精神科医生斯托尔写了一本书叫《丘吉尔的黑狗》，他分析由于在童年时代受到父母的冷落与疏忽，丘吉尔内在的自信资源遭到了打击和剥夺，从此造就了他一生的忧郁性格。

很多抑郁症患者，终其一生都缺少人与人之间的亲密互动。最初是与父母关系的紧张。婴儿刚来到这个世界上时，都处于一种唯我独尊的全能自恋状态。绝大多数拥有父母成熟的爱的孩子，会在未来几岁进展到较为成熟的情绪制约，不仅了解别人也有欲望和需求，而且也明白自己的欲望与需求必须跟他人达成互动。既要满足自己也要满足他人。而从童年时代起就匮乏父母之爱的人，往往一味地要求别人的给予，却不知道自己也能相对地给予。因为他们从小就不曾得到过爱的满足。他们的自我，自从出生那日起，便已经破碎不堪。

很多天生抑郁的人，终生都要跟破碎的自我做斗争。在一生中很多时刻，丘吉尔都曾被绝望吞噬，整日躺在床上，茶饭不思，整个人就像完全深陷于黑暗中。这种绝望孤独的感觉，要持续几个月才能消退。即使是在1944年，当二战战局进入复杂艰辛的时刻，丘吉尔在给朋友的信件中坦然承认："我还不想告别这个世界，但那种一跃而下的念头，总在我脑子里挥之不去。"

抑郁症毁掉了很多人，但它同时也使一些人产生了巨大的应激反应，从而出乎意料地发挥出正面的作用。当抑郁症发作到一个厉害的阶段，让丘吉尔难以入眠的时候，他会干脆不睡觉，彻夜看书，或者自言自语，脑海中经常冒出各种绝妙的点子。关于这一点，当时的美国总统富兰克林·罗斯福曾夸过他："丘吉尔每天都能有上千个想法。"患有抑郁症在某种程度上也成就了丘吉尔，让他成为二战时英国无畏的精神领袖。"正因为他终其一生都在跟自己的绝望战斗，只有他才能够告诉别人，绝望是可以战胜的。能够将悲情的现实转化成大无畏的话语，在1940年那个风雨飘摇的夏天，支撑住我们，不至于倒下去。”

斯托尔有一个论点：所谓抑郁症，究其本质，是人在跟自身的内在自我做艰苦的斗争。这场斗争是那么深切，以至于随之产生的痛苦是巨大的，可以像沼泽一样将患者湮没。但也有一些人，浑身泥泞地从这片黑暗的沼泽中爬出来，因为那股痛苦唤醒了他们的自我意识和无比的创造力。甚至可能激发人的巨大潜能，成就不朽的事业。正如丘吉尔在某次演讲中所说：“悲观主义者在每一个机会中看到困难，乐观主义者在每一个困难中看到机会。”是的，你没看错，一个抑郁症患者，也可以同时是一个乐观的人，也可以对未来充满信心：“所谓成功，就是在一个个失败之间保持热情。”

斯托尔在书里写道：对某些人来说，抑郁症有如一条鞭子，当忧郁排山倒海而来时，整个人陷入幽暗的谷底，让人感到精疲力竭，完全失去活动能力。因此为了避免掉入这种悲惨的状态，在尚未错乱到无可救药之前，病人非得强迫自己去活动，不让自己有片刻休息或放松，如此一来，反而成就了很多人无法完成的大事。这一切都是因为他不能让自己停下来，一停下来也就完了。到底有多少伟大成就和抑郁症的频频发作有关，我们无法确知。因为一般来说，多数人都将这种事情掩饰得很好。

“没有在深夜痛哭过的人，不足以谈人生。”丘吉尔自己也曾在演讲中如此表达，“如果你身陷地狱，那就继续前行。”

从首相职位卸任后的丘吉尔，后半生用绘画、写自传、抽雪茄等各种消遣方式来消解抑郁症对自己精神世界的戕害。这个老人留给世界最著名的一张面孔，是在摄影师劈手夺掉他叼在嘴边的烟斗时，他愤怒叉腰站起准备发作，那一瞬间，摄影师按下快门。这张倔强面孔上，洋溢着一种不屈的神采，正如同他当年在母校哈罗公学发表演讲时，为人传颂最广的那句名言所说的那样："永远不要屈服，永远、永远、永远、永远、永远不要屈服。"

但是……但是，人生终归是残酷的。丘吉尔活了九十一岁，在与抑郁症的斗争中，他大半辈子都做到了不屈服，但年老体衰加上脑血管硬化，令他从肉体到心灵日趋羸弱。在其人生的最后五年间，他苟延残喘，放弃了抵抗，忧郁得一蹶不振。那只曾经不时撕咬他的黑狗，最后还是击垮了他的生存斗志。对其人生中的最后五年，连为丘吉尔作传记的莫兰爵士，都讳莫如深，为尊者讳。可见那五年对一个垂垂老矣的老人而言，是多么痛苦的折磨。

每个人的一生都是一场艰难的修行。在这段有去无回的旅程中，不论你是天生快乐，还是天生忧郁，最好时刻记得，关照自己的内心。虽然总是好事多磨，美中不足，但关照过，总聊胜于无。

送上我很喜欢的一段话："我们遭逢的劫难只是名称不同、时间不同。我已经修完了你正在艰难钻研的课程。你是昨天的我，我是明天的你。我们都有癌细胞需要割除，有短路燃烧的线路要修复，有迷宫要走出，有碎片要重建，有江海要渡。"

不必完美，
人生适可而止就好

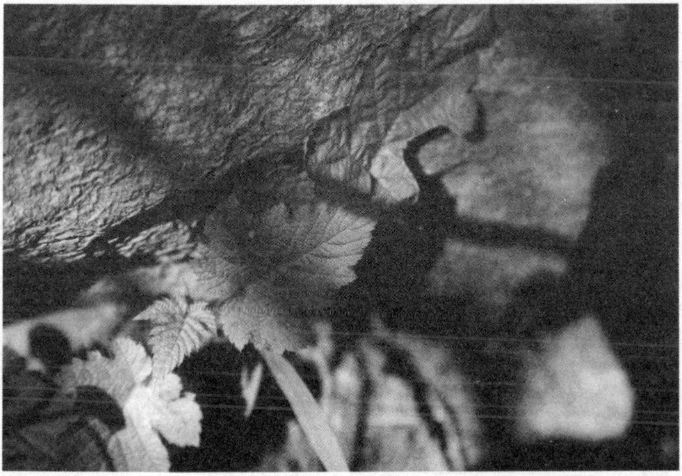

有这样一种说法：人全身的细胞每七年会更新一遍。如果这是真的，每个人从生到死，这具肉身自出娘胎起都会更新过几遍。智慧的人，会通过每一遍更新，存留精彩的数据记忆，筛除掉曾经因错漏、莽撞和挫败而留下的印痕。不过，即使在今日能得以更新一个崭新的自己，仍要感谢曾经经历的每一分每一秒，遇到的每个人每件事，这些元素聚合在一起，点点滴滴，塑造成为今天、目前、现阶段，这个自己。简·方达的自传便从始至终贯穿了这一思想。

简·方达，美国好莱坞著名女演员，表演“方法派”的传人，两届奥斯卡女主角奖项得主，著名影星亨利·方达的女儿，知名反战人士，女权主义者，20世纪80年代风靡全世界的健美操创始人，其三任丈夫分别是法国导演罗杰·瓦迪姆，社会活动家汤姆·海顿，CNN创始人泰德·特纳。这本自传写于简·方达六十二岁的时候，当时她刚刚与第三任丈夫分手，意识到自己已经到了要通过写作来寻觅自我的时候，于是她拿起笔来，开始了艰难的写作，这本自传花了她足足五年的时间：“不管我们想不想承认，六十岁都是我们生活中的第三幕，也就是最后一幕的开始——我觉得可以通过六十岁这块路标来反思自己人生中的第一幕和第二幕。我发现如果我能讲出真话，那么我的生活经历可能为其他女性提供一份路线图，她们借此可以调整与男人、与世界的关系，完善自我。”

简·方达说她写这本书，想展示的主线是：“一个姑娘在成长的过程中总觉得自己不够完美，这使她变得异常脆弱，为掩饰自己总是取悦别人；这种病态如何影响了她的成年生活，尤其是影响了她和男人的关系；她又如何想方设法摆脱这种困境——直到人生的第三幕，她才发现自己根本不必完美，人生适可而止就好。”简·方达，生于1937年，她的父亲亨利·方达，是好莱坞四五十年代著名的演技派，其代表作有《愤怒的葡萄》《十二怒汉》《少年林肯》《碧血长空》，某种程度上来说，亨利·方达那张轮廓坚毅的面容，就是自从垦荒时代起根植于美国人内心的正直、善良、勇敢、坚韧的代名词。简的母亲在与亨利·方达相识之前是一个富翁的遗孀，二人迅速相爱结婚，生下简和其弟弟彼得。简的母亲生性浪漫，感情丰富，喜欢过热闹的社交生活；亨利·方达有着家族遗传的冷漠刻板，生活简朴，平时喜欢以绘画、园艺、钓鱼、编织竹篮和刺绣来自娱。

简的父母在结婚数年后感情破裂。简最鲜明的童年回忆，是母亲带着两个孩子住在一处空洞的大房子里。沉默的母亲常常去用纱网捕获蝴蝶，然后把蝴蝶关到玻璃瓶中用酒精闷死，再把蝴蝶的美丽尸体钉在墙上。父亲亨利以在剧院演戏为名，常年不愿归家，母亲每日做这件事情，常常一天也不说一句话。

在亨利正式向妻子提出“我爱上了别人，我们离婚吧”不久，简的母亲因情绪失控而住进精神疗养院，不久，她用藏起来的剃刀割喉自杀，这年，简十二岁。在她的回忆中：“外祖母和爸爸安排母亲火化，然后爸爸又赶回纽约继续演出他的《罗伯茨先生》，他一场也没有耽误。我认为这倒不是说爸爸什么也没有感觉到，原因是爸爸不知道如何应付感情，或是面对痛苦。”

是的，简·方达有一个生性冷漠、不善于与人交流感情的父亲。即使亨利·方达身为一个演员，他的职业是在观众面前，在舞台上，在摄像机前展现一个角色的喜怒哀乐。即使他一生都是一个演员，但方达家族中遗传自荷兰祖先的刻板、冷漠、封闭的个性，却深深浸染在他的骨髓里。他是一个优秀的演员，但他不是一个合格的父亲。

曾有当时的作家如此描绘亨利·方达："这个人想与别人交往，但又很难接近他；温和但却能突然爆发，对别人言辞犀利，对自己也决不姑息；身在笼中，与铁窗搏斗，但又惧怕光明，强烈反对外部限制，又将铁锁套在自己身上。他那张脸正是体现冲突的画面。"

自从童年开始，简·方达就下意识地取悦父亲，她希望父亲喜欢自己，她希望自己更像是父亲的孩子。但亨利·方达面对儿女永远以沉默对待，他毕生讨厌感情外露，也许他觉得如果释放出自己的感情，他就会被吞噬掉。这样的父亲造就了简·方达少女时代的焦虑，母亲早逝后，她缺少来自父亲的肯定，于是内心的脆弱与日剧增，她总是在想：为什么爸爸不喜欢我，是不是因为我不够好？少女的她为了获得苗条的身材吃药物上瘾。她开始患得患失，得了暴食症，但为了保持身材，她选择吃完了再抠出来。暴食症跟随了她几十年，在精神越焦虑的时候，症状就越严重。

在确定自己要成为一名职业演员后，简·方达师从当时的方法派大师斯特拉斯堡，虽然父亲亨利对方法派这一表演流派不屑一顾，但学习表演在某种程度上救治了当时迷惘的简："身为女孩，成长过程中拒绝承认自己的情感，又有一位讨厌表达感情的父亲，通过表演我可以探索未知的自我——悲伤、愤怒、喜悦，而且不害怕将其暴露出来，我觉得完整的自我要比好姑娘的外表更能被别人所接受。"

带着无法取悦父亲的遗憾，简·方达在法国拍摄《轮舞》，和此片导演罗杰·瓦迪姆落入爱河。瓦迪姆在50年代的法国影坛是一个闪闪发光的人物，处女作《上帝创造女人》捧红了他第一任妻子，性感尤物碧姬·芭铎；和芭铎离婚后，又捧红了后来被视为法国第一女神的凯瑟琳·德纳芙，在与简·方达相爱之前，德纳芙已经为其未婚生子。瓦迪姆一生酷爱金发女郎，三任妻子、一任著名情人都是影坛的金发美女，在其生前写有一部自传《三女性》，着重描绘自己与碧姬·芭铎、凯瑟琳·德纳芙和简·方达纠缠半生的恩怨情仇。

罗杰·瓦迪姆对简·方达最重要的贡献是，将其塑造成60年代著名的性感符号。在科幻片《太空英雌芭芭丽娜》一片中，科幻和软色情的元素糅合混搭，简·方达在镜头前毫不吝惜地裸露身体，把自己变成电影史上著名的太空女英雄。

在私生活中，为了取悦丈夫，简甚至答应他各种奇特的床上要求，包括参与三人性游戏，来向他表达自己毫无美国中产阶级的“局限性”。令罗杰很不满的是，每次简居然都跟前来参与性游戏的应召女郎聊得特别融洽。这些生活经验帮助她在电影《柳巷芳草》中找到饰演妓女的感觉，并因此角色获得第一个奥斯卡金像奖。

罗杰对简的表现感到不满，究其原因很简单。他设置了游戏，原本以为简会以扭捏、不安或者半推半就的神态参与其中。却没想到生命力顽强的简，以她特有的方式，在整个荒诞的场景中找到了令自己安然的姿势——她和应召女郎彼此的畅通交流，令罗杰这个主导者觉得一切在失控。这也是简天生的强悍性格会在亲密关系中所造成的反弹。她与生俱来的强烈生命力，令她在尴尬的关系中反客为主。

取悦丈夫，令简觉得安全，就像童年时她想方设法取悦父亲：“罗杰的朋友们都知道我在参与瓦蒂姆的性解放，我记得他的一个朋友说：‘简与众不同，不像大多数的女人，更像我们中的一员。’我听到后相当得意，就像在十岁时有人问我是男孩还是女孩。”越战爆发后，简受到法国著名左派演员西蒙·西涅莱的影响，开始关注政治，这令瓦迪姆不满。二人感情出现裂痕，简回到美国，开始参与到反对越战的活动中去，从性感偶像到反战人士，简·方达开始了她生命中第二段重要时刻：只身去越南，拍摄反战的纪录片，坐在越南军方的高射炮上，这个举动激怒了美国军方，使她得到了一个绰号“河内简”。由于与政府持不同政见，简受到联邦调查局的调查和刁难，认识了同样身为反战人士的汤姆·海顿。他成为简的第二任丈夫。在越南，看到满目疮痍的战争景象，看到越南人民在连年战乱中仍然具有的生气勃勃的笑脸，简内心受到触动，她归国后和汤姆参与到更多有关救助越战复员军人的事业中，并拍摄了反映越战老兵归国后种种遭遇的电影《荣归》，再次获得奥斯卡女主角奖。

越战结束后，为了协助丈夫参与议员竞选筹集经费，简·方达误打误撞参与了健身生意，她发现全美国有很多女性对自己的身材不满意，在这种思路驱使下，她和事业伙伴研究出了有氧健美操，开设了连锁健美操俱乐部。她带头拍摄的健美操录像带在某种程度上来说推动了家庭用录像机在美国的推广。80年代《大众电影》杂志上，简·方达的形象就是烫着爆炸头，绑着额带，穿着亮闪闪的紧身健美服，双腿上还套着式样古怪的袜套。她的这个形象，对当时还在比较封闭年代的国人而言，在某种程度上就是代表着西方资本主义文明风尚。1980年，医生诊断患有严重心脏病的亨利·方达时日无多，为了与隔阂多年的父亲和解，简·方达说服好莱坞常青树凯瑟琳·赫本助阵，出演描绘老年人生活的电影《金色池塘》。电影开拍前，好莱坞所有电影厂都不看好这个项目，认定没人要看两个老人和一个孩子拍成的电影。但简坚持开拍，因为她内心清楚，她和父亲长达三十年的冰冻期需要破冰。在电影中，她要和父亲展现现实生活中他们作为父女的样子：紧张、疏远，认为父亲不爱自己。她希望影片中父女之间的沟通也能是父亲与自己最终的结局。她知道表演生涯使父亲常年戴上面具，但只有在表演中，他才可以流露出在现实生活中无法流露出的感情。

《金色池塘》获得了难以想象的成功，它是1981年全美国票房最高的电影，影片中讲述的父女关系，是两代人之间普遍存在的问题。很多人都在大街上走过来拥抱简·方达，告诉她，因为看了《金色池塘》，他们和父亲的关系改变了。这部电影使得亨利·方达在生命的最后时刻，荣获了一生都未曾获得的奥斯卡最佳男主角奖项。由于他身体衰弱无法出席颁奖仪式，由简代替父亲上台领奖。这对父女，身为人夫为妻子、身为人女为母亲那场自杀阴云所产生的毕生隔阂，虽然仍旧存在，但终于来得及在亨利仍然存活在这个人世间的时候，能够有机会彼此和解。

在简·方达五十一岁生日那天，丈夫汤姆戏剧性地向她宣布：他爱上了另一个女人。简回忆自己当时觉得生活的根基坍塌下去，毁灭来得如此突然。“我仿佛被抛入陌生的国度，我觉得自己好像刚刚听说被别人收养了。奇怪的是，我没见到领养人走过来。”简如实地叙述了婚变当时的感受：“我这辈子都没想象过还会在感情上经历如此的痛苦，也想不到这痛苦竟能在身体上表现出来。我感到血液正从毛孔里向外涌。如今我的心有一百磅重，有一把匕首正在里面搅动。将近一个月我无法大声说话，既不能快速走动，也不能吞咽食物。我无法承受别人的触摸，也不值得体验快乐，我觉得自己一文不值。”

从女儿和儿子那里，简了解到她在和汤姆多年的婚姻里备受压制，但她却不自知。女儿鼓励她：“也许你现在可以与那些被汤姆赶走的女性朋友度过更多的时间。你想过没有？汤姆不喜欢她们，她们知道这一点。他总是在压制你，而你却不知道。”

在度过了震惊期之后，简冷静下来，对丈夫的愤怒也在消退，她不想走父母当年离婚时争吵的老路，她想处理好这件事。她承认这段失败的婚姻自己也有责任。汤姆和她已经有很长时间不告诉彼此自己的感受，潜意识里他们两个人都想走出这场婚姻。接受了事实之后，简豁达地和汤姆离了婚，她整天与可爱的女性朋友们见面，听古典音乐，她的家成了闺蜜们的天堂，和朋友们骑车、散步，迫使自己忙起来，让自己的体内注入能够承受快乐的因子。

简的离婚新闻见报后的第二天，戏剧性的一幕发生了，CNN创始人泰德·特纳打电话过来，问她：“你真的离婚了吗？那你喜欢跟我出去约会吗？”泰德·特纳，这个富有传奇色彩的美国式大亨，这个比她小一岁的白发男人，成为了简第三任丈夫。在成为特纳夫人后，简退出影坛，在佐治亚州着力推行预防少女怀孕运动。

在与泰德结婚后一个月，简就发现泰德仍旧按照美国大亨的生活方式，背着自己跟别人上床。她愤怒了：“我坐在汽车里用车载电话劈头盖脸地朝他打过去，边打边想，我还没见到电影里有谁拍过如此精彩的冲突戏。”为了挽救婚姻，泰德和简在婚姻存续期间内，一直接受专家的咨询，“在婚姻存续期间，泰德没有违背诺言，没有辜负我的信任。”和特纳的婚姻生活，在简的回忆中是美满的：“直觉告诉我，对这个男人我可以向他全部敞开，以前我与任何人都不曾有过深度的灵魂沟通，但与泰德在一起的所有条件都具备，可以达到那种挚爱。我打定主意要把敞开胸怀后担心自己变得脆弱的恐惧丢到身后。我想使我们两个人都成为完整的人，互相关爱，互相交流，互相肯定，互相尊敬……回顾与泰德十年来走过的路程，大部分时光我都是幸福的，一年比一年更坚强，更有信心。”

在简度过六十岁生日的时候，泰德慷慨地赠予她一千万美元的家族基金。但也是在六十岁生日宴会上，简跟大家一起观看了记录自己生活的录像。她意识到自己仍旧在某种程度上通过牺牲自己来取悦丈夫，性别角色和其中所固有的不平等的微妙力量，在简和泰德身上都留有深刻的烙印。“我最担心的事——找回自己的声音但失去男人——正在发生。这结局不是我原来设想的，你想要的东西都不是对方想要的。这不是说你的同伴不好，只能说明他在生活中需要别的。我的幸福是短暂的，因为我发现身边的泰德正在凋谢，显然他不想与我同行，于是我们同意分手。”

在简和泰德共同生活的最后一年里，泰德意识到分手难以避免，于是他开始四处寻找能够代替简成为伴侣的接替者。“做最好的设想，做最坏的准备”一直是身为大亨的泰德恪守的名言，简不无讽刺地描写道：“我们分手那一天，新千年刚刚过去三天，他飞到亚特兰大把我放在机场。我开上租来的车离开机场前往女儿的家，替代我的人正等在机库里，准备上他的飞机。我坐过的位置上还留有余温。”

六十二岁的简·方达发现自己又是独身一人。但她坚信在拍摄《金色池塘》时好莱坞第一代女权主义代表凯瑟琳·赫本对她说过的话："是女人选择自己的男人，而不是相反。"她欣慰地发现，自己伴随三任丈夫成长，每次离婚虽然当时很痛苦，但毕竟是朝前走出一步，离婚并不代表失败，她从中重新界定了自我。

独身几个月后，应好友的邀约，简参演了话剧《阴道独白》。"趁我没注意的时候，我的女性意识从大脑里溜出来，在我的体内安家落户。"在距离三年满七十岁的时候，简·方达完成了这本自传，在书的结尾她写道："谢天谢地，我依然是没有完成的作品。我还有一幕没演完，在第三幕里我要清醒地生活。"

时至今日，我们能看到她的确是这样努力去做的。她在美剧《新闻编辑室》仍可以出演气场全开的女老板。在2015年戛纳电影节红毯上，七十七岁的简·方达穿着一袭宝蓝色的范思哲长裙，款款而来，她身上洋溢着喷薄的生命力，仍然可以性感，可以浓烈，可以感染这个世界。

身为著名演员的女儿，好莱坞曾经的性感宝贝，法国著名导演的性解放妻子，社会左派活动家的妻子，传媒大亨的妻子，反越战活动家，两次奥斯卡获得者，健美操发起人，女权主义运动的代表……在揭开如下标签后，简·方达努力让自己的生命回归本源："生命中有大部分时间是在寻找路径，如何回家，如何恢复躯体，这是我六十岁之后才明白的。尤其要告诉女性，如何通过回归自身，找回平衡。"

人到中年的寓言

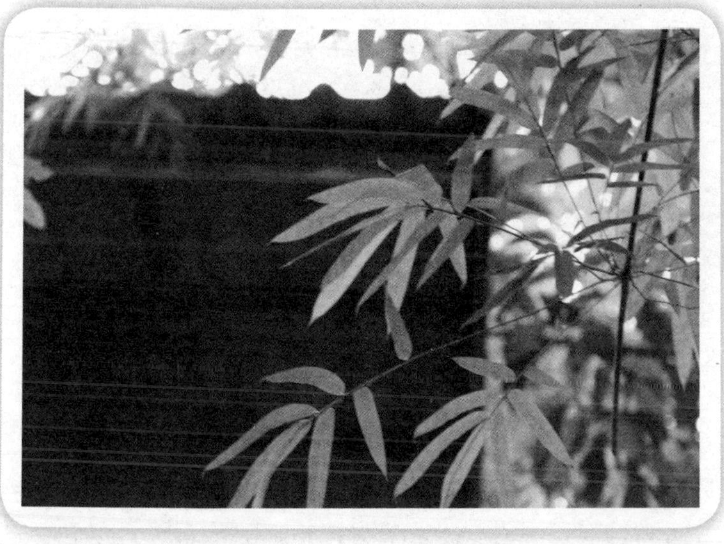

前些日子又重读了一遍《废都》，读完后第一个感觉是：写得真好啊！我珍藏的那本第一版第一次印刷的纸质书藏在另外一个书房的某个角落，实在懒得找，于是在网上搜了个所谓海外全本的电子版，号称把当年那些此处删去×××全都填满了。可惜那些限制级文字，现在看来毫无吸引力。

想当年，高考结束的那个暑假，正在家里如饥似渴地读着各类闲书，哥哥下班回来告诉我，街面上都轰动了，说陕西的那个作家贾平凹出了本“小黄书”，我赶紧跑到新华书店买了一本，倒要看看里面怎么个黄法。暑假过完，我夹着那本正版的第一版第一次印刷的《废都》来北京上学，闲着没事就开始研究里面那些“此处删去×××”到底都删了些什么？记得当时正走红的演员梁天接受记者采访，揶揄好朋友谢园最近不出来露面的原因是“窝在家里正在潜心搞创作——试图把《废都》里那些空都填上……”

二十年过去了，以读小黄书的猎奇心理去匆匆读了一遍《废都》的年轻人，如今已人到中年，尘满面，鬓如霜。再读《废都》，才开始体会贾平凹在后记中写的“我已是四十岁的人，到了一日不刮脸就面目全非的年纪”究竟是何等的苦涩和自嘲。

《废都》里的市井人情，坊间往来，推杯换盏间的虚虚实实，眉梢眼底里的假戏真做，放纵放浪后的空虚寂寞冷，幻灭自哀后的暗黑毁灭伤，恐怕这二十年来的文学作品，没有比它更出色的。被禁了多年的《废都》，一直被读者低估。和力图展现史诗感的《白鹿原》不同，《废都》很难被影视化。它的魅力在于它的文学性，在于书中的遣词造句，精细描绘，贾平凹将陕西方言和明清词话、民国小说体夹杂混揉的一种独特语言风格。它的好，在于白描，需要一遍遍地阅读和体会。

读完了有两个强烈的感受：现在这个时代的女性，比《废都》中所描绘的女性幸运多了。《废都》书中所表现的应该是20世纪80年代初，唐宛儿、柳月、阿灿、汪希眠老婆，这四个女人，分别代表了庄之蝶心目中理想女人的某个侧面。而在那个时代，无论多么出色的女性，大部分没机会为自己而活，而是要攀附于某个出色的男人身上来肯定自己的价值。比如唐宛儿和庄之蝶有了私情之后，开始近一步想登堂入室，到文联大院那个单元房里去做女主人；柳月虽然明知道自己被庄之蝶当成打官司的筹码，送给市长那个得了小儿麻痹的儿子当老婆，但还是眼泪汪汪地要在出嫁前一晚再跟庄之蝶睡一次；阿灿，一个心比天高、命比纸薄、住在棚户区的大美女，要给庄之蝶生孩子，不惜在自己美丽的脸上划下伤痕灌下墨水，因为从此不要再为任何人美丽；汪希眠老婆还尚存部分理智，但她年轻时原本想慕名嫁给有才华的庄之蝶，谁知被人从中作梗，只能退一步嫁给同样有才华之名的画家汪希眠，半辈子都在内心哀叹恨不相逢未嫁时……

女人，如果只能通过被一个所谓的优秀男人睡了才能肯定自己的价值。这价值真的是如断线的风筝，太过缥缈，太没根出。

庄之蝶，无论多么有才华，多么天生具有一个作家的敏感和多情，但骨子里仍沿袭着中国式传统男性文人对女人的那种亵玩姿态。一方面，他懂得女性的美；一方面，他放纵自己享受着女性匍匐于地上双手奉献的所谓爱情。在现实世界中开始处处碰壁的他，需要这种女性的爱来滋润自己，就像婴儿离不开奶水。他是世界上一切男性的代表：一半是体贴入微的贾宝玉，一半是皮肤滥淫的西门庆。

联想到最近在网上被人争议的某位中年男性大V发出“作为像我这样有点阅历，有点经济基础的老男人，要泡个普通漂亮妞很容易。只要是想，就一定能泡上”这样扬扬自得的言论。只能说，读过几本书的老男人，在男女关系上还真是一贯有谜之自信。

这个自信是从哪儿来的呢？归根究底，他们大概是被那些盲目奉献的女人惯坏了。对这种巨婴心态自认为自己无所不能的男人，最好的办法就是：有多远躲多远，别惯着。

幸亏我辈距离《废都》书中那个时代已进步了将近三十年。女性已经不用靠男人来证明自己的价值，更不需要被男人用“那妇人”的指称，被简单归纳在他即将要临幸的那堆“妇人”中间。

庄之蝶比大言不惭的某些大V还懂点儿事，起码在两性关系上知道反思而不是沾沾自喜。百人斩也好、万人迷也罢，肉体总要崩坏，总会有体力的尽头。恐怕再多姿势花样的狂欢过后，仍要面对满目狼藉的灰烬。人到中年，很多人都活成了一座被损毁的城池。

人生中段，就是这样一个尴尬的时期：年轻时代的梦想已然幻灭，名利已在手，欢情全看清，套路了于心，牢笼挣不开。“曾经以为人生就这样了”的困顿感油然而生。年轻时，弹吉他、吹口哨，穿着衣服做爱，是激情欢喜；到了中年，即使有情但可暂交颈，凡落入眼帘的，仍是一地鸡毛，索然无味。

《废都》早在二十年前，就已经深切描绘出了这等人生的困境：每个人活到中年，生命都开始展露狰狞残酷的一面，有人俯首臣服选择忍气吞声，有人扬眉对抗显示更加虚张声势的恫吓与抵挡。年轻时的梦想已虚无缥缈，随着年月积攒起的自我贬低、自我怀疑和自我否定却像老屋里的灰尘越积越多，不管从哪个角度拼命向前看，都是灰蒙蒙一片。

各自经历了起起伏伏后，有些人因为懂得所以慈悲，有些人因为懂得所以残忍之上更加残忍。这就是人到中年后我们再度聚首时，彼此在对方脸上看到的人生况味。

人是唯一一种悬挂在自己编织的意义之网上的动物。少年时，我们憧憬着意义；迟暮时，我们已将近成佛，不再追问意义。唯有哀乐中年时段，追寻意义的勇气已不再，却又缺乏洞察世事的大智慧。尴尬的中年人，充满破绽却还要麻痹自己全力维护，正如一座已经腐朽坍塌的城池，城中人还在假装没听到那些吱吱作响的倒塌声。

人生中段，有些人随波逐流，有些人渡尽劫波初心在。好多人告诉我，《废都》结尾，庄之蝶应该是死了。我不太相信。他已经亲手砸毁了原先困住自己的那座危城，既然选择出走，总要给自己的灵魂选择一片自由放飞的天空。就像贾宝玉总要走出他的大观园，西门庆大闹了葡萄架后也知道其实“休道欢愉处，流光逐暮霞”。世界比想象中残忍，但还是要努力保持天真。

读完充满魔幻现实主义细节的《废都》，更加明确地知道，我辈仍活在一个魔幻现实主义横行的时代里。

好好享受这一场人生，
谁也别想活着退场

《白事会》是一本小薄书，作者叫自然，据说是个居住在天津的70后。最特别的是他的职业：他是一个大了。

“大了”这个称呼，我不清楚国内其他地方的人熟悉与否。但天津人一听就心知肚明：大了，曾经是天津人对婚丧嫁娶组织者的统一称呼。但沿袭到现在，天津人民已经默认“大了”这个称呼是专门指那些从事白事，也就是筹办丧礼的那个组织者。

这本书的作者祖传干这一行，于是他在豆瓣上讲述了一些亲身经历的白事故事。为什么要讲这些故事呢？因为他觉得：“起码能让我们想一想活着的价值。如果死不能选择，只能有一种样子，活着却可以有无数种选择，不必只像一块钟表一般，在忙忙碌碌中转动。”

这本小书尺寸很袖珍，页数也没到两百，口气平易地讲述了四十七八个有关于死的故事，每个家庭成员死亡的关口，宛若一个舞台，总会在纷扰吵闹中透露出这个家庭所有的原生态，每个家庭痛楚的根子，曾经那些被隐藏在重重遮盖下的黑暗秘密，会因为死神这个无情的来客而被赤裸裸地掀开，让它在阳光下或者绽放或者枯萎。

大了，就是舞台下冷静的看客。书里每个小故事都有笑点或是泪点——在大热天里过世的八十多岁的老太太，死了发起来穿不上自己亲手缝制的寿衣；考不上北大卧轨自杀的年轻人，尸体碎块需要用铁锨一点点铲起来；住在大屋子里形单影只的富婆死了狗儿子心肝，坚持要用人的仪式给它入殓；在儿子婚礼上因劳累和激动而猝逝的老公公，一家人上午办喜事下午办丧事；喝酒吸毒车祸身亡的富二代，有钱的父亲像处理公务一样让大了处理儿子的葬礼；英年早逝的老师，要把自己的葬礼变成让学生们认识死亡的一堂班会；唐山大地震里失去所有亲人的一个女裁缝，知道自己得了癌症，捐掉所有家产，然后选择平静死去；妻子是个武疯子，她活着的时候丈夫净挨她的打，但她死后丈夫却哭泣着说：“好像自己失去了身体的一部分……”文了一身清明上河图的酒腻子喝酒死了，他的一群酒友们喝醉了非要把死者从棺材里拉出来再大喝一场；和失明老婆婆相依为命的金毛大狗阳光，在老婆婆过世后不吃不喝，跟着火化车追了一路，最终送到火葬场再也不肯离去……

身为一个大了，面对死亡就是他生活的一部分，但作者自然还是忍不住会细细描绘那些因为死亡而被他记住的人们，尤其是老人和孩子。其中有一辈子恩爱的老夫妻，老太太瘫痪了十九年，最终用一把水果刀在被子下割脉自杀，血流着的时候还佯装无事跟老头儿聊着天儿；儿子有尿毒症，母亲查出自己得了癌症，母子俩请大了在自己家那个小破屋里吃了一锅热乎乎的疙瘩汤，平静地把他们的后事托付给他；大年三十老头儿猝然而逝，老太太脑袋上还插着朵过节的红花，粘着浑身面粉，茫然地坐在包了一半的饺子旁边，大了陪她度过了这个艰难的除夕夜；父母为早夭的孩子准备了一场别致的葬礼，把孩子从小到大的照片和视频播放了一遍，如同她重新活过；没有孩子、完全不信鬼神的唯物主义老太太，在丈夫过世后冷静地处理着所有的事情，冷静地搬进养老院；在海河里游泳丢了凉鞋的孩子，被单亲妈妈骂着要把鞋找回来，跳到海河里摸凉鞋不小心淹死了；母亲因病过世，几岁的孩子完全不能理解什么叫作死亡，口口声声坚持“妈妈只是睡着了”；快乐的熊老太太，在老伴葬礼上笑眯眯地讲述着逝者生前的笑话，用那些温暖的记忆去纪念死去的人。

虽然自然一边说：“大了跟医生一样，永远不要带着你的感情去工作，否则你很快也会变成一个疯子。”但是，他一边又身不由己，为那些因死亡而萍水相逢的人们而莫名感动。他向我们讲述那些令人心碎的人间故事：因为一时疏忽丢了孩子而自责的爷爷，得了癌症也不肯去医治；怕自己胖得了厌食症的模特，死的时候像一具骷髅；还差一个月就可以出生看到这个世界的小宝宝，和母亲一起在过马路的时候被一辆飞快驶过的汽车碾压；被母亲逼着学习终于选择从二十一楼楼顶跳下来的年轻孩子。选择一起死的老夫妇，死后两个人紧紧握在一起的手掰不开，大了只好选择把两个人肩并肩放在火化车上；大了自然还亲手送过自己的同学泰森，三十多岁事业有成却败给了癌症；他还亲手送过自己心爱的姑娘，他说：“做这行，我最受不了的是给我认识的亲人朋友做白事，虽然我知道他们是出于信任我。做他们的白事，我表面看不出有多难过，但怎么能不难过呢？我又不是机器，我是个人，活生生的有感情的正常人。”

大了这个职业是个帮助人的生计。在所有的面临死亡手足无措的家庭中，他的出现会缓解人们纷乱悲痛的心情。对死者而言，大了是值得信任的、能让人放心地把身后事交给他的那个人。

就如作者在序言中所说：“在人生这趟公车上，死神就是个小偷，生命是贵重物品。虽然你尽量躲着小偷，但他悄悄地黏着你，还可以隐形。而我想做那个司机师傅。”

2013年年初，妈妈突然过世的时候，我很感激天津这个有白事找大了的习俗，那个黑铁塔一样的汉子的出现，让第一次面对死亡的我和哥哥，得以把那个仪式顺利进行下去。丧事过后，那个几天来忙前忙后的大了，要的报酬远远低于我的预期，毕竟是突然把他从正月过年的氛围中拉过来忙碌了这么多天，很感谢他。

我跟金牛君说过，没有子女的我们，等到一百年后要处理身后事的时候，要嘱托一个信得过的朋友或者晚辈，待我们在这个尘世的生命完结，送到火葬场烧掉这具肉身，骨灰洒到江河湖海，或者埋到一棵树下去帮助植物生长，都可以。如果有文艺的朋友愿意把我的骨灰烧成瓷器用于日常生活，或是把那捧骨灰用礼花弹打到天空去姹紫嫣红，那更好。

重要的是活着的时候，要尽量畅意自然，力所能及地愉悦自己，愉悦身边几个人，来过，爱过，哭泣过，体验过。死后如何处置完全不重要，重要的是活着的时候有没有好好对待过自己。

来，让我们好好享受这一场人生，反正谁也别想活着退场。

繁花落尽四十载

花了两天时间，读完了金宇澄用沪语写就的小说《繁花》。读时的感觉像是在读韩邦庆原著、张爱玲翻译的那本《海上花列传》。同样是上海人精明却习惯旁观的态度，不加主观评点，全部由书中人物自说自话。行为举止、心理动机、出身环境乃至神态秉性，全部由每个人物说出的话语来表白清楚。读者似乎如台下观众，屏息看着书中人物：阿宝、沪生、小毛，从20世纪60年代萌芽少年初结识起，到新世纪初，阿宝和沪生送别小毛离世，走在苏州河畔，彼此说猜不透对方心思。弹指间四十年须臾而过。

四十年光阴，从头到尾充斥着各色人等的闲聊谈天，小说开篇就是偶遇闲谈："沪生经过静安寺菜场，听见有人招呼，沪生一看，是陶陶，前女朋友梅瑞的邻居。沪生说，陶陶卖大闸蟹了。陶陶说，长远不见，进来吃杯茶。沪生说，我有事体。陶陶说，进来嘛，进来看风景。沪生勉强走进摊位。"这一坐，便引出一篇闲磕牙聊天。小说结尾，阿宝和沪生与想拍上海电影的法国年轻人聊完天，闷走在苏州河边，沪生说，阿宝比较怪，一辈子一声不响，也不结婚，皮笑肉不笑，要么讲戏话，阿宝的心里，究竟想啥呢。阿宝笑笑说，沪生这个男人，一直不离婚，只是笑笑，要么讲"人们不禁要问"，"文革"腔，搞不懂沪生心里，到底想啥呢。

一头一尾之间，住在皋兰路独栋洋房的阿宝，祖父是大资本家。父母早年背叛自身的阶级开始了特工生涯，有相亲相爱的童年小伙伴——会弹钢琴的蓓蒂。二人一同集邮，收到从香港哥哥处寄来的明信片。住在石门路拉德公寓的沪生，父母是空军干部，有事没事去国泰电影院看电影。住在沪西大自鸣钟弄堂的小毛，自家住阁楼的第三层，当纺织女工的小毛娘原本拜耶稣基督，解放后改作拜领袖。附近一带，烟囱冒烟，工厂日夜开工。西面牙膏厂，如果刮西风，留兰香味道；刮西北风，三官堂桥造纸厂烂稻草气味刮来，腐臭里带了碱气、辣喉咙的酸气，家家关窗。

这三个男人，在十来岁年月里相识，少年时代互相见证彼此家庭落魄失势，在平反政治斗争中败落下风。围绕他们身边，多少人来，多少人去。在青年时代因一时意气而翻脸后，小毛和二人断绝来往几近三十年。直到新世纪快到来时，重病的小毛和沪生、阿宝重逢，三人在小毛的亭子间里吃老酒，老友见面，以为有讲不完的话题，其实难以通达，长期的间隔，性格习惯的差异，因为蜂拥的回忆，夹头夹脑，七荤八素，谈兴非但不高，反而时常百感交集，思路阻塞。

这就是一场有涨有落的人生大河的宿命。整部小说以这三个男人为枝干，其他人物如姝华、兰兰、雪芝、大妹妹、银凤、春香；改革开放时代的梅瑞、李李、玲子、小琴、汪小姐、陶陶、徐总，皆为繁花和绿叶。过去和现在穿插叙述，由过去“文革”年代从狂热抄家武斗，逐渐过渡到插队下乡接班，到市面上又开始渐渐时髦。精干的人，又开始穿蓝色运动衫，翻出亮晶晶的铝质拉链，下穿五寸裤管的黑包裤，裤管下端要刻意露出一寸见宽的蓝色运动裤边。渐渐，“文革”末期，已无人关心大时代，用车间材料制造开瓶起子、毛线针，女人工作间隙编织绒线衫。“文革”结束，各人家庭情形开始变化，蒙冤的平反昭雪，被打倒的返还财产。阿宝经商，沪生做了律师，小毛匆匆结婚。在妻子因生产亡故后就单身到老，直到病故。他们身边人来了又去，身边故事发生了又落幕。形形色色的人，形形色色的关系，形形色色的故事。

金宇澄喜欢让笔下三个男人充当倾听者。往往是别人说，说话的人总是有演绎，有隐瞒，有歪曲，不尽不实，但说的人兴致很高。他们听，听了之后也无评论，常常是不响。整部小说里光“不响”这个词就频繁出现了不下一千五百次之多。作者还怕读者不明白，在书前的题记中写了这么一句：“上帝不响，像一切全由我定……”

不响，大概是人际交往的一种原生态。有人说，有人听，有人听了不响。不轻易表明自己的态度，不轻易袒露自己的内心世界。和谁都保持距离，跟这个世界，跟这个世界上所有人。

上海大概是中国城市化最早的地方，明清鱼米之乡，织造，太平天国江浙富商避难之地，通商，港口，抗战时期孤岛，传说中东方冒险乐园。各种人来了又走，或者来了留下来。见得多了，人和人之间始终保持距离，永远有所保留，上海人骨子里的冷淡自矜，“不响”这两个字，倒的确形容精准。

不响，更直白的形容就是关你屁事以及关我屁事。不响，即是你的生命与我无关，我的生命其实只是一场大梦。不声不响间，岁月这条大河静静流淌了四十年。少年白头，物是人非。

读这本小说，让我想起很小的时候读程乃珊的《蓝屋》，成年后读陈丹燕的《慢船去中国》。上海这座城市，的确具有独特的文学感，即使是这样冷静隔绝的白描，都能感受到时代变迁，沧海桑田。

此情可待成追忆，
只是当时已惘然

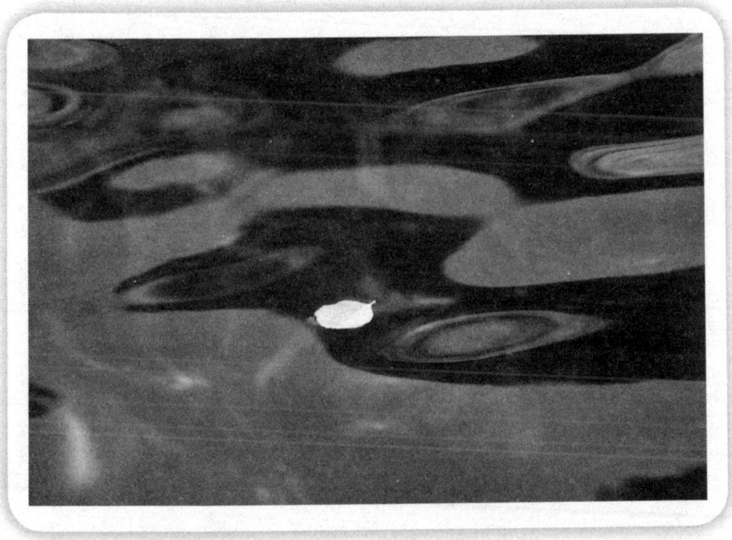

J·K·罗琳真是一个大IP的制造者，继《哈利·波特》七部曲之后，《神奇动物在哪里》第一部上映，席卷全球，光在中国上映不到一周，票房已超五亿。片中小动物你最喜欢哪一个？喜欢偷摸亮闪闪珠宝的嗅嗅，是不是超级可爱？虽然片尾真相阶段性大白之时，由泡肿了的约翰尼·德普扮演的格林德沃，只露了不到半分钟的真容，但这吉光片羽已足以使哈迷们脑补一万字邓布利多和格林德沃相爱相杀的爱情故事。尤其是他们在少年时代，于1899年在杳无人烟的戈德里克山谷内，度过的那个悲欣交集的夏天。

啊，这可真是一个悲伤的故事。阿不思·邓布利多，霍格沃茨魔法学校校长，被公认为当代最伟大的巫师，一级梅林勋章获得者，凤凰社创始人和保密人，国际魔法师联合会主席、威森加摩首席魔法师……在这串堂皇体面的头衔下面，遮盖着一个自闭阴郁的童年。

邓布利多出生于一个巫师古老家族，这个家族有个秘密：他的妹妹阿利安娜在六岁时，遭受几个麻瓜小孩恐吓，从此魔力失控。看过神奇动物的观众都知道，巫师中有一种默然者，指的是一种不能控制体内魔法的巫师。阿利安娜在麻瓜小孩的暴力虐待下，失控成为默然者。邓布利多的父亲一怒之下伤害了那几个麻瓜小孩，因此终生被关在阿兹卡班监狱。为了躲避别人的歧视，也要躲避魔法政府对默然者的捕杀（阿利安娜是个默然者应该是这个家的最高秘密），母亲坎德拉带着阿不思和其弟阿不福思、其妹阿利安娜，逃避到僻静的戈德里克山谷，过起了与世隔绝的生活。

妹妹被袭击，父亲为了报仇而入狱，母子三人躲入山谷，这一系列变故发生在阿不思十岁、阿不福思七岁、阿利安娜六岁的时候。一年后，阿不思被选入霍格沃茨魔法学校读书。因为有一个罪犯父亲，他备受小伙伴的敌意和排斥。但阿不思凭借着卓越的才华，在学校里很快变成引人注目的学霸。当他毕业的时候，他的头衔是“男生学生会主席、级长、巴纳布斯·芬克利优异施咒手法奖、威森加摩英国青少年代表、开罗国际炼金术大会开拓性贡献金奖……”虽然被学霸的光环所笼罩，但阿不思在学校七年来其实没什么知心朋友，父亲的入狱、家里藏匿着一个常常会失控的默然者妹妹，家庭的悲剧是悬在阿不思头上的达摩克利斯之剑，昭示着摇摇欲坠的危险。

阿利安娜童年蒙受的悲剧，改变了邓布利多家族整个家庭的命运。坎德拉对住在山谷中寥寥无几的邻居们也保持着冷漠和警惕。巴希达·巴沙特曾对哈利·波特这样回忆道：“我带了一批自己做的锅形蛋糕过去欢迎她，她当着我的面关上了门。”直到邓布利多一家搬到山谷几年后，巴沙特在月光下摘悲啼果的时候，才无意发现坎德拉领着女儿在花园内散步。她才知道除了两个儿子外，邓布利多家族还有一个久居室内隐而不出的小女儿。

压抑的家庭气氛，令刚从学校毕业的阿不思向往着外面大千世界的生活。毕业季的暑假，他正打算和求学时期唯一忠诚的朋友埃菲亚斯，一同游览欧洲大陆。但当两个年轻人住在伦敦破釜酒吧里，准备第二天动身去希腊的时候，一只猫头鹰带来消息：阿不思的母亲突然去世。结合神奇动物中关于默然者的描述，可以推断坎德拉应该不幸地死于失控的女儿之手。默然者一旦失控，其身上爆发出的黑暗魔法默然非常凶猛可怕。十八岁的阿不思只得放弃游学计划，回到戈德里克山谷。他曾经对自己未来汹涌澎湃的期望，都因为家庭的羁绊而中断了。

在国王十字车站，已经死去的阿不思向哈利袒露了自己内心的感受："当时我怨恨这一切，哈利。"一个希望在魔法世界大有作为的年轻人，因为要照顾失常的妹妹而困守在一个荒僻的小村庄。这对于年轻的阿不思来说，不啻于一场望不到尽头的诅咒。但阿不思天性仍是一个善良的富有责任感的人，尽管弟弟阿不福思对他表示："我愿意照顾妹妹，我不在乎上学的事，我可以待在家里自学。他却说我必须完成学业，由他来接替母亲照顾一个半疯的妹妹……"

虽然阿不福思终生和哥哥不和，但他也承认："精英先生有点儿失落，照顾妹妹，每隔一天就要阻止她把房子炸飞，不过最初几个星期他做得挺好……"

"……直到他来了。"这个他，就是十六岁的盖勒特·格林德沃。曾就读于以宽容黑魔法而闻名的学校德姆斯特朗，但格林德沃所表现出的对黑魔法孜孜不倦的追求和才华，连德姆斯特朗都没办法宽容，于是在十六岁的时候，他被学校开除了。

格林德沃来到戈德里克山谷，表面上是来看望姑婆巴沙特，但实际上他对发生在此地有关死亡圣器的传说颇感兴趣。两个年轻人在这个夏天相识了，两位都和这个世界隔绝，并因此倍感孤独的天才少年"就像火和锅一样投缘"。用巴沙特的话说："这两个过早地品尝了人世沧桑的孩子一见如故。"

格林德沃把寻找传说中的死亡圣器作为生命的动力，他已经初步形成了看待世界的尖锐观点：巫师和麻瓜不能和平共存，只有一个结果，征服和被征服。为此他需要获得更强大的魔法力量，建立巫师统治的社会新秩序。格林德沃说服邓布利多跟随自己去改变这个世界。当然，他隐瞒了这种具有革命性的征服背后，将会伴随多少死亡和鲜血。孤独的阿不思被格林德沃所描绘的“改变世界”的宏伟蓝图所蛊惑，少年那特有的澎湃的血气方刚，令他迷失在格林德沃的游说中，他希望自己能和格林德沃一起去寻找永远不会输的魔杖、起死回生的石头和隐形衣。

就在阿不思决定跟随格林德沃离开山谷的时候，阿不福思站出来指责哥哥在精神上的迷失。格林德沃和他争吵了起来，争吵演变成决斗，格林德沃失去了理智，用黑魔法攻击了阿不福思……混战中，阿利安娜可能再度失控，威力巨大的默默然席卷一切。为了自保，阿不思、阿不福思和格林德沃手中的魔杖都喷射出了火焰……混战中，阿利安娜倒在地上死去了。

阿不思和阿不福思两兄弟在妹妹的葬礼上彻底决裂。而始作俑者格林德沃根本没有出席葬礼。他在悲剧发生当天，就从姑婆那里使用了门钥匙回欧洲大陆了。从此，阿不思和格林德沃，这对在那年夏天僻静山谷中秘密相爱的年轻人，分道扬镳。

似乎是为了惩罚自己，阿不思放弃了远大前程，回到霍格沃茨担任变形术教授。“从此他成为了一名无性的人，度过了独身、禁欲、潜心于书籍的一生。”（罗琳语）

格林德沃偷到了传说中永远不败的老魔杖，他为自己召集了支持者和军队，成为有史以来最危险的黑巫师。他毫不留情地在欧洲大陆上镇压着反对者们。但即使在他的黑暗势力最鼎盛的时候，格林德沃也不曾再涉足英国。人们纷纷传说他害怕邓布利多。终于，在1945

年，邓布利多和格林德沃进行了决斗，邓布利多战胜了对方，这一辉煌战绩是邓布利多一生中最知名的成就之一。格林德沃从此被关入监狱，直到伏地魔为了得到老魔杖出手杀死了他。

在戈德里克山谷里的那个夏天，阿不思轻而易举地爱上了格林德沃。他下意识地对其身上的黑暗特质视而不见。在漫长的霍格沃茨执教生涯期间，他大概终生都在追忆十八岁那年夏天的爱情，无拘无束的少年格林德沃，曾经给沉寂的家族秘密中保持自闭和自卑的阿不思带来无尽的狂放快乐。摆脱了家庭内部无法言说的秘密和谎言，摆脱了责任和束缚，格林德沃带给阿不思无尽的理解和释放。那个神采飞扬的金发少年，在阳光下不羁地大笑着，他象征着生命中的自由、梦想和欢乐。

为了这段为期两个月的爱情，阿不思·邓布利多，这个魔法世界中最睿智最善良的人，在其漫长的一生中，将自己的内心深深地包裹起来，将曾经沸腾过的激情冷却下来，在可以照亮内心渴求的魔法镜子前，嘻嘻笑着说："我最渴望的东西是一双长袜。"在孤独的岁月中，他终生都在刻意和所有人保持距离，因为在他十八岁那年的夏天，好不容易敞开心门的那段亲密关系，完全击垮了他的感情世界。从此终其一生，他都是一个感情上的苦行僧，忏悔，自责，自我折磨，无休无止，直到阿瓦达索命咒把他打落到死亡的深渊。

"我知道爱人的一百种方式，每一种都能让被爱者懊悔忧伤，宁愿从未发生。"

这真是一个悲伤的爱情故事。此情可待成追忆，只是当时已惘然。

【开到荼蘼】

千万别把自己活成易碎的
水晶心肝玻璃人

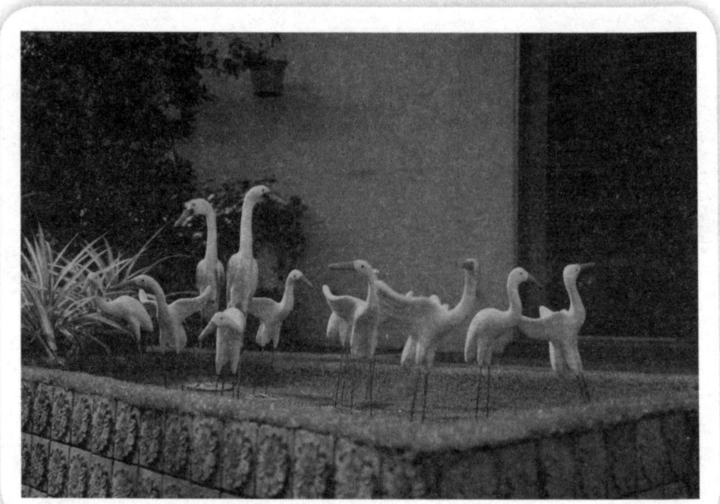

前几天去KTV唱歌，和金牛君感慨这真是一项“当头棒喝意识到自己真的老了”的业余文化活动。我和他比着怀旧，罗文、罗大佑、李宗盛、姜育恒、费玉清。连陈升的《北京一夜》在我的概念里都算是新歌。对流行音乐的触感，已经永远凝固在20世纪80年代末90年代初的那段黄金岁月里。

来怀念一个人，陈淑桦。

少年时代，我居住的那个城市电视台，每周四晚上有一个节目叫作点播文艺，主持人是一名端庄女士，开场白是：“观众朋友们你们好，我是苏菲。”拜这个节目所赐，中学时代我看了很多港台流行曲的MV——那时还叫MTV。后来有了卫视中文台，在上大学之前的很长一段日子，我基本上把全部空闲时光花在这个频道上。那时最喜欢的女歌手，并不是后来大红大紫、彼时还叫王靖雯的王菲，也不是眯眯眼却在当时摆着一张怨妇脸的林忆莲。而是陈淑桦，短发的陈淑桦。《梦醒时分》的MV里，短发的陈淑桦冷眼旁观，带着一丝超脱的笑容唱道：“早知道伤心总是难免的，你又何苦一往情深，因为爱情总是难舍难分，何必在意那一点点温存……”

这个面容清秀的女子，1958年生人，金牛座，八岁出道，一直由强势的母亲左右着人生道路，典型的童星生存模式。在娱乐圈，有一个强势的星妈罩着，可以少吃一点儿亏，多争取一点儿权利。她在二十多岁的时候签约过百代，也得过金钟奖，唱片销量也不错，但总是欠缺了一点点个人风格，直到她1988年改签滚石，遇到李宗盛。

李宗盛和她同年，巨蟹座。他建议陈淑桦剪掉长发，改变形象。由他为她制作的《跟你说，听你说》。其中主打歌《梦醒时分》叫醒了很多人的耳朵。这把清朗干净，毫不拖泥带水的好嗓子，唱出了一个女人的哀愁，也唱出了一个女人的决绝。这张唱片破了百万销量，张艾嘉大概是很喜欢这首歌，在不久后，特别邀请当时在大陆正当红的巩俐出任女主角，和钟镇涛联袂出演了同名电影《梦醒时分》。自此，短发的陈淑桦，便以潇洒独立、看透一切哀乐的都市女郎形象，行走江湖。

1990年，三毛担任编剧的电影《滚滚红尘》上映，主题曲由陈淑桦那把清醒冷静的嗓子来演绎，好像是一个外科医生在清冷的手术台上用手术刀冷静地剖析着疑难杂症，抛开所有痴缠，抛开所有纠结，唯有云淡风轻，以及那一点点淡淡的美丽与哀愁："来易来，去难去，数十载的人世游，分易分，聚难聚，爱与恨的千古愁……"

她在歌坛的地位一时无人能比，她可以和李宗盛对唱《你走你的路》，可以遥遥应和成龙的《明明白白我的心》。在那几年间，她在我心中的形象，都是那个梳着利落短发，笑意清淡，眼神把红尘一切都看透的明白女子。

90年代，很多经典电影中都能听到陈淑桦的歌声，比如《青蛇》片头，配着秋意浓郁的画面，那首缠绵绮丽的《流光飞舞》就那么像山中甘泉般响了起来："半冷半暖秋天，熨帖在你身边，静静看着流光飞舞，那风中一片片红叶，惹心中一片绵绵……跟有情人做快乐事，别问是劫是缘。"再比如《东方不败之风云再起》，易装成哑女的东方不败和令狐冲深夜出游，坐在篝火边喝酒微笑，耳畔突然响起了畅意寻欢的心声："红尘多可笑，痴情最无聊，目空一切也好，此生未了，心却已无所扰，只想换得半世逍遥……"

回顾整个90年代，是滚石的黄金时代，也是陈淑桦人生的顶峰。那时的滚石有最懂女人心的男人李宗盛坐镇，他一手打造了陈淑桦。但他不能塑造陈淑桦的人生。那副貌似看破一切的超然面孔背后，其实有着对现实世界的拘谨畏惧。究其原因，是她原生家庭特殊的关系所注定的命运。

陈淑桦和她的母亲有着一种奇特的共生存的母女关系，很大程度上影响了她的后半生。在六个子女中，排行老三的她最乖，最听话，和母亲的关系最好。很多时刻命运的选择，她放弃自己的判断，而听从了母亲的安排。成年后刚交的男朋友，因为母亲不喜欢，马上分手；成名多年后再交的男友，因母亲怀疑对方是贪图她的名利而横生龃龉。之后，与异性约会，甚至会发生母亲开车紧紧跟踪在二人车后的场面，让每个和她交往的异性都难以忍受。

陈淑桦生性内向腼腆，母亲却非常豪爽海派。在成年后的漫长岁月中，她和母亲之间的那根脐带一直延续着没有断裂，直到死亡把她的母亲带走。一直三百六十度全方位的呵护和保护突然没有了，全面暴露在这个不可知的外部世界面前，彼时，已年过四十的陈淑桦茫然无措。李宗盛为她一手打造了精神独立的都市女人的形象，面对困扰，微笑面对，挥挥短发，潇洒离去。但实际生活中的她，从来没有自己独立面对过这个世界，始终没有从心理上修炼得独立坚强。那个无所不能的母亲，某种程度上是她的盔甲，也是她的软肋，成就了她，也损毁了她。这个有着清秀面容、清朗嗓音的女子啊，始终不明白：一个人，不管如何不情不愿，最终还是要面对一个人的局面。断奶，离开温暖怀抱，是一个痛苦的过程，却又是不得不面对的一项人生必须完成的任务。

很多人都在怀念闭门不出的陈淑桦，甚至江湖上有人传言当年罗大佑、李宗盛、周华健、张震岳是为了让她重返歌坛，而自愿组成“纵贯线”。

多年前，李宗盛在自己“理性与感性”的演唱会上，念了一封信，写给陈淑桦的：“淑桦，一切还好吗？但愿你已从失去母亲的深切哀伤里平复过来。不管我们乐不乐意，随着岁月增长，我们都得渐渐地去看见人生更完整的面貌。我们所有的获得或失去，恐怕都不是生命的本意，反而是经历一切之后，从而发现自己。这些年少有机会见你，在办公室碰见也只是擦身而过匆匆来去。记得小小的黑黑的臭臭的录音室吧？对，我还在那里。记得不厌其烦一再要你重来的小李吧？是的，我还在坚持。我要的自有道理，我仍然在为每一首歌、每一个艺人、每一个案子尽力。在绚烂舞台，惑人声名之外尽力完成自己。好久不见，淑桦，你在台下看吗？看小李变成真正的老李啦。头发没了，胡子白了；人漂泊了，心沧桑了，却依然要大声唱歌，好像当年一样。没关系的，日子会顺顺地往下去的。我们会再见面，唱歌，就像当年一样。”

现实总是不尽如人意，千万别把自己活成一个易碎的水晶心肝玻璃人儿，活下去得有弹性。其实崩溃很容易，随时一件什么事都可能触发一个崩溃按钮，崩成砂，崩成渣，崩成末。但崩完了，爬起来，掸掸身上的灰尘，还得有耐心有力量，重新把自己捏合完全。

人生很漫长，不能总是活成一盘散沙。

离开那艘爱中遇难的船

大概是到了一定岁数的缘故，近来格外怀旧。会花大把时间回看20世纪八九十年代那些经典影剧，看那时的美人，那时的妆容。那时流行把眉毛描得有些弧度，唇形自然鲜艳像一颗樱桃，长发常常弄成海藻一般的大波浪，或者中分或者不经意的空气刘海；也有一些英气勃发的女性喜欢梳短发，干脆利落，配粗针毛线衣萝卜裤，简洁大方。

在《古畑任三郎》剧集里看到年轻时的中森明菜，那时她大约二十八九岁，少女时代的婴儿肥已经褪去，眼神里尽是迷惘。每当出现她的镜头，屏幕上便飞过一片遮天蔽日的弹幕："美人，美人，美人儿……"《古畑任三郎》剧集的编剧三谷幸喜是中森的大粉丝，痛感她为了一个凉薄的男人，耽误了一代歌姬的远大前程，特别编出一集痴心女故意制造事故、杀死渣男的案件，让绅士刑警古畑任三郎来安慰她：你还很年轻，未来还很漫长。

突然想起来，美丽有气质的中森明菜，我喜欢过很多年。高考前夕，卫视中文台放过一部日剧：《难得友情人》，讲述两个性格迥异的女孩子美好的友谊故事。性格内向的优美子，在图书馆工作，过着安静平稳的生活。她偶遇热情开朗奔放的舞者汉奈，她们住在了一起。一个一丝不苟天生具有责任感，一个粗线条对成为舞者的梦想热情追求，两个人互相影响又充满冲突。这部剧是北川悦吏子的成名作，极力描绘了年轻女人之间美好的友情，因天性不同而充满矛盾，面对挫折时却又能并肩共渡。

优美子的扮演者安田成美，是典型日本古典美女的长相。相比之下，中森明菜其实长得有些怪异。90年代初的她已受过情伤，颇为消瘦，笑起来眼角已有些纹路，眼神飘来飘去，一不留神就会浮现出不安和受过伤害的小兽般神情。但在剧中她表现得前卫、热情，追逐梦想的生命力。那张表情生动的脸，无论是大笑还是皱眉，都有着蓬勃的感染力。

可惜，现实中的明菜，在很年轻的时候，遇到一个命中注定要伤害她的男人。让她从此对人性深深失望，辜负了富有表现力的中低嗓音，以及天生对音乐旋律的敏感和创造力，一蹶不振，隐居多年。

中森明菜，1965年出生，巨蟹座，十几岁就参加日本歌唱比赛“明星诞生”，连续三年都因为选歌风格与嗓音不符合而落选。直到1981年，她选唱了刚刚宣布结婚引退的山口百惠的成名曲《梦的向导》，终于得到第一名，就此进入艺能界。之后她的第二首单曲《少女A》，坚持大胆叛逆的风格，大受欢迎。彼时山口百惠已经引退，忽闪着一双大眼睛、走甜美路线的松田圣子正当红，突然出现中森明菜这样脸蛋清纯、嗓音却低沉有力、舞台风格百变跳脱的创作型歌手，日本唱片界也为之一振。很快，中森明菜就被所有人视为山口百惠的接班人。

事业顺风顺水之时，中森明菜接拍了电影《爱之旅程》，与男主角近藤真彦一见钟情。年轻时的近藤真彦的确长得很帅，富有才华，年纪轻轻嗓音沙哑沧桑，在音乐上颇有天分。我们所熟悉的陈慧娴的《千千阕歌》以及梅艳芳的《夕阳之歌》，就是翻唱近藤真彦的作品。日本最彰显艺能界人物地位的红白歌会，整个80年代他连续参加八届。不到二十岁的中森明菜面对这样的男人，毫无抵抗力，只能深深臣服。

从1984年起，中森明菜开始走成熟路线，曲风变得越来越沧桑。

在外形包装和舞蹈服装造型上，也都有自己明确的主见。可以看看她现场表演的AL-MAUJ，那种异域妖姬似的打扮，奔放的台风，举手投足都是大气和从容。

事业上独霸歌坛，感情却开始不尽如人意，近藤真彦一直绯闻不断，甚至传出他和已婚的松田圣子在纽约共居一室过夜的八卦。与中森明菜交往的同时，近藤去香港演出的时候，迷上了梅艳芳。据传梅艳芳为了他甚至放下工作，跑到东京就近买了一套房子，和近藤甚是缱绻缠绵了一段时日。梅艳芳生前一直表示和近藤真彦的那段恋爱是她一生中用情最深的一段。2003年，梅艳芳在自知时日无多的时候，飞到东京与近藤约在酒吧叙旧到深夜。

有一种男人，大概天生雄性荷尔蒙分泌旺盛，总因情多累美人。在和近藤纠缠的五六年间，中森明菜从一个阳光明媚的圆脸少女，逐渐消瘦憔悴，脸上开始有了那种阴晴不定的神情。很多粉丝注意到，每当中森明菜演唱代表作《难破船》时，永远是潸然泪下："多少把那段恋情，忘了就好，我只要一直哭的话，也许就此会遇到和眼前不一样的爱。说着逞强的话给别人看，只为了把你忘掉。我感到很惶恐，我仿佛那残破的，爱中遇难的船……他是那样的一个人，头也不回转身就走，在那离别的早晨，这种寂寞，你不会了解的，我是爱中遇难的船……"

隐忍太久，总要爆发。1989年，中森明菜在近藤真彦家浴室内试图自杀。她手持剃刀割伤左手手肘内侧，伤口长度有八厘米，深两厘米，手臂的筋肉和神经也被切断。近藤真彦马上报案，救护车把中森明菜送到慈惠医院急救，她接受了六个小时的紧急手术，包括手臂神经的缝合手术，之后还要住院两个星期，休养六个月。中森自杀事件当时在日本引起巨大轰动，她和近藤的事业都受到莫大影响。她的所有演出计划、广告收入都泡汤了，不仅经济遭受损失，连人气也开始急剧下滑。

后来近藤又策划了金屏风事件——在日本有个规矩，如果在记者发布会现场摆上金屏风，说明是要公开婚讯。中森明菜以为是来参加结婚发布会，没想到近藤当着众多记者的面，公开宣称从来没有结婚的打算，并当众施压，让中森明菜为自己任性的自杀行为公开道歉。苍白消瘦的中森明菜勉强苦笑，一边擦拭着忍不住掉下的泪水，一边微微躬身表示歉意。低沉的声音透出倦怠的无力感："我最信任的只有一个人，就是近藤先生，曾经我最信任的人现在都无法让我信赖了。"

风波过后，她脸上仅存的那一点点婴儿肥完全褪去，笑容里开始有了抹不去的苦涩。自杀后进行的药物治疗也很大程度上影响了她的健康。她在饮食习惯上又很任性，喜欢食辣，喝伏特加。与近藤分分合合的同时，她与事务所发生矛盾，和家人也爆出种种不和。进入90年代，中森明菜的事业一度停滞不前，健康下滑，人也开始暴瘦。虽然主演了几部人气日剧，但唱片成绩却不尽如人意。

2010年，有消息说中森明菜免疫力下降，暂时停止演艺活动。2015年初，她在美国连线参加红白歌会，令一众歌迷兴奋不已。其经纪公司也宣布，计划在2015年7月，中森明菜五十岁生日之际，推出一系列包括演出会、出书等复出活动，但很快又传出消息：因中森明菜过于消瘦，身体状况欠佳，复出计划无限期推迟。

人生这么长，谁没遇到过伤害，谁没遇到过几个人渣？像中森明菜这样一次受伤，终生难愈的体质，在当代吃娱乐这碗饭的艺人中还真不多见。大多数人摔倒，即使鼻青脸肿，总要爬起来，拍拍身上的灰尘，把血擦干，把脸洗干净，静心等待明天到来，明天总会是新的一天。正如张爱玲曾给胡兰成写信分手时说："我只是萎谢了。"仅仅五六年的时光，从十八岁到二十四岁，眼睁睁看着中森明菜为了一段无望的感情，把自己折磨得皮包骨头。天生的那把好嗓子，天生的在舞台上光芒四射的一颦一笑，天生的那种把握旋律和音阶细微差别的才华，天生的那种用生命演绎动人情歌的热情啊……把自己蓬勃的生命力，消耗在另一个人的身上，把人生成败寄托在一段感情是否圆满上，下定决心要把"择一树吊死，因一人孤老"的精神贯穿到底。中森明菜啊，你是不是傻?

回到当年日剧《古畑任三郎》中，中森明菜饰演一个痴情的少女漫画家，她利用地下室禁闭死了一直爱着的花心情人。片尾，作为凶手的她在古畑任三郎面前俯首认罪，脸上却充满不甘心的幽怨："为了那样一个男人，为什么我要赔上我的一生呢？"古畑笑了一下："请问你的芳龄？"她回答："二十八岁。"古畑轻声安慰道："那还很年轻不是吗？正如你的漫画，也不过是第一卷刚刚结束，完美的结局要留给将来的自己，你会成为一个好太太的。"

编剧三谷幸喜借古畑的口，安慰当时处于人生低谷的中森明菜。可惜这个温暖的结尾，却敌不过冰冷现实里中森明菜孤零零的一生。

一段关系，如果不能滋养你，起码也不能损耗你。永远把自己比作爱中遇难的船，又怎会有上岸的一天?

一笑已经风云过

吴宇森如今已廉颇老矣，但当年他的代表作《英雄本色》第一部，《喋血双雄》《纵横四海》《喋血街头》，无一不是金牛君心头所爱。尤其是《英雄本色》，金牛君和我一致认为，这部片子里，狄龙内敛的风采更加动人。虽然周润发的小马哥，凭一句“我失去的东西，我发誓要拿回来”出尽风头。但彼时年已四十的狄龙，成熟得恰到好处，深沉忧伤，低调含蓄。那句含辱忍悲的“阿色，我不做大哥已经很久了。”像一记重锤，敲打人心。在《英雄本色》里的狄龙，已经人到中年。20世纪六七十年代，才是其人生最灿烂的邵氏光辉岁月。余生也晚，无法躬逢其盛。幸好音画资料保留到网络时代终于发扬广大，在孜孜不倦的补课中，我惊艳于狄龙在楚原执导的古龙系列电影中的潇洒帅气。他不停歇地演绎了古龙笔下所有最具人格魅力的大侠：盗帅楚留香、萧十一郎、小李飞刀李寻欢、孤僻刀客傅红雪……那些出品于20世纪70年代中后期乃至80年代初期的电影里，年过三十的狄龙高大威猛，一颦一笑分外撩人。

继续前溯，更令人惊艳的是狄龙和姜大卫并肩的时代，两个少年眉目如画，他二人在契爷张彻的麾下，共同演出了一出又一出的好戏：《刺马》《报仇》《新独臂刀》……人称狄姜时代。狄龙和姜大卫最开始都在张彻执导、王羽主演的《独臂刀王》中跑龙套，两个人一头一尾打了个酱油，领了个便当，死法都很奇葩。之后，两人先后被张彻看中，开始了领衔主演的男一号生涯。狄龙，1946年生，狮子座，二十二岁考入南国演员训练班，从此进入邵氏电影公司。因为练过几年咏春功夫，身手矫健，长得高大英俊，很快便被导演张彻从十名新人中发掘，成为电影《死角》的男一号。从此星途坦荡。同一年，张彻又从武师中发掘了一个机灵小子姜大卫，后者因为在电影《金燕子》中当替身，从酒楼摔到街上的动作干脆漂亮。张彻发现姜大卫不仅人机灵，更是已故老友演员严化之子。张彻出道当编剧的第一部电影就是严化主演的。思及故人，张彻决定要好好培养姜大卫，于是栽培他在电影《游侠儿》中担纲男主角，从此一炮而红。

姜大卫，1947年生，巨蟹座。他是演员严化和红薇所生的第三子。二哥是永远的甘草演员秦沛，演员兼导演尔东升是他的同母异父的弟弟。几岁时便当过童星的他，从小顽劣好动，不爱读书，十几岁混在街头。秦沛和母亲怕他在外面惹事，便安排他到邵氏担任武师。当年武师拿的工资比演员还要高。当张彻准备提拔他当演员时，为了薪酬他还着实考虑了一番。因缘际会，狄龙和姜大卫从此拜在张彻膝下，认了契爷，成为张彻五虎将中最熠熠生辉的一对。

张彻作为导演有个怪口味：喜欢让片中英雄人物在生死关头，裸裎上身，喋血鏖战。他麾下一众少年演员，如狄龙、陈观泰、傅声、戚冠军，面对敌人动辄撕裂上衣，露出一身古铜色精壮肌肉，刀插小腹，鲜血飞溅，就算死去，也要死得唯美而浪漫。唯独对姜大卫网开一面，精瘦的姜大卫每每在片中捂得极严实，连扮演一身好锦绣的浪子燕青，都只是在相扑的时候露了一线胸膛。

不管露多露少，那几年，狄龙和姜大卫联袂，拍了不少好戏——《刺马》中他是大哥马新贻，他是小弟张汶祥；《水浒传》《荡寇志》中他是行者武松，他是浪子燕青；《新独臂刀》中他是骑马路过的翩翩少侠封俊杰，他是断掉右臂心事重重权且在小客栈里混充店小二的雷力；《报仇》中他是被妻背叛惨遭谋害的武生关玉楼，他是发誓要为兄长报仇的关小楼；《大海盗》中他是海盗头子张保仔，他是少年将军胡义；《保镖》中他是大师兄向定，他是独行侠骆逸；《十三太保》中他是十一太保史敬思，他是十三太保李存孝；《无名英雄》中他是街头霸王铁虎，他是浪荡儿孟刚……不管朝代是唐宋元明清，不管情境是敌是友，不管勾勒演绎的是哪一段悲欢离合，他永远是那个沉稳踏实的大哥，他永远是那个神采飞扬得到万千宠溺的小弟。每一次鲜血四溅的盘肠大战，要么就是他为了救他，要么就是他为了杀他，要么就是他为他报仇，要么就是二人并肩血战，两手紧紧相握，含笑死在一处。

当年的娱乐业还没成为一个圈，邵氏公司的演员跟普通职员待遇没什么区别，也是拿月薪，住宿舍。狄龙和姜大卫同住一屋，二人年龄相近。狄龙温厚宽容，姜大卫佻达活泼，性格正好互补。两个人要好到住在一屋关起门来聊天，女演员来串门，敲开门看到两个人在指天画地切磋演技，过了两个小时再来敲开门，两个人还在那里聊得意犹未尽，也不知道哪里有那么多说不完的话。

姜大卫生性随意，狄龙是家中长子，沉稳宽厚。二人同住时，狄龙安排好哪天谁打扫卫生，哪天谁洗碗。他还总约束着姜大卫，让他少喝酒，少打架，真像个管头管脚的忠厚大哥。更经典的传说是拍夜戏归来，狄龙总是匆匆跑到附近的大排档给姜大卫买夜宵，连导演张彻都没这份待遇。买回来两个人凑着一个碗，一起吃，要么就是一个人端着碗，另一人拿筷子夹食物喂到对方嘴里。或者二人在夜色中同去吃大排档。狄龙骑着摩托车，一时大雨滂沱，狄龙脱下外套给姜大卫挡雨，摘下机车头盔扣到他头上，自己光着脑袋穿件短袖汗衫在前头骑着，跑到大排档里继续吃喝谈笑，就是这么快乐，就是这么如胶似漆。连当时正跟岳华谈恋爱的亦舒都忍不住赞叹：好漂亮的一对！

遗憾的是，到了1974年，拍完李翰祥执导的清宫戏《倾国倾城》，二人就此生分。不管到底他们疏远的原因是什么，总之，这一年是他们水乳交融关系转折的一年。虽然之后，狄龙主演了姜大卫执导的《吸毒者》，姜大卫主演了狄龙执导的半自传电影《后生》。两人初当导演，通过镜头把对方都拍得相当动人。但这些合作也依旧没有挽回两人渐行渐远的脚步。从此，狄龙开始跟着楚原拍了一系列古龙电影。从此，姜大卫在电影方面几乎再不复往日辉煌。

客观讲，那几年张彻的确是更用心栽培姜大卫，狄龙当年也未尝没有既生瑜何生亮之心。姜大卫演戏的天分要好一点儿，虽然他个子不高，长得也并不是公认的英俊，但能忧郁、能邪魅、能机灵，瘦削的小脸只要笑一笑，就像春花绽放。狄龙一米八几的个头，身材威猛，年轻时剑眉星目，通身的气派真衬得上玉树临风这四个字。但是他方方面面都太端正：身手不错，演技不错，相貌不错，性格不错，一切都是四平八稳。不像姜大卫，天生的有灵气，漫不经心，一颦一笑都充满了魔力，在大银幕上慢吞吞拖着脚步，歪着肩膀斜斜走上几步，回头一笑，就能俘虏所有观众的心。狄龙很用功，但再用功也难敌过天分这两个字。他和姜大卫在演技上的比较，就像后来的刘德华与梁朝伟。用功的那个，并不是最受欢迎的那个。

80年代后，狄龙着实失意了几年。直到他遇到同样失意的吴宇森和周润发，遇到了《英雄本色》。而此时，姜大卫已经基本告别电影圈，踏踏实实给亚视拍了那部令很多人难以忘怀的《大内群英》。他的曾静实在太过出色：那个抽着大烟要施展平生抱负的书生。以至后来TVB力捧古天乐出演《乾隆大帝》，还要请姜大卫再次出山，演绎这个跟正史野史都完全不搭界的曾静。

对曾经的分分合合，他二人都是一致的沉默，不论外界多年来如何猜测他与他失和疏远的缘故，至重要的两个人都够高贵，都够缄默，彼此之间无一句褒贬，无一句闲言。做人境界之气度从容，堪称从旧时义气岁月走过来的一对浊世翩翩佳公子。曾经有一对如此美好的璧人，迎着镜头并肩站立，风吹过他们黑漆漆的浓密头发，他们打闹着，嬉笑着，唉，曾记起，当时年少春衫薄……曾经有过那么快乐的好时光，就算现在无法和好如初，也不算遗憾了。其实人生往往如此，缘生缘灭，缘起缘落。曾经有多接近，也难敌岁月推搡着我们渐渐疏离生分。

《春光乍泄》里何宝荣总是对黎耀辉说："不如我们重新来过。"啊，这真是一个一厢情愿天真到底的建议！不管曾经有过多少美好，岁月总会推着这段关系变化，变是常态，不变才是变态。

我们无法重新来过，无法回到从前。能做的，就是在分开的这段岁月里，彼此怀念。改变当初的孟浪和莽撞，改变当初的薄幸和无情，多些体恤，多些理解。也许有一天，当彼此变得更好、更善良、更成熟、更宽容、回首已看淡恩怨起伏的时候，再有机会重逢。那已经不是重新来过，而是再次相识。这其中辛酸苦辣，其中患得患失，其中微笑眼泪，正如一首老歌中所唱："谁没有一些刻骨铭心事，谁能预计后果，谁没有一些旧恨心魔，一点点无心错，谁没有一些得不到的梦，谁人负你负我多，谁愿意解释为了什么，一笑已经风云过。"

一个女人一生中的十一天

最近重读阿加莎·克里斯蒂的自传，这个活到八十六岁的英国女人，一生著作等身。如果她晚生五十年，她得到的版税应该会超过写《哈利·波特》成为英国女首富的J·K·罗琳。同样，如果活在当今的网络时代，阿加莎一直保持低调的私人生活，将会在各种视频传播中无处遁形。她一生中那曾经讳莫如深的十一天，必定会在公众注目下，被各种猜测、各种推定，她本人乃至事件中牵连的各位，都要遭受种种人肉搜索，所有不堪和挣扎都要暴露在世人面前。

如此假设一番，突然觉得一生带有维多利亚时代道德感的阿婆，非常非常幸运。阿加莎，原姓米勒，父亲是一位美国富翁的儿子，母亲是父亲继母的外甥女，在十岁时对这个名义上的表哥一见钟情。阿加莎的父亲是一个标准的二世祖性格，性情悠闲，每天就是坐着马车去俱乐部消磨时间，晚上回家陪妻子儿女吃晚餐，谈谈笑笑每一天。阿加莎有一个姐姐和一个哥哥，姐姐是那种完美的别人家的孩子，才华横溢，绘画、音乐、雕塑、写作，想干什么都能干得成；哥哥和父亲一样，性格软弱浪荡。阿加莎作为最小的女儿，内向而腼腆，但每天都在悄悄上演丰富的内心戏。

父亲在遗产处置和投资上一错再错，短短十几年就把自己从一个富二代变成了捉襟见肘的失败者。阿加莎祖父当年在美国打拼挣下的家当，很快就在一系列错误决策中，像变戏法一样蒸发殆尽。父亲在情绪低落中染病去世，当时阿加莎不到十岁。幼年丧父，令她对父亲的记忆都是温暖的，因为她还没长大到足够发现父亲性格弱点、进而鄙视甚至与之发生冲突的年龄，他就已经过世了。

死亡，令她内心的父亲形象永远光明强大。虽然现实中，她的父亲恐怕与生俱有极大的性格弱点。这一点，在阿加莎的哥哥身上，遗传基因发挥了巨大作用，他是家中最让人揪心牵挂的那一个孩子，生意不停失败，总想投机，总被打击，终生潦倒，一事无成。

阿加莎没去学校受过教育。像很多旧式英国家庭那样，她和姐姐是在家里接受零星的兴趣式培养。舞蹈、游泳、音乐、法文、文学……阿加莎的母亲甚至认为不能让孩子在八岁前认字，因为那样会毁坏他们的视力。少女时代的阿加莎有过一个当音乐家的梦想，她弹奏不错，歌唱也不错。但天生的羞涩性格，使她站在舞台上面对人群会紧张不安，令演出大失水准。音乐家的梦想就此破灭。

在母亲和姐姐的鼓励下，阿加莎也用虚构故事来打发时间。那个时代的未婚少女，跟奥斯汀时代的伊丽莎白没什么不同，所有的关于音乐或者文学的教养，是为了培养一个淑女。在合适的岁数嫁给一个绅士，是她们未来的出路。很多人印象中，阿加莎一直是那个从维多利亚时代走来的老太太，像她笔下作家奥里佛夫人那样身躯肥胖，个性怪异而敏感，看人看事有一种一针见血的智慧，平日里坐在打字机前啪啪啪不停打字，休息时吃个心爱的苹果。很多人忘记了，她跟我们所有人一样，也曾经是一个小姑娘，曾经情窦初开，在舞会上咯咯蠢笑，对人对事毫无判断。或者落花有意，或者流水无情，合适或者不合适的结婚对象，在一次次舞会上如走马灯一样来了又去。十八岁的阿加莎，突然被闺蜜的兄长求爱。那是一个成熟的绅士，他表示自己爱阿加莎多年，看着她和自己的妹妹们来往，愿意和她结婚，照顾她一辈子。阿加莎喜欢这家人的和睦气氛，远远超过喜欢这个兄长式的男人，但她仍然表示愿意跟对方马上结婚。而那位绅士反而愿意先订婚几年，他那成熟的男人头脑看出阿加莎此刻还是个孩子，还不明白结婚是怎么一回事。他愿意等她再长大几年，用成年人的态度看待婚姻后，再结婚。

于是阿加莎就在一种“为什么我们不马上结婚非要先订婚”的孩子式的气恼下，订婚了。订婚后没多长时间，在一次社交场合中，阿加莎遇到了当时还是一个上尉的阿奇·克里斯蒂，两个人可以说是一见钟情。

在自传中，阿加莎写到阿奇骑着摩托车跑到她家，尴尬地等着再见她一面。阿加莎的母亲敏感地察觉这是一个女儿的追求者，虽然阿加莎已经缔结婚约，但仍然被阿奇强烈吸引。阿加莎的母亲有着一个长者过人的洞察力，她不无担忧地对阿加莎说：“恐怕阿奇是一个冷酷的男人。”

但阿奇对待阿加莎的意义……我认为，他们彼此吸引，那是一种生命力的吸引，太过强大，犹如宿命，无法抵挡。向来保守腼腆的阿加莎为了阿奇，在家人都不支持的情况下，甚至想过跟他私奔。最终，她做出了毁掉婚约的决定。

和她订婚的男人是一个典型的英国绅士，甚至他在与她订婚之初，就有了这种“也许将来会失去她”的小小预感。他同意退婚，并且深深祝福她。

那是一个适合婚姻，会履行责任的男人。而阿奇……阿奇是阿加莎必定会遇到的宿命。阿加莎和阿奇在认识不久匆匆结婚，大前景是一战即将爆发。当人面临世界秩序被打乱，大战在即的时候，冲动决定人生大事，是一种必然。

一战四年，阿奇在前线作战，阿加莎和母亲住在一起，在医院工作。她名义上是个妻子，并做了母亲。但作为夫妻，他们聚少离多，并没有开始真正的婚姻生活。在那个时期，阿加莎写出了处女作《斯泰尔斯庄园奇案》，顺利出版。

战争结束后，阿奇没有得到一份理想的工作，只能暂时在一个不满意的公司上班。这时候突然出现一个机会，可以提供路费让他们夫妻作为英国代表进行环球旅行，但代价是旅行结束后，阿奇会失去现在的工作。这是一个很冒险的机会，小夫妻俩没什么财产，但他们还是决定把尚在襁褓的女儿放在阿加莎母亲那里，他们携手上路，去了非洲、大洋洲、南美洲……坐轮船，坐火车，沿途历经各种惊险，各种刺激。

那是一次艰苦的旅行，一路还要跟阿奇那个性格古怪的合作者虚与委蛇。在半路上因为经费问题，阿加莎被独自留在一个陌生的城市，她在那里写了接下来的冒险式著作。"写书赚取版税养家糊口"，成为她一个模糊的目标。

1926年，坚持写作的阿加莎出版了代表作之一《罗杰疑案》，大获成功。这时她已有几部销量非常不错的小说在手，收入颇丰。阿奇也得到了梦寐以求的理想职位。他们买了一处理想的房子，阿奇建议把家命名为斯泰尔斯，以纪念阿加莎的处女作。她欣然同意，完全忘记了，这次命名真是一次不祥的兆头：自己笔下的斯泰尔斯庄园，可是一座屡屡发生凶杀案的凶宅。

这时阿加莎的母亲过世了，自幼丧父的她跟母亲的关系非比寻常。她要忙碌母亲的后事，要出售从小居住的家园，阿奇一直留在伦敦。当她忙碌过很长一段时间后，发现自己总是感到忧伤，总是想哭，总是忘事……其实那时，她已经陷入深深的抑郁状态而不自知。祸不单行，当她回到伦敦的家中，阿奇对她说："我爱上了别人，我们离婚吧。"

阿加莎不同意离婚。她是一个具有各种旧时代观念的女人，她恳求阿奇考虑一下她们的女儿，但阿奇很坚决。阿加莎了解自己的丈夫，他是那种人：容不得死亡或者其他麻烦事。他会对麻烦视若无睹，假装跟任何不幸的事情毫无牵连。他说："很久以前我曾经告诉过你，我讨厌生病或者郁郁不乐，这把我的事全弄坏了。"

在多年后的自传里，阿加莎这样写道："我本来了解这一点，假如我更聪明一点，假如我更了解我丈夫，不厌其烦地深入了解他而不是满足于把他理想化，也许就能避免这一切。"

阿婆还是太善良了，厚道地以己度人。在我看来，阿奇是那种男人，在炽烈相爱的时候，他会给人带来很多的快乐。但冷酷是他的底色，一旦他对生活不耐烦起来，他就会回报给对方同样多的痛苦。

婚姻其实是一种有关责任的契约，成熟的两性关系，不需要对方当银行，当保姆。只要在度过诸如生老病死、爱别离、求不得之类所有人生低谷时刻，对方能够有句话："我在。"并且，他真的在。

很多人，只适合相爱，不适合相处。时间久了，自私冷酷的一面暴露无遗，会令人深深惊愕，倍感陌生。

阿加莎坚持不肯离婚。接下来，就发生了她人生中最著名的"失踪事件"。1926年12月3日，阿加莎留下结婚戒指，开着车从寓所出走，随即失踪。一个吉卜赛人在一个废弃的采石场，发现了阿加莎离家时所开的汽车。著名推理小说女作家失踪的消息传播开来，伦敦警方动用了五百名警力、两架民用飞机四处搜索。警方怀疑克里斯蒂夫人可能已被害，为此他们排干了采石场附近的水塘寻找尸体，但一无所获。

警方公开发布通告，描述克里斯蒂夫人离家时的样貌，穿着灰色针织长裙，绿色套衫，灰色开身毛衣，以及一顶小巧的绒皮帽子。与此同时，阿加莎已经从伦敦的滑铁卢车站，乘火车到达约克郡的哈洛盖特矿泉疗养地，用尼尔夫人的名字入住。请注意，尼尔，正是阿奇外遇女友南希的姓氏。

接下来的几天里，尼尔夫人悠闲地在当地购物、散步，阅读报纸上有关克里斯蒂夫人失踪的报道，水疗馆内的很多客人和她一起吃饭、跳舞、玩桥牌，并且讨论这个失踪的小说家的去向。

12月14日，警方赏金增加到一百英镑。水疗馆乐队的两个人终于向警方报告，这里住着一个尼尔夫人，和警方正在寻找的女作家很相像。当天，阿加莎下楼，发现阿奇在楼下等待着，表情复杂地看着自己。

阿奇面对媒体的询问，做出“官方解释”：因为受到母亲去世的沉重打击，他的妻子失忆了，忘记了自己的身份。

在七十五岁写自传的时候，阿加莎对那十一天只字未提。她和阿奇在失踪事件后离婚，两个人再也没有见面。阿加莎曾经以为他会回心转意，但是他没有。

关于失踪，是不是一次精心策划的“准死亡事件”，准备置背叛自己的丈夫以及情人于死地？还是一次货真价实的失忆，精神暂时错乱？多年来众说纷纭。没有证据证明阿加莎居心叵测，但也没有证据证明她清白无辜。

看了令很多男人胯下一紧、后背一凉的电影《消失的女人》后，我又想起了阿加莎·克里斯蒂。在《H庄园的一次午餐》中，阿加莎曾经描绘过这样一段无望的爱情："她清楚，他虽然爱她，但远不及她爱他那样强烈。一看见他，她的心就急促地跳动起来，整个身子都沉浸在一种柔情蜜意的旋涡中。真是荒唐：一个毫不出众的青年男子竟有这么大的使人降服的魅力，看他一眼你就会头晕目眩，产生一种奇怪的不自觉的愿望……甚至想哭……然而爱情带来的毕竟是欢乐，而不是痛苦……"

在那部小说中，阿婆还借书中人物之口这样评价爱情——

"您告诉我实话，姑妈，您认为爱情始终是幸福的吗？"

韦尔曼太太的脸色阴暗了。

"在你所指的这个意义上，可能不是。当你的爱情极其热烈的时候，往往是给你带来的痛苦多于欢乐。可是不管怎么样，埃莉诺，总要通过这一关。谁要是从来没有过真正的爱情，可以说，他就没有真正地活过。"

也许每个女人一生中都有那黑暗的"十一天"，别指望男人能来救你，女人最可贵的是要学会自救。

披着讥诮的华服，
卑微地爱了半生

在大英帝国经济外交最繁荣鼎盛的维多利亚时代，英国文坛上涌出了很多聪明人，王尔德，是其中最聪明的一个。一直觉得，王尔德的五官和王小波好像。大概是他们都长着一张眼角耷拉的和善的脸庞。他们的气质也有点儿像：外表好像充满讽刺的攻击性，内心却柔软得像豆腐。

王尔德短短四十六年的一生，界线分明地划为两个部分：遇到波西前，遇到波西后。两段生命，前者春风得意，一帆风顺；后者声名狼藉、身败名裂。

王尔德出生于爱尔兰一个受人尊重的家庭。父亲是外科医生，母亲则是一位诗人和作家。用王尔德自己的话来形容，其母亲是“一个在思想上可与伊莉莎白·巴雷特·白朗宁等列，在历史上可与罗兰夫人的地位相当的妇人”。在这样家庭出生的王尔德，从小就以聪慧著称。十七岁就获得都柏林圣三一学院的奖学金。之后又进入牛津大学莫德林学院，还未毕业就已经出版诗作，成为唯美主义文学的代表人物。二十几岁时，王尔德已经蜚声于伦敦社交圈，他惊世骇俗的服装品位，在当时甚至比他一系列文学作品更引人注目。

高大肥胖的王尔德，自少年时代就对华美服饰有着花花公子式的执着口味。他二十八岁时受邀去美国做巡回演讲，在海关入关时说了一句名言：“除了天才，我并无他物需要申报。”

当时的美国人不仅为他的才华所倾倒，更惊讶于他奇装异服的品味：颜色鲜艳的长披风，镶嵌珠宝的手杖，腿上裹着紧紧的丝袜，纤巧的长统靴。这时的王尔德，凭借老天赐予的天才，写出了童话作品如《快乐王子》《夜莺与玫瑰》《巨人的花园》；小说《道林·格雷的画像》；剧作《温少奶奶的扇子》《莎乐美》，在英国文坛成为耀眼的明星。他主办的妇女杂志颇受当时上流社会女士们的喜爱。杂志每期上市后，人们争相购买，希望最快时间看到王尔德在上面撰写的妙语连珠的专栏作品。王尔德跟所有绅士一样，娶妻生子，在伦敦的家里收藏各种精美的画作、旧版书，收入丰厚，受人尊敬。

直到三十七岁那年，王尔德遇到了波西——阿尔弗雷德·道格拉斯。波西是王尔德给其起的昵称。波西是昆斯伯里侯爵的第三个儿子。其父在贵族圈中臭名昭著，平生最喜欢玩三样东西：拳击、女人和马。波西从小就和父亲不和，当他和王尔德相识时才二十一岁，正在牛津大学读书。波西相貌十分俊美，举止迷人，他很快就吸引了王尔德的注意。

在二人相遇之前，结婚多年的王尔德在密友罗比的"启蒙"下，已经知道自己真正的性取向。他深深地被美貌如希腊神话中少年的波西吸引了。罗比一直很反对王尔德和波西来往，他并不是出于嫉妒，罗比深知波西虽然年轻美貌，但却遗传了其家族冷酷暴烈的脾性。王尔德如果和波西在一起，只会一步步走向毁灭。但王尔德是一个用尽半生力气去爱美、追求美的艺术家，即使罗比激烈反对，即使波西的母亲也坦诚告诉他："我的儿子有两个大的缺点，一是有虚荣心，二是奢侈挥霍。"但陷入热恋中的王尔德眼中只有美丽的波西。他称赞波西美丽如百合花，愿意为此付出代价。

很快地，王尔德意识到波西母亲警告自己的所谓"奢侈挥霍"的含义了。他的财产在波西不顾一切追求感官刺激的挥霍中，一点点减少。

后来他在狱中写给波西那封著名的《自深深处》中痛切地说：“你固执地要求一种完全不顾后果的奢侈生活。不管是否与我在一起，你都要不停地向我要钱，要求我负担你寻欢作乐的一切花费。这样过了一段时间后，你就使我陷入严重的经济困境。当你持续不断地越来越有力地纠缠我的生活时，我越来越觉得你的挥霍是那么单调乏味，因为你只是把钱花在吃喝这类无聊的快乐中……”

但与后来发生的可怕灾难相比，花钱买欢笑，纵容自己沉溺于无休止的感官刺激，只是王尔德为了屈服于波西付出的最小代价。

波西的父亲昆斯伯里侯爵，是一位傲慢、暴躁、性格怪异的贵族。得知自己的小儿子和王尔德混在一起，最开始他还有点儿得意，毕竟王尔德当时已经是英国家喻户晓的名人。但渐渐地，他认定王尔德借用年长者的权威，对波西施加了不好的影响。随后不久，他开始听到各种关于两人关系暧昧的传言，于是写了一封措辞严厉的信给波西，要求他马上终止和王尔德的往来。素与父亲不和的波西反唇相讥，嘲讽父亲是一个可笑的小男人。这些嘲笑刺激了侯爵。他开始像疯子一样出没于王尔德经常光顾的酒店，公开声称说，如果见到他们两个人在一起，就要亲手打烂他们。

带着一种对抗父亲的逆反心理，波西采取了更极端的对策：他和王尔德到哪儿去之前，就先写一封信给父亲，告知其时间地点。这种近乎挑衅的做法，对于陷入狂怒的侯爵来说，不啻于一场火上浇油。

侯爵在伦敦开始马不停蹄地采取了一系列激烈诋毁王尔德声誉的行动，包括在公开场合谩骂，甚至计划在王尔德新剧演出时要当众发表演说，侮辱剧本和演员，然后向在台上谢幕的王尔德扔垃圾。

波西和其母一直都视侯爵为恶魔，他告诉王尔德，父亲每天都在给家人制造数不清的烦恼和麻烦，他们一家人常常商量，如果有可能就把他送进疯人院。波西极力撺掇王尔德，以诽谤罪起诉侯爵，他表示自己和其他的家人都会支持王尔德，提供相应证据。但让所有人没想到的是，王尔德控诉侯爵诽谤的罪名并没有得到证实。相反，侯爵和他的辩护律师们积极反控王尔德，并雇佣了私人侦探收集了王尔德种种隐私。在这种不利的局面下，王尔德没有听从文坛好友萧伯纳恳请他赶紧离开英国，去相对宽容的法国避难的建议，而是在波西的鼓动下盲目乐观，决定留在英国听候审判结果。但王尔德没想到，虽然自己的才华和谐语智言能够博得当时达官贵人的满堂喝彩，但那只限于文学领域。实际上，他爱慕同性的行为，的确是挑战了维多利亚时代严苛的道德观念。很快，在法庭上，侯爵方面找出了一系列与王尔德有性关系的年轻人出庭做证，王尔德已经渐露败象：根据英国法案，任何带有粗俗倾向的行为都是犯罪。已身处下风的王尔德经过两次法庭审判，最终陪审团做出判决：罪名成立，王尔德被判入狱服苦役两年。

在漫长的庭审过程中，波西并没有像他事前许诺的那样，站在王尔德一边，为其父亲的神经不正常做证，他选择了逃避。在王尔德入狱后，波西的母亲常常在上流社会圈子里大肆传播有关王尔德私德上的不检点。王尔德沉痛地在信中质问波西："你可能会问我，你的母亲以什么方式促成了我的毁灭，我可以告诉你。就像你尽力把一切不道德的责任转移到我身上一样，你母亲也尽力把她所有与你有关的道德责任都推到我身上。"

在狱中的两年里，王尔德写下了那封著名的长信：《自深深处》。在信中，他意识到自己之所以落到这个地步，是他无意涉入了一个病态的家族内，夹在一对充满愤怒的父子中间，做了那个无奈的磨心。波西一直维护母亲，他们母子之间一直具有一种既联合又斗争的可怕的亲密，为了给母亲伸张所谓的正义，波西想要向父亲挑战，他借用了王尔德的力量，他希望看到父亲在公开场合与人决战，破产，走投无路。为此不惜看到所有人声名扫地。在这个病态的家族缠斗中，王尔德因为眷恋百合花一般的波西，变成牺牲品。

在信中，王尔德沉痛地回忆着与波西的种种过往："我可以坦白地告诉你，我们在一起的那段时间内，我没有写出一个字。我这样说并非是修辞上的夸张，而是绝对的事实。不管是在托盖、格林、伦敦、佛罗伦萨还是别的什么地方，只要你在我身边，我的生活就完全是枯燥乏味的，没有创造性的。遗憾地说，你几乎无时无刻不在我的身边。"说白了，波西只有那张俊脸，他对王尔德的灵魂毫无贡献。

在信中，王尔德冷静地指出了波西性格中致命的缺陷：虚荣、冷酷，喜欢耍弄心计，利用别人达到自己不可告人的目的。"如果你发现这封信中对你的指责有不对之处，那你就要记住，一个人即使受到不该有的指责，也要心怀感激。"

他看出波西喜欢用谎言来粉饰自己，遮掩自己的本性，获得那些并不配获得的爱："事实上，如果我是你，我会介意被人虚伪地爱着。一个人没有理由向公众展示他的生活，因为公众是没有理解力的，但对人们期望得到他们的爱的那些人来说情况就不同了。我的一位伟大的朋友——与我保持了十年的友谊——不久前来看我，他告诉我他一点儿也不相信人们对我的议论，并且希望我知道。他认为我是非常无辜的，是你父亲编造的险恶阴谋的受害者。听了他的话，我的泪水喷涌而出，我告诉他，虽然你父亲对我的指控有许多是假的，是出于恶意转加到我身上的，然而我的生活的确也充满了邪恶的快乐和奇怪的激情。所以，如果他不能接受并完全理解这个事实，我就不可能再与他做朋友，或与他在一起。他听了这些话非常震惊，但我们是朋友，我与他的友谊从来不是建立在虚假的基础上的。我曾对你说过，说出真理是一件痛苦的事，但被迫说谎更痛苦。”

出狱后的王尔德面临着破产，妻子跟自己分手并夺走了两个孩子的抚养权。他曾试图和波西复合，但三个月后，已经相看两厌的两个人终于还是分道扬镳。

王尔德在巴黎度过了他生命中的最后几年。在他吐出人生最后一口气之前，不离不弃的密友罗比帮助他改信了天主教。多年来罗比一直爱慕和帮助着王尔德。王尔德去世后，罗比为他安排了后事，他在巴黎的墓地上，有一个小小的狮身人面像，代表着神秘的斯芬克斯，那也是王尔德生前一部著名的诗集名字。忠诚的罗比在多年后病逝，他的骨灰按照他的遗愿在巴黎和王尔德葬在一起。

波西，那个美丽如百合花的男人，后来和一个双性恋女诗人结婚，两人生下一个天生具有精神分裂的儿子。他在王尔德死后十多年才看到那封狱中长信，因为当时英国媒体公开披露了长信中若干内容，使波西潦倒狼藉的声名越发不堪，令他对已死去的王尔德愤恨不已，不止一次公开声明和王尔德划清界限。

聪明如王尔德，说出过“爱，始于自我欺骗，终于欺骗他人，这就是所谓的浪漫”如此清醒警觉的名句。即使他永远在公众面前妙语如珠、带着一副看破一切的讥诮笑容，但他自己华彩的人生却毁于一场卑微的爱恋。

即使王尔德曾经如此清醒地谆谆教诲：“当爱情走到尽头，软弱者哭个不停，有效率的马上去寻找下一个目标，而聪明的早就预备了下一个。”即使他常常发出讥诮的朗朗笑声，即使他说了这么多带着毒刺的俏皮话，他仍没办法停止这场卑微的爱恋。

这爱恋，起始于爱上一张美丽的脸庞，一个自恋如水仙花的美少年。

比烟花寂寞的女人

我们这代文艺女中年，最开始知道周天娜这个名字，大概都是来自亦舒小说《圆舞》，里面女主角周承钰是一个誉满欧美的模特，那篇小说写人生寂寥写得极致到位。后来听说周承钰的原型是一个叫周天娜的女性。再后来，读到亦舒多年前写过的一篇随笔："数年前在半岛大堂见到周天娜，惊艳惊到下巴要跌下来，灵魂好不容易归窍，拍拍胸口说：幸亏咱们有林青霞。"

直到有一天，我搜到了周天娜的照片：贴头皮短发，黑风衣，撑伞回眸，消瘦笔直的身形，却有一种意外的妩媚。这种感觉曾经在香港演员夏文汐的身上看到过：身材平板，却能把性感演绎得扑面而来。

看着她各种时期的照片，立刻心生迷恋。甚至看到她十七岁之前在日本当模特时为资生堂拍的广告视频，少女时代的她，留长发，坐在绿草茵茵的郊外，对着镜头巧笑倩兮，的确年轻，但离她后来举手投足间散发出的美丽能量还相去甚远。所以，美人也需要时间这把刻刀细细打磨，哪怕是不世出的美人，除了天生良好基因外，还需要岁月不动声色的慢慢修炼。

这个被很多艺术家视为灵感来源的绝世美人，曾经很绚烂，曾经很寂寞，就像一场在夜空中绽放的烟花。

周天娜，美日混血儿，父亲是美国大兵，驻日期间和其母——日本小影星富美子在一家咖啡馆一见钟情。结婚后生下两女，周天娜是他们第二个女儿。刚出生时她的名字叫Bettina Louise Lutz（贝蒂娜·路易丝·露丝）。

周天娜在日本出生，但在美国长大接受教育。她父亲从军队退役后，在俄亥俄州的奇里夫蓝城开了一间日本竹织艺术的商品店。身为混血儿，周天娜身材高挑，五官深邃立体，十五岁时，她随母亲返回日本，在其安排下进入日本时尚界成为模特。彼时日本经济发展，时装和化妆品行业都在积极向海外拓展市场，急需具有东西方兼美特色的代言人。周天娜很快成为资生堂旗下的顶级模特，成名速度就像坐上火箭。1970年，国际时装大师安东尼奥·洛佩兹去日本访问，在T台上看到走秀的周天娜，惊为天人，于是带她去往欧洲发展。在70年代以及之后相当长的一段时期，周天娜都是西方人心中东方美女的代表人物。就在那时，周天娜遇见了她后来的丈夫——周英华。

周英华是西方世界的华裔中响当当的一号人物。其父是京剧界大名鼎鼎的一代宗师麒麟童周信芳，其母是当年上海滩社交名媛、裘天宝银楼的三小姐裘丽琳。她具有八分之一德国血统，独立反叛，在将近九十年前，二十岁的裘丽琳把几件首饰裹成一个小包袱，冲出家门和周信芳私奔。裘丽琳精明勇敢，一生都是丈夫的助手、知己和经纪人，是她把七三拆账的方式引入了京剧演出体制。生了三个孩子之后，他们举行了盛大的婚礼。二人共养育了四女二子，周英华是他们的次子。

1952年，周英华年仅十三岁就被送到英国留学，躲过了后来的巨大政治风暴，他在英国研修艺术和建筑专业。1968年，他在伦敦昂贵的武士桥区创办了著名的Mr.Chow餐厅。这间餐厅一改当时西方人对中餐是廉价的快餐外卖这一固执观念。周英华力排众议，用艺术的眼光精心装潢餐厅：光滑的白色大理石地面、二十八英寸长雪白餐巾、来自莱俪的染色水晶玻璃门窗，随处可见的雕塑艺术品、精美的欧式餐具盛放中式菜肴，最广为人知的是餐厅室内光的设计：光源从餐桌下方打出，柔和自然……很快，Mr.Chow餐厅成为伦敦乃至整个欧洲艺术界名流的最爱，客似云来。

撮合周天娜和周英华这段姻缘的，正是周英华的第一任妻子，英国模特格雷斯·科丁顿。后者是当时出名的红发模特，和周英华婚后不到一年就和平分手。她后来因为一次车祸毁容，模特生涯就此中断，继而转战幕后，以一头红发和近乎无眉的造型驰骋时尚界几十年。在台湾摄影师兼导演杨凡的随笔《花乐月眠》中，记录了他在伦敦的Mr.Chow餐厅所经历的一幕：有一天美日混血模特贝蒂娜·路易丝·露丝来Mr.Chow餐厅参加派对，格雷斯随手拿给她一件旗袍让她换上，有着东方血统的贝蒂娜在旗袍的映衬下迷倒了在场的每一个男人。

1973年，周英华和周天娜在切尔西婚姻登记处注册结婚，那时周天娜二十二岁，周英华三十四岁。在这段婚姻里，年长的周英华一直担任着领导者和教导者的角色。他们在结婚这一年，在洛杉矶比佛利山庄开了Mr.Chow餐厅的分店。很快这家餐厅迎来了诸如杰奎琳·肯尼迪、安迪·沃霍尔之类的名流和艺术家。

身为餐厅老板娘的周天娜，以其天生的艺术触感，成为很多艺术家眼中灵感的缪斯。她消瘦的略带苍白的贵族气质，即使素颜短发穿上男装也那么美。亦舒曾形容她的美：“一切处之泰然，风度极佳，身为现代女性，却决不给人一种服了安非他命似的拼命向上的感觉，十分难得，姿态一流，是以稳坐后座。”

1974年，周天娜生下女儿，1978年，她又生下一子。1979年，为了迎来位于纽约第五十七街Mr.Chow餐厅分店的开张，周英华一家人又迁往纽约居住。

1978年，Mr.Chow餐厅开在纽约曼哈顿的分店顺利开张。这家店以“约翰·列侬与此前一天吃最后一顿晚餐的地方”而闻名于世。因此在所有分店中经营最为成功，成为纽约文化圈各路名流的据点。这里不仅是一个餐厅，更是一个汇集着美国七八十年代知名艺术家的文化沙龙。在这些活跃着的艺术家眼中，美丽的周天娜是吸引他们来此就餐的重要原因。

随着中美关系解冻，周英华终于收到国内传来的家人消息，在漫长的“文革”岁月中，他的父母都已经去世。兄长也曾经被监禁了七个年头。听闻了有关亲人在运动中遭受迫害的种种细节，周英华的精神受到很大的打击，他无心再处理餐厅繁重的业务，整天把自己隔离在餐馆上层的居所里，用闭路电视来监督楼下餐厅的业务往来。此时周天娜只得硬着头皮，出面打理餐厅的方方面面。

餐饮业的工作永远都是琐碎劳心的，即使是经营一家高级餐厅的业务，对任何人都是一场压力巨大的考验。劳累的一天经营结束后，回家还要面对精神抑郁、一蹶不振的丈夫，周天娜开始感受到单调乏味。面对开始暗无尽头的未来，夫妻二人在精神上渐行渐远。

在这段婚姻中，周天娜曾经是那个小鸟依人的小太太，听话，乖巧，以自己绝世的美貌和不俗的谈吐，协助丈夫开了一家又一家分店。她的巧笑倩兮，像一股神秘的吸引力，令每一个来这里就餐的客人深深难忘。但不论如何谈笑有鸿儒、往来无白丁，她协助的是丈夫的事业，她的头衔是永远的周太太。虽然那么美，每夜餐厅里都高朋满座，歌舞升平，即使绚丽盛大的豪宴频频举行，即使笙歌散后酒初醒，深院月斜人静，仍掩盖不住大宴宾客后的琐碎寂寞。

1987年，周天娜和丈夫分居，靠着素食、香槟和浓缩咖啡度日。机缘巧合，她认识了来自好莱坞的影星理察·基尔，后者也是一位出名的素食爱好者，二人陷入爱河，对这段恋情，后来她的好友评价说："即便不是理察，也会是其他任何一个人。"相爱没多长时间，理察·基尔结识了当时最红的模特辛迪·克劳馥，移情别恋放弃了周天娜。周天娜独自来到巴黎，和巴黎香水皇后的前夫相恋，后者是一名私生活出名混乱的双性恋。很不幸地，周天娜从他那里染上了艾滋病。

彼时西方社会对艾滋病了解不足，甚至有一段时间，人们误以为艾滋病是上帝为了惩罚男同性恋而降到凡间的一种世纪绝症。周天娜是第一位公开宣布自己患上艾滋病的女性名人。她拒绝西医方法治疗，住在大宅中深居简出，以传统草药等自然方法治疗。1992年1月，四十一岁的周天娜去世，临终前她感慨：我一生都没有乱交，对男女感情认真，有过关系的男人也就这几个，却是这样的结局。

在知道自己时日无多后，周天娜和三宅一生、纽约和京都时装设计学院联手推出了自己个人的收藏展。临终前，她把自己花尽半生时光精心搜罗的各种经典时装，全部编制目录，其中最为人称道的是斜裁大师Vionnet的真迹收藏。周天娜在遗嘱里注明身后事：把自己所有私人的收藏捐献给纽约时装设计学院。

周天娜对设计天生具有狂热的喜爱，在婚姻陷入低潮之时，她曾经试图开创属于自己的首饰品牌，用玉石和竹器混搭、制作首饰是她的独有特色，“用首饰净化和治愈身心”是她的设计理念。

在十四年周太太生涯中，周天娜从欣喜惊奇，夫唱妇随，渐渐步入枯燥无趣、寂寞萎谢的阶段，首饰设计的工作一度挽救了她的寂寞，李银河曾说过：“人生像钟摆一样，在痛苦和无聊之间摆来摆去。审美和创造美能够让你摆脱痛苦和无聊。”这个观点在周天娜的一生中得到印证。可惜的是，过于迅猛的病魔太早地夺走了她刚刚准备开启的新的人生。在现存的她的首饰作品中，那种宁静的柔光，原本可以拯救她的寂寞，静静滋养她天生的艺术天分，培育出能够灿烂绽放的绚丽花朵。

可惜，在命运捉弄下，刚刚沉静下来的美丽生命戛然而止。那原本应该是她历练过后最好的一段时光，之前的模特生涯、众星捧月般的社交名流周太太的身份，好像都是为了铺垫她成为艺术家的前奏，步入中年的她，已经有了那种要为自己人生做主的坚毅的目光，深深注视着未知的前方。

一切有灵性的生命都要历经几个艰难阶段：见自己，见天地，见众生。周天娜已经跋涉到人生中段，原本应该会有更开阔的眼界和更出其不意的机缘。可惜，一切都在规划，而一切都已来不及。如此美丽有灵性的生命只在这世上存在了短短四十一年，真让人惋惜喟叹。

春风再美也比不上她的笑

活到一定年纪，人就会变得固执：会认定小时候吃过的美味才会惊艳舌头；会认定年轻时见过的那些红颜才是真正的美人。如果有人问我：心中最美的美人的样子，我会说是她——吕秀菱。

1962年，她出生于台湾，自幼便擅长弹奏乐器，少年时代进入华冈艺校学习。十七岁时，她在台视长寿电视节目“五灯奖”中以琵琶表演脱颖而出，获得独奏比赛的冠军。在挑选美人方面独具慧眼的琼瑶看了这个节目，马上拍板把她签到自家的巨星公司，成为基本演员。此前，林青霞一直是琼瑶爱情电影的中流砥柱，但随着年龄渐长，林大美人已经对琼瑶式的“三厅电影”（客厅、餐厅、咖啡厅）毫无新意的重复套路已经厌倦了，加上她和两大帅哥秦汉、秦祥林，在感情上多年拉扯纠缠，心生退意。琼瑶急需找到一个可以在大银幕上代替林青霞的接班人，于是吕秀菱就成为琼瑶心中的最佳人选。

1981年，吕秀菱和钟镇涛主演了《聚散两依依》，刚刚十九岁的她很合格地完成了剧中一个新寡的少妇形象。接下来，她又和钟镇涛、秦汉主演了《梦的衣裳》，吕秀菱的眼睛十分迷人，眼波流转时十分梦幻，嘴唇丰满小巧，像一枚鲜艳的樱桃。平心而论，她那种仿佛有一圈如梦如幻的光晕笼罩的外在形象，其实要比清秀的林青霞更贴合琼瑶笔下不食人间烟火的女主角形象。

在林大美人远遁美国和秦祥林订婚又悔婚那段日子里，台湾琼瑶女郎的代言人变成了吕秀菱，她和刘文正成为最佳情人组合，主演了《却上心头》《燃烧吧火鸟》；她和秦汉主演过《云且留住》；和云中岳主演过《问斜阳》。《问斜阳》的女主角纪仿竹是我最喜欢的琼瑶笔下角色，独立，洒脱，不拖泥带水。年方二十，吕秀菱就已风头一时无两。

她和秦汉应该是有一段情，在林青霞和秦祥林订婚后，秦汉有一段时间情绪低落苦闷，有万念俱灰的感觉。幸亏有跟前妻所生的一儿一女当时陪在他身边。在那段日子里，刚满二十一岁的吕秀菱居然成为了秦汉两个孩子的干妈。有她照顾两个孩子，秦汉才能放下心来专心拍戏，并转型成为导演，第一部电影就请吕秀菱来主演。

据当时的报刊报道，两个人是这样相爱的——某一次秦汉在友人的欢宴上喝醉了，借着酒意向吕秀菱说出内心深处的苦楚。第二天，他接到了吕秀菱录制的自己唱的一卷卡带，歌名是《结束》："你对我说，你好寂寞，我知道，我明了。我问你，你要什么，怎么做，你可知道？"接到卡带听完这首歌后，秦汉内心受到了极大的震撼，他发现，真正有人了解自己。"就这样，我们通电了。"秦汉对着记者率直大方地承认。

但这段感情据说当时受到吕爸爸的反对，原因之一是两个人的年龄差距比较大，而且吕家父母觉得女儿的演艺事业才起步，并不希望她年纪轻轻就结婚退回到家里。总之，两个人之间这段感情并没有持续太久就告以结束。1983年，琼瑶的巨星公司宣布倒闭，吕秀菱希望能够摆脱琼瑶电影中的玉女形象，于是离开台湾，到香港去寻求演艺道路上的突破。

当时台湾女演员到香港发展，总是要先从大团圆式的嬉闹喜剧中找到存在感。比如林青霞要演《我爱夜来香》，胡慧中要演《霸王花》。吕秀菱也不例外，在香港她主演的大多是热闹喜感的合家欢电影，比如《大头兵》《我要金龟婿》《富贵开心鬼》，要么就是惊悚的恐怖电影，比如《走火炮》《魔胎》。

这一阶段的吕秀菱褪去台式的清纯气息，烫了80年代流行的爆炸头，夸张的饰品，魔性的眼妆，即使这样，她的美仍然独树一帜。比如在《我要金龟婿》里，她饰演一个爱上了姐夫一心要嫁给他的小姨子。可那个留着小胡子的姐夫（陈勋奇）却一心思念着跟小姨子长得基本上一模一样的亡妻。在这部电影里，吕秀菱为了勾引坐怀不乱的姐夫简直是无所不用其极，一举一动都是港式的鬼马俏皮。

这出小闹剧充满了80年代的轻松感，当时的老戏骨谷峰、石坚、李香琴三个人，演绎老一代欢喜冤家，秦沛一脸奸猾，曹查理油头粉面，编剧更是后来著名导演王家卫。是的，当王家卫还没成为王墨镜的时候，他也是会写这种爱情轻喜剧赚小钱的。电影中有一幕，男主角家中卧室一直挂着亡妻的照片，其实就是吕秀菱的脸——该怎么形容那张照片呢……如梦如幻。某年在电视上无意看到这部电影，嬉闹的情节都不记得了，就记得墙上挂的那张照片，似乎周围绕着一圈光晕，美轮美奂。

真的很喜欢吕秀菱80年代初在香港的那副打扮，烫得漫不经心的钢丝头，混搭的首饰，里面贴身小背心外搭牛仔外套，配上晒成棕褐色的皮肤，有点儿健康的小性感。

为了拓宽戏路，吕秀菱一心想摆脱自己身上原有的玉女形象。在港片中总是演点缀的花瓶，或者搞笑的傻大姐，并不能让她满足。于是在1987年，她回台湾接演了电影《心锁》。

《心锁》是台湾知名女作家郭良蕙的长篇小说，原著因为涉及叔嫂恋情，有违中国传统礼俗，曾经被台湾当局查禁近三十年。因此把这部小说搬上银幕之初，就受到各界瞩目。20世纪80年代中后期，东亚各国都在面临政治和文化的破冰期，因此越禁忌越大胆的题材，就越有挑战。于是吕秀菱在此片中大胆裸露，尺度巨大，可惜电影上映后并没有得到预期的反响。

同年，吕秀菱和林青霞共同主演了电影《旗正飘飘》，抗日电影这种题材，现在台湾同胞已经不太擅长了。在20世纪80年代，港台影视界的抗日题材其实做得还是很不错的，有很多精妙的设计和桥段。

1988年，吕秀菱和刘德华主演了电影《飚城》。刘德华演一个黑社会爱飙车的小青年，她演一个大佬的女人。片中有一段非常精彩，男一号数着女朋友背上的一道道疤痕，江湖儿女江湖老的沧桑感油然而生。

有人认为这部电影是刘德华表演最好的一部，可惜不甚出名。当年沉浸在录像厅的人们也许对此片有印象。主题曲是王杰的《是否我真的一无所有》，其他演员还有岳羚，张世。有点可惜的是，导演黎大炜永远把握不好血腥暴力的分寸，他和刘德华合作的《天与地》是我心中最好的一部刘德华电影，里面的表演、剧情、人物塑造、插曲都是一流的，也是太暴力太血腥的问题，让人很难有勇气再看一遍。

《飚城》最特别的是居然让男一号先死掉了，而且刘德华在片中的死真的很惨。居然是让吕秀菱演的黑道大佬的女人不顾生死地为所有人报了仇，最后无力地倒在电梯口，满脸是血，但即使狰狞如此还是难以掩盖她那甜润的美……片尾那个蒙着一片塑料薄膜的裸体尸体的镜头也非常触目惊心。当年那帮搞电影的真是有想象力啊！

进入90年代，吕秀菱只参演了电影《黄飞鸿之鬼脚七》，她在里面演一个比较洋范儿，有点儿像十三姨那种类型的角色。电影《云南故事》，她唯一参演的大陆电影，是和濮存昕一起演的，故事有点儿像《小姨多鹤》，抗日战争结束后一个日本女子留在云南的悲欢故事。电影《记得香蕉成熟时》号称是三级片，其实只是一部少年性启蒙科教片。她在片中扮演男一号的梦中情人，居然叫夏梦。

1998年，吕秀菱嫁给当时的索尼高层谢艾文，然后跟着丈夫移居伦敦，后来又在纽约曼哈顿定居。因为身体的原因，他们一直没有小孩，虽已年过五十，但吕秀菱至今仍是一名冻龄美人。她一直没有丢下弹奏琵琶这个爱好，在1997年出了专辑《冷弦多情》，2000年又出了一张专辑《情咒》，好听得一塌糊涂。

关于她的美丽，曾经有一位资深化妆师这样评价：这么多年来打过交道的演员中，最接近完美长相的，是林青霞和吕秀菱。她们两个人的脸，在专业的化妆师眼中，大概有百分之七十的部分，可以用完美来形容……

对我来说，她的美代表着美好的80年代，代表着青春和梦幻，代表着自然健康的性感，代表着没有整容假脸的那个美好的年代。

对于吕秀菱，春风再美都比不上她的美。

横空出世的一颗流星

带着点儿疲惫，聊聊诗和远方。聊聊世界诗歌史上，代表着生存和反叛这一范式的杰出诗人：兰波。

诗人兰波，是艺术史上独特的奇迹，是横空出世的一颗流星，毫无目的，照亮自身的存在，却又转瞬即逝。他的人生在十九岁那年截然分成两段，前半段，他是才华横溢的少年诗人；后半段，他是阅历人间苦难的游荡者，足迹走遍大半个世界。他当逃兵、做生意、欺骗、谈判、参与战争，和非洲土人讨价还价，但终生不再碰触笔和纸，终生不再写下一句新的诗作。他像自己曾经预言的那样，在自己的后半生，不停行走，游历，成为“任何人”。

兰波生于1854年，在他的眼中，他的家乡夏尔维勒，是在法国的外省城市中最为封闭愚昧的一个地方。父亲是个军人，长期服役代表着长期缺席。在兰波六岁的时候干脆离家出走，杳无音信。兰波几乎对他毫无印象，母亲生性孤僻，严厉管束着膝下几个子女。兰波是最令她不省心的那一个。兰波天性敏感矛盾，有着一颗冲动不安的灵魂。作为一个修辞班的学生，他原本有资格按部就班上大学。但生性反叛的他在教室墙上写下“杀死上帝”而被学校视为不可救药的坏小子。1871年，兰波终于离家出走，参加巴黎公社运动。他酗酒、抽大麻，嘲笑中产阶级的愚蠢，带着无政府主义者的反叛精神，在巴黎街头招摇过市。

他十六岁写出诗作《奥菲莉亚》，他的诗歌王国充满想象，似乎是一个居住着魔法师、神仙、天使、精灵和魔怪的神秘国度。在《通灵者书信》中，兰波阐述：“在无法言喻的痛苦和折磨下，他要保持全部信念，全部超越于人的力量。他要成为一切人中伟大的病人，伟大的罪人，伟大的被诅咒的人——同时却也是最精神的博学之士——因为他进入了未知的领域。”

兰波以一副通灵者的面孔坚持创作，他开创了一种求索于潜意识和幻想的自由诗风格。《元音》和《醉舟》成为象征派诗歌的代表作。在其最后的作品《彩画集》和《地狱一季》中，兰波更是化身为“任何人”轮番登场，自导自演，自问自答，在身心俱裂的矛盾中探求存在与超越。兰波的诗句中糅合了早熟的天才和儿童幻想的奇妙感，某些诗句还有酒精、烟草和麻醉品的影响。因此兰波的诗句的重要标签就是忧郁和眩晕，在他之后的整个二十世纪的诗歌，都深受他的影响。二战结束后，美国作家亨利·米勒曾经预言：在未来的文学世界，兰波型将取代哈姆雷特型和浮士德型。

1968年，法国巴黎反叛学生将兰波的诗句写在革命的堡垒上：“我愿成为任何人！”“要么一切，要么全无！”

提起兰波，不得不提到他和诗人魏尔伦的一段恋情。鲍勃·迪伦曾经在歌中唱过：“人间关系如此残破，如同魏尔伦与兰波。”因为读到兰波的作品《醉舟》，诗人魏尔伦惊为天人，出路费请兰波到巴黎自己家中做客。此时兰波十七岁，新婚宴尔的魏尔伦二十六岁。

魏尔伦敏锐地意识到，兰波的诗作代表着诗歌的未来：“我们已经过时了，他才是新的世界的代言人。”他更没有料到，原本拥有一个年轻美貌富有的妻子、过着稳定的中产阶级生活的自己，会不顾一切爱上兰波，这个什么都没有，目光睥睨一切的狂妄小子。他们在一起喝绿色的苦艾酒，抽大麻，嘲笑那些道貌岸然、按时开会的巴黎文学精英们。他们从巴黎出走，私奔到比利时，后来又跑到伦敦，一路上的路费，都由魏尔伦那个富有的妻子提供。在和兰波出走的日子里，魏尔伦一直知道妻子准备以不伦之恋伤害家庭的罪名控告自己，目睹兰波才华横溢地在旅途中写出佳句，而自己却身心疲惫。魏尔伦越发要陷入酒精的麻醉中。兰波鄙视魏尔伦的软弱，他谴责后者在自己和家庭之间的首鼠两端："要么不要伤害别人，要么就做得冷酷一点儿。不要用道歉去侮辱那些被你伤害的人。"

1873年，喝得醉醺醺的魏尔伦用手枪打伤了兰波的手臂，因为兰波已经不愿意再和他一起漂泊。魏尔伦因此获罪，并在审判前受到了身体检查，以证明他和兰波曾经有不被当局允许的禁忌恋情。魏尔伦最终被判两年监禁。两个月后，兰波出版了《地狱第一季》，之后他又完成了《彩画集》。但两部作品在当时都反响平平，兰波因此对创作产生绝望情绪，就此搁笔。

在结束了诗人生涯后，有十八年的时间，兰波漫游世界。他当过荷兰雇佣兵、马戏团翻译、水手、监工、保镖、武器贩子、咖啡商、摄影记者和勘探队员。他的足迹辗转于欧洲、亚洲和非洲。他曾经成功地利用非洲小国的政变发了横财。

1891年，兰波感到右膝剧烈疼痛，医生检查出他患上了滑膜炎，并很快恶化成癌症。当地恶劣的医疗条件无法为他治疗，半瘫痪的兰波坐在落魄僧人的骆驼上，艰难地穿越了埃塞俄比亚沙漠。他雇了十六个非洲黑人把他抬到海边，坐船回到马赛。为了保住性命，他做了右腿截肢手术，然而这还是没能抑制癌细胞的扩散。同年十一月十日，兰波在马赛医院离开人世，享年三十七岁。后半生极其潦倒，终日酗酒，只能混在中年妓女堆中的魏尔伦，直到死前，提起兰波依然深情："对他的记忆有如太阳照耀我，永不熄灭。"

在兰波死后几十年后，他的诗作重新被世人发现、推崇，很多人为之疯狂、膜拜。他的诗暗合了二十世纪面临大战时人们困顿迷惘的心态。在路上的年轻人，向往着自由，蔑视权威，打碎一切桎梏，他们高声诵读着兰波的诗句——

"我永恒的灵魂，注视着你的心，纵然黑夜孤寂，白昼如焚。"

"我走到户外，如果一束光将我刺伤，我将死于苍苔。"

"整个太阳是残酷的，整个月亮是苦的，辛辣的爱情使我满身麻醉，龙骨崩散，沉入海底。"

"我将远去，到很远的地方，就像波西米亚人，顺从自然，快乐得如同身边有位女郎"。

……

如对兰波的生平有兴趣，请拨冗观看1995年上映的传记电影《全蚀狂爱》，由最高颜值时期的莱昂纳多扮演兰波，一颦一笑都奔放不羁爱自由。魏尔伦的扮演者大卫·休里斯，是《哈利·波特》片中的狼人老师。最美的处理在结尾：闻听兰波死讯的魏尔伦，坐在小酒馆内，一脸哀伤。突然眼前恍惚看到那个笑得令他心痛的少年兰波，抚摸着他那只曾经被刀刺穿的手，突然俯身亲吻。少年兰波，裹着白棉布衬衫，欢呼着跑向海边，风鼓起他的衣角："永恒，我找到了，那就是太阳与海，交相辉映……"

遗憾的是兰波作为诗人，只活了三个年头。也许天才都会选择超乎常人的生活方式，而这种不羁既成就了他，也毁灭了他。

爱恨杂糅的一生

提起托尔斯泰，受过教育的人第一反应是：哦，他呀，俄国大文豪，留着雪白长胡子，穿着长袍，眼神肃穆。写过一个红杏出墙的女人，最终卧轨自杀（《安娜·卡列尼娜》）；一个玩弄女性的浪荡子，看到曾经的受害者堕落的情形，因此幡然悔悟（《复活》）；一场利用严寒大杀器和拿破仑决一雌雄的战争，夹杂着几大家族年轻人的爱情悲欢（《战争与和平》）。纵使没读过原著，但根据他笔下的作品改编的电视剧、电影，乃至小儿书还是看过的。总之，托翁，是个伟大的人，高尚的人，脱离了低级趣味的人。

中学时代读《安娜·卡列尼娜》的时候，直觉那个致力于在庄园搞改革的年轻贵族列文，就是托尔斯泰本人的年青时代；《复活》里那个去姑妈家度假，顺便动了动感情睡了青年女仆的贵族，也应该跟托尔斯泰年轻时放荡不羁的生活沾边儿；他有一部在中国不太出名的小说《哥萨克》，里面的男主角，青年贵族奥列宁，厌倦了上流社会的虚伪，大老远跑到高加索地区和淳朴的哥萨克人们在一起，寻找真挚的爱，似乎也有着托尔斯泰年轻时代当过轻骑兵的影子。

后来读到若干资料，果然。托尔斯泰一辈子都把自己的影子投射到作品中，即使在描绘年代久远的作品《战争与和平》当中，他也要把安德列遥想成为自己伟大的祖父，而那个永远迟钝犹豫着的皮埃尔，仍然有着托尔斯泰年轻时，作为进步知识分子在贵族中间的格格不入的特殊气质。

大学时读了茨威格的《人类群星闪耀时》，茨威格别具一格地用剧本《逃出生天》来描述托尔斯泰离世前的最后时刻。我才第一次知道，原来托尔斯泰离开人间的方式是如此奇特：八十二岁的托尔斯泰在和妻子索尼娅激烈争吵后，在严寒的夜晚离家出走，坐上火车，到达一个不知名的小火车站，因为感冒引起的并发症，最终死在简陋的火车站站长休息室内。

一生都享受伯爵这一贵族封号的托尔斯泰，前半生妄图从宗教中汲取力量，但在晚年他的世界观发生激变，开始关注在自己庄园中辛苦劳作的农奴们。农奴们贫瘠的生活，令托尔斯泰对自己富足甚至奢靡的生活感到羞愧。他开始计划要解放自己庄园的农奴，把田地分给他们，并展开一系列农庄改革计划。他自己则每日戴着草帽穿着布衣，踩着树皮编制的鞋履在田地间耕作。同时，托尔斯泰身边也开始聚集了一群托尔斯泰分子，他们视托尔斯泰为神一样的领袖。领头的切尔科特夫，在托尔斯泰晚年的最后九年中对其影响巨大。他建议托尔斯泰向人民捐献自己作品的全部版权，这个决定遭到了托尔斯泰妻子索尼娅的强烈反对。

索尼娅嫁给三十四岁的托尔斯泰时只有十七岁，两个人携手近五十个年头，孕育了十三个孩子（其中五个夭折）。她在托尔斯泰的著作生涯中对其帮助巨大，曾经把托尔斯泰三千多页字迹难辨的《战争与和平》手稿，整洁地抄写了七遍。她出身贵族，感情炽烈，在晚年她和托尔斯泰反目的最主要原因，是反对丈夫把财产和平民分享。因为她是一个母亲，她要为子女的利益着想。

在后人很多回忆录中，索尼娅是个跋扈、自私、虚荣、眷恋奢侈的贵族生活的可怕女人。她是伟大的托翁实现世界大同的光辉理想的绊脚石。就连在茨威格的笔下，索尼娅也是冷酷而霸道的。因此托翁才会心灰意冷，不顾生病的身体离家出走，死在无名小站。

直到我看了电影《最后一站》，曾经为索尼娅贴上的标签被揭开了。呈现在我们面前的，是一个年老的女人，对丈夫充满爱意却又与其爱恨纠缠不休。她欣赏丈夫的著作，但不能认同其关于分配制度改革的激进做法。他怀着负疚的心理在晚年生活简朴，吃住如同农夫；但她仍要坚持贵族做派，饮食精致，服饰华美。在她眼中，托尔斯泰是自己相濡以沫近五十年的丈夫，谁也没有资格代替她在他身边的位置。她痛恨切尔科特夫对丈夫的影响，她要捍卫属于自己孩子的财产权利。她痛恨在庄园中，身边每个人都在记录托尔斯泰的一言一行，好像是在跟一个圣人共存。在她眼中，丈夫就是丈夫，是一个跟自己生育了一大堆孩子的男人，是年轻时也曾经放荡不羁那个充满活力的男人。她困惑，为什么身边会有那些如同苍蝇一样的人群簇拥着丈夫，破坏家人共处的安静，不停地把这个家庭里发生的一切，事无巨细都记录在本子上……

作为一个伟人的妻子，索尼娅所承受的痛苦被高尔基深深了解。虽然在托尔斯泰生前，高尔基去庄园拜访他们的时候，索尼娅并没有表现出任何对高尔基的好感。但高尔基在托尔斯泰逝世后曾经写了一篇文章，为索尼娅辩解："由于在灵魂上永不懈怠地求索，列夫·托尔斯泰是十九世纪的伟大人物中间最复杂的一个。"他常常不管不顾世俗生活层面，而繁重的生活负担是由其妻子索尼娅承担的。为了自己的理念，托尔斯泰要放弃庄园，放弃所有著作版权，而这些却是他们一家老小的生活来源，包括他麾下那些追随者们在庄园的衣食住行……也许托尔斯泰自己并未意识到，如果没有索尼娅坚持用这些来源来维护生计，那他自己根本就不可能精心完成那些伟大辉煌的长篇巨制。“做托尔斯泰的唯一的亲密友人，做他的妻子，做他许多孩子的母亲，做他的家庭主妇，这的确是一个很艰难的任务。”在高尔基的印象中，托尔斯泰一家人大都软弱多病，全家事务几乎全靠索尼娅在“那磨人的琐细事情的旋涡中苦苦挣扎”。

高尔基对索尼娅的遭遇这样感慨道：“那个女人跟一个富于独创性、而又烦躁不安到极点的大艺术家在一起生活了难以忍受的五十年的漫长岁月……”

晚年的托尔斯泰已经不再属于索尼娅，更没办法属于他自己，因为在其弟子的概念中，托尔斯泰属于全人类。

人，只是血肉之躯，在活着的时候被身边人推崇为圣人、神祇，他该如何承受?

作为他的妻子，索尼娅希望能在床上自由拥抱自己的丈夫，用年轻时的昵称称呼他，摆脱开那些无处不在的观察的眼光和描绘的笔触。但这个小小愿望，在她和他的晚年，打着“为了全人类”的旗号，被无情地剥夺了。甚至在托尔斯泰弥留之际，为了表现他的伟大，那些弟子们也不愿意让索尼娅在场。

电影中，托尔斯泰的私人秘书瓦伦丁愤然说：“我没有见过全人类，我只见过不完美的男人和女人。”

当一个人被推崇为完美的圣人的时候，也是他一生中活得最没有人样的时候。

有兴趣可以看看这部电影《最后一站》，全英国班底，饰演托翁的是曾经在《音乐之声》里深情吟唱雪绒花的克里斯托弗·普卢默；海伦·米勒饰演索尼娅，她最著名的作品是《女王》。

这部传记电影的主旨并不是为了索尼娅翻案，而是要试图还原伟人最后的那段晚年生活，描绘他身不由己的困境，因他人的崇拜把他推到神坛之上。临终时，他终于知道自己这副血肉之躯是如此的衰弱，卸下盔甲，面对死神，他不过是一个虚弱的老人，仍然渴望能够在妻子的怀抱中咽下最后一口气。但其身边所有人，都急于要见证一个伟人之死，而无一人了解他真实的需求。

把一个活人，推到伟大的神坛上，虽然便于传诵后世。但被推上神坛的本尊却未必心甘情愿。他和她都只是普通人，世间的普通夫妻，相依为命数十年，过了爱恨杂糅的一生——“我所知道的一切，皆因爱而起。”

女人不独立，没资格再谈爱不爱

某著名男星宝宝要离婚的新闻在各大网站引爆，狗血剧情层出不穷。在事情没有全方位弄清楚之前，先别着急谩骂，也别着急指责，更别着急把什么人刻在耻辱柱上或者浸猪笼。明星离婚，除去感情上的亏欠、道德上谁更占领高地不算，更紧要的是必须要考虑自己的名誉财产和今后发展，如何能在此次离婚事件中受损最小。这正是考验工作室团队运作能力的关键时刻，基本上跟一个上市公司要拆伙一样复杂而麻烦。

一个白手起家的穷小子，功成名就之时，娶到一个自己曾经只能仰视的美女，与之生儿育女，将美妻娇儿视为人生最大成功和奖赏。这等心态，大多数中国男人都认同，也都理解。曾几何时，女人的年轻、美貌、顾家、生育能力，都是一个男人可以对外炫耀的资本。男人在外面拼搏，女人在家里守候。这符合曾经我们还是原始人的时代作风：雄性在外面狩猎，雌性在洞穴内看守娃儿们，等猎物下锅造饭。

多亏了工业文明以及后工业时代，令男女在体力上的差异变得不再那么重要：一名纤纤弱女，坐在电脑前，发挥敬业精神，同样可以在业务上赢过那些惫懒的男人。多亏几个世纪以来人类越来越文明，通过历代女权主义者奋不顾身的努力，如今生活在文明世界中的女性，在家内家外，都可以获得几百年前不能想象的权利——可以工作、可以不婚，可以丁克，可以主动结束一段不和谐的婚姻关系，可以公开自己的自由性取向，可以为自己而活。而这些自由的权利，是建立在经济独立、精神独立和头脑独立的基础上的。

那些依赖男性伴侣的给予、去恣意买买买的女人；那些信奉着“我在家貌美如花，你负责挣钱养家”的女人；那些以为结婚就意味着只享受权利不用付出义务的女人啊……对不起，你的所作所为，正在拖全体女性的后腿。

请别误会，我并非要歧视全职主妇。全职主妇虽然没有工作，但她为一个家庭所做出的努力，仍然是一种有效付出。只是，如果能有自己的一份固定收入保底（比如曾经工作多年积攒的积蓄、一直在升值的某种固定资产、从父母那里得到的财产），再去选择全职生活。当命运这艘大船在无法预期的人生海洋中颠簸不定的时候，你会比那些只会向丈夫摊手要钱的全职太太，有更多的底气和尊严。

我歧视的是那些在两性关系中只主张权利，却不打算尽到任何义务的女权主义者。她们中很多人打着女权主义的旗号，出发点却是自私，而非自爱。世上没有免费午餐，无论要得到什么，总得付出代价。

一个真正自爱的女人，会尽量保有自己照顾自己的能力，而非通过婚姻或者生育，自以为取得一种超级稳定关系，然后不思进取，企图一劳永逸。人生太漫长，人生太多变，你永远也不知道，下一个十字路口会遇到什么考验。

女人可以退回家庭，但女人也应该保留随时可以冲到社会上和男人一起厮杀拼搏的能力。如果你自动放弃生而为人的独立和自尊，那么，再多的奢侈品，也填不满无所事事的空虚；再多的所谓男人的宠溺，也无法证明你生而为人的存在感。

人生之所以美丽而莫测，在于前途永不可知。生为凡人，只能把握能够把握的机会，埋头奋斗，施展才华，赢得尊重。那种想把自己的身体靠在别人身上，从此过上优渥的寄居生活的想法太过幼稚。没有人可以负责你那漫长的一生，如果你把主动权交给别人，也就意味着你已经上交了人的一撇一捺，你丢弃了作为人的支撑点，不打算再站起，自动就地趴下。说得更自私一点儿，能够把自己人生的所有权攥在自己手里，进也好，退也罢，全看自己喜欢，这才叫自由意志。

我们这代女性，是读着亦舒的小说杂文度过青春岁月的。她早期的作品，的确令我这代女人受益匪浅。《我的前半生》套用鲁迅《伤逝》中人名，女主角叫子君，婚后十几年一觉醒来，她那个叫涓生的医生丈夫，斩钉截铁要跟她离婚。她失魂落魄，幸亏有能干的女闺蜜唐晶，一直守在她身边，鼓励她再次站起来。所谓站起来的手段无非是，出去，工作，见识一下外面世界的牛头马面，鼓起勇气去挣钱，坦然花掉自己辛苦赚到的钱，去发展自己的爱好，去结交新的有趣的朋友……这些努力，都要比坐在家里哭泣着当一个心理不平衡的怨妇要高级。

亦舒早就一针见血地说过："生活上依赖别人，又希望得到尊重，那是没有可能的事。"

很多年前，鲁迅在女子高校做演讲"娜拉出走之后会怎样？"当时鲁迅给出的答案是：要么堕落，要么回来。

"……娜拉既然醒了，是很不容易回到梦境的，因此只得走；可是走了以后，有时却也免不掉堕落或回来。否则，就得问：她除了觉醒的心以外，还带了什么去？倘若只有一条像诸君一样的紫红的绒绳围巾，那可是无论宽到二尺或三尺，也完全不中用。她必须更富有，提包里有准备。直白地说，就是要有钱。

"梦是好的；否则，钱是要紧的。"

"……所以为娜拉计，钱——高雅地说罢，就是经济，是最要紧的了。自由固不是钱所能买到的，但能够为钱而卖掉……为准备不做傀儡起见，在目下的社会里，经济权就见得最要紧了……”

庆幸吧，我们所处的时代比鲁迅时代更为进步文明，女人不用出走，只要靠自己，总能够获得经济、精神和头脑三重独立的机会。

当然，相信鲁迅先生当年所说的经济权，并非偷偷转移配偶的财产放到自己兜里。而是凭自己的双手，挣到能够让自己即使离开任何人、也可以愉快自由地活下去的钱。

一个人无论男女，在成年之后，先把独立这堂课上好，再去努力学习爱与不爱这门深奥的功课。

“经济上如果不能独立，则啥子都不用谈，衣食住行全靠他人施舍，却口口声声不愿做附属品，哀莫大焉。”亦舒总能一针见血地戳穿一切。女人不独立，便没有资格去谈爱不爱。

贼口佛心，
一个中年男人的生存指南

最近世界变得有些动荡有趣。自诩为精英的人们很焦虑，认为这个世界已经不再是自己心目中的那个理想世界了。其实焦虑得有点儿早，人类总是要螺旋式上升，一段时间单位内、局部地区的停滞、撕裂甚至对立、斗争、后退，这些麻烦在历史上一直在发生，从未被改变。造成如今这个局面的一个小原因，我猜大概是精英和草根各自生存在自己的平行宇宙那片小小的舒适区里，彼此听不见对方的声音，已经很久了。文明社会真的需要多一些兼听则明的节目。比如我要说的这个有趣的中年男人，窦文涛。凤凰卫视长寿节目“锵锵三人行”的主持人，他目前开设的两档节目都有如此功效。

“锵锵三人行”，围着一张小圆桌，三个人说了十八年。最近窦文涛又在网络上新开了一档四个人说的节目“圆桌派”。其主旨仍然是：好好说话，好好倾听，好好交流。

对窦文涛所有的直观了解，都来自于他的节目。我一直都是“锵锵三人行”忠实观众，这种闲嗑牙的节目特别适合我。每天早上起来，随便点开一集，吃早饭、健身、洗漱，一直到开始坐在电脑前工作，基本都是窦文涛那把柔和的声音陪伴着我。柔和，完全不预设立场……这就是窦文涛这个人，一直以来给我的印象。

20世纪末，凤凰卫视突然横空出世，一堆当时所谓的精英男女主持从天而降。他们其中有人有貌，有人有才，有人在某大型会议上被钦点了一下而立马成为全国焦点。于是这几位喜欢对着镜头双手交叉做精英范儿的男女主持们，借着这股春风都出了或薄或厚的个人自传，里面字体粗大稀疏，各种彩色照片充当半本的篇幅。其实现在想想他们当时都最多三字开头的年纪，有什么人生经历和体悟，能填满一本书的数量？幸亏还有一张脸。窦文涛，当时在我的眼里，连脸都没有。他那闪闪烁烁的眼神，畏畏缩缩的气质，给人的印象似乎只能充当幕后工作人员。

近二十年过去了，窦文涛却成了我最喜欢的主持人之一。这个出生于河北石家庄一家普通工人家庭的60后男人，长相普通，气质普通，任劳任怨地在凤凰主持了十八年的“锵锵三人行”，还主持过凤凰主办的若干届选美节目。个人生活成谜，曾经也有各种绯闻满天飞的时候，但他不承认也不否认，只是风雨无阻任劳任怨地周一到周五做着节目，时不时去趟欧洲，谄媚地把法国巴黎赞誉为自己的第二故乡。现实生活中，这个男人不开微博，不写朋友圈，把自己隐藏起来，有空闲不是去旅游，就是躲在家里读书，玩字画古董，活得像一个隐形人。

和那些下意识把自己精心包装成上层精英的所谓名人不同，窦文涛最招人喜欢的就是一直把自己放得很低。别人都藏拙，他却反其道而行之：藏智。但他这点儿小伪装，经过十八年岁月的磨砺，其实已经被心明眼亮的观众冷眼旁观，一针见血地总结到位：“伪装的世俗，玩世不恭，但内心高贵、敏感、善良、诚恳。”

作为主持人中少有的愿意“蹲着”的一个类型。窦文涛坐在“锵锵三人行”那张圆桌后，常常左右逢源，为了节目的效果和照顾嘉宾的感受。他习惯性地掩藏自己，眨着眼睛，装着无辜和糊涂，有分寸地嬉笑怒骂、插科打诨，节制地猥琐和八卦，轻轻地如掸去一粒浮尘般点评人性，恰如其分，点到为止。

听了他十几年“锵锵”，其实有点儿脑子的人都能感觉出来，这个嘴上挂着“我就是一个坏人”当作口头禅的中年男人，其实是一个完美主义的性情中人。他对自己的节目效果有着病态的追求，容易焦虑和感伤。有些观众偶尔责怪他，在节目中过于滑头，从来不展露自己明确的个人观点。他回复说：“很多人没意识到，我是小人多变。我今天跟你这么说，我可能明天就不承认了。地藏王菩萨说性食无定。一个小时之前的情绪和现在的情绪一定是不一样的。其实没有一个本质正确的选择，这种想法让我在生活中可以把心里空间扩大到虚无。”

在“锵锵三人行”的节目中，我们得以结识了许子东、梁文道和马家辉这帮中老年男人们。和永远咧着嘴、贼笑兮兮的窦文涛相比，许子东复位教授，出言严谨风趣；梁文道学佛，说话规矩敦厚；马家辉有江湖气，言谈大胆出位。坐在这些人中间，窦文涛忽而向左，忽而向右，他认定不同的观点仅仅是一个谈资而已，人们通过交流这些谈资，在交流着感情。“如果你对我持有的观点不开心，那我就换一个立场。这是我理解的言论自由，因为言论本质是虚幻的，一切都在变。”我相信，只要窦文涛乐意，“锵锵三人行”这档节目就可以天长地久地存在下去，略微滞后地谈一谈各种社会问题，各种来历的嘉宾坐在一起，时而心有灵犀，时而唇枪舌剑，哪怕简陋的演播厅里只有三把椅子一张圆桌。哦，最近桌子上终于铺上了桌布。

即使“锵锵三人行”黄了，加强版的“圆桌派”也不错。三个人聊天变成四个人，有些镜头终于有了灵动的切换。但形式都不重要，真知灼见的内容永远都吸引人。

最后点评窦文涛这个老男人的私人生活。其实上网搜一下，总会搜出一些鸿爪雪泥。在窦文涛偶尔提到名人和自由这个话题，眉头总是苦恼地皱着。这大概就是成人不自在、自在不成人的代价。

这个中年男人，表面上一副万花丛中过，片叶不沾身的浪子形象，但撰文追忆过世的昔日女友，沉痛地懊悔应该“想对人好，趁活着的时候”。那把自我剖析的小手术刀明晃晃，毫不留情。貌似不学无术，但生活中却喜欢宅在家里，读本书享受独处时光。他常常自嘲自己嘴贱，但言谈里又透露出宅心仁厚。言不由衷的油滑和贼气是他的外形包装，慈悲和理解才是他的生命主题。多么不可思议的人和事，多么惨烈诡谲的事件，到了他的嘴里，谈来谈去都付诸为一声叹息……对他的私生活完全不了解，是未婚，是已婚，是离异？这个把自己的私生活包裹得严严实实的中年男人赢了，外人完全不清楚他每天晚上是不是一个人入睡。但从其只言片语中完全可以想象，在那漫长已逝的岁月长河中，那些男人曾经犯的错误他肯定都犯过：孟浪、薄情、花心、辜负、虚荣、怯懦。大概杜牧的诗最适合他：“落魄江湖载酒行，楚腰纤细掌中轻。十年一觉扬州梦，赢得青楼薄幸名。”

经历过红颜，见识过名利，这个把自己包裹在茧中的男人，守着一本书，一炉香，和几个谈得来的朋友偶尔凑在一起谈天说地，把自己放得很低，低到尘埃里。永远不假装道貌岸然，永远贼笑兮兮，但内心却什么都懂得什么都明白，眼神悲悯，一片佛心。

贼口佛心，是这个在红尘中打滚的中年男人，疲惫的，自我保护般的生活方式。用古人的话形容就是：发上等愿，结中等缘，享下等福。

【蔷薇泡沫】

莲花绽放，石头静默

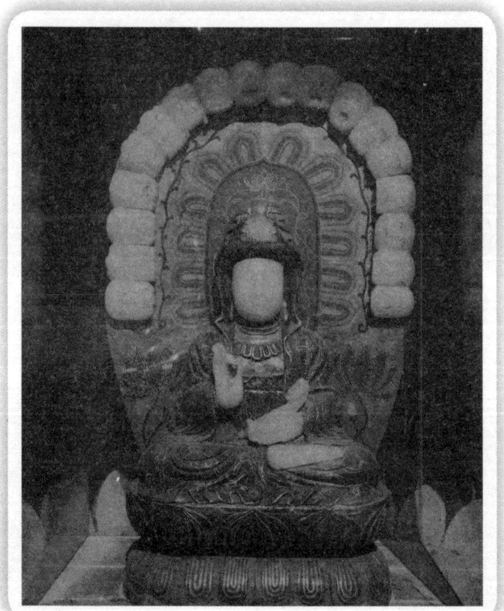

每年的二月十九日是你的忌日。追忆起你，我甚至为你感到一丝庆幸，庆幸你终于可以离开这残酷的人世间。

曾经以为自己是哪吒，剔骨还肉，这一世我们母女情分已了。但那年前面对与你的死别，血中血肉中肉的悲恸，却如此绵长刻骨，无法言说。

2013年，你走后，我在痛苦中挣扎硬撑。2014年，伪装终于被击溃。其实撑住精神的柱子无非那么几根，人总是错估自己的忍耐力。以为悲痛被压在心底就能渐渐散去，却没想到经过发酵酝酿，那种情绪会沉淀，变成坚硬的石头，亘在胸中，堵塞七窍。深夜辗转难眠时，悲伤的石头就溶化了，借着夜色一丝丝浮出水面，窒息的痛一波又一波难以平息。

在你生前与你隔阂到几乎不能对话的我，时时想起你。我不是以一个女儿的心态怀念你，而是以一个女人的心情试图理解你这艰难不幸的一生。

我选择去看心理医生，选择在一个陌生人面前痛哭失声，滔滔不绝诉说对原生家庭的种种愤怒。

这大概就像鲁迅多年前说的那样："记性好的，大概都被厚重的苦痛压死了；只有记性坏的，适者生存，还能欣然活着。"

很长一段时间，我必须时刻不停地分析你这一生。如果找寻不出一些答案，我就不能安心。你走后半年，我梦见你，那还是你过世后我第一次梦见你。梦中，我坐在床边，给你整理满坑满谷的鞋子。你拉着我的手说："如果我们一直这样，那么你愿意在这里多待一会儿吗……"

在你生前，很长一段时间，因为太生你的气，我已经不能跟你好好对话。只要坐下来，你必定要哭着向我抱怨种种。我永远都被你的种种诉说刺激得无法冷静，但你永远用眼泪制止我做任何事情。

我为你提供解决问题的办法，在你看来永远是南辕北辙。在你眼中，我这个女儿，是作为贴心小棉袄，坐在你面前，静静竖起耳朵听你诉说就好。你没打算采纳我的解决办法，因为我为你提供的方法太过决绝，你不能接受。

于是，我和你一次次为别人的过错而争吵。我希望你理智面对，必要时刻，去断去舍去离，你却宁可烂着里子也要顾全面子。我们是母女，但我们处理家人关系的理念，中间大概隔着一百年。对我们这段母女关系，这样的收梢，我很抱歉。

那天散步时谈起你，金牛君说你的悲剧，一半归罪于家人的冷漠与沟通无能；一半是性格原因：常常自卑，没有自我。一生习惯于奉献自己，以别人需要自己为最大支柱。

他说得很对。和我结婚十几年来，他惯见你在我的原生家庭里，卑微地付出爱，完全忘我，但又充斥着怨怼。你的心需要相应的爱来回应，但是无人回应，于是你的爱被掏光了，心也越来越空，变成一个可怕的、会吞噬一切的黑洞。

惯性燃烧，忽视对自己的关照，你遵从了千百年来中国式好女人的潜意识，唯独忘记要爱护和珍视自己。

你以为将心比心，那么多的爱和付出，你在乎的人必定会被你感动。可惜，生活不是琼瑶爱情片，它向弱者展示出腹黑的残酷真相：你不爱自己，你把巨大的期待放在别人身上，那么你就输了。

输的是你采取的姿态：向别人乞讨爱。你越卑微，他们就越冷酷。其实每一个人都被生活所折磨，可是生活只会善待那些它折磨不了的人。如果你示弱了，你趴下了，巨大的阴影就会将你覆盖，穷凶极恶地虐你千遍万遍。过往艰难岁月，你从来没示弱过，你努力工作，和家人一起并肩作战，对抗家累、负担、疾病和衰老，养活一儿一女，撑过种种物质最匮乏的岁月，却没想到会在晚年全盘皆输。

所有人都说你是个好人。但你输也输在对人太好，没有底线。

每个人都有心魔，或多或少。你的心魔就是感情过于泛滥，像决堤的洪水。你乐于给予爱，也希望得到爱。但付出之后却没有回响，于是一次次，你失望了。

记得曾有人问我：母亲这样骤然离世，现在你觉得人活着最重要的是什么？我答：肉体健康，经济独立，内心强大，寻求大智慧。只有肉体健康，内心强大，才能保证人健康；只有经济独立，做人有大智慧，才有快乐的资本。简单而言：健康，快乐。

对方再问：女人不是应该柔弱吗？为什么还要强大？

再答：女人要柔，却不能弱。女人不能强硬，但要强大。强硬是石头，固执、任性、伤害、不知变通。强大是水，善良、包容、顺势而为、浩浩荡荡、水滴石穿。两者做人的境界相差何止千里。

这几年来，除夕、清明、中元、冬至，我都会在一个十字路口为你烧纸，愿你安息。亲戚或余悲，他人亦已歌。死去何所道，托体同山阿。

与智慧分离的慈悲，与慈悲分离的智慧，二者都是枷锁。在我看来，妈妈，你太过泛滥的慈悲，却缺少清醒的智慧。你明明是一个一生奋斗、经济独立的女人，但苦在精神不能独立，过于依恋他人。但你忘了，或者你根本不知道：可怜一个人是不能长久的，懂得才可以。所以，他们在你需要爱的时候，冷酷地转过身，装作没看到，也包括我。

今天是你的忌日，相信你早已轮回，开启新的人生。我们从来就不是一对和睦的母女，你把爱和精力都掏给了家人，却换来太多的伤心和失望。作为女儿，我对你的怨气在你生前无法释怀。同为女人，我理解你身不由己的心力交瘁。希望，下一世，你付出的爱会有回应，你的每段关系都充满温暖和平静。这一生，你实在太艰难，下一世，请你一定，一定，学会爱自己。

金庸当年在《倚天屠龙记》后记中说："张三丰见到张翠山自刎时的悲痛，谢逊听到张无忌死讯时的伤心，书中写得也太肤浅了，真实人生中不是这样的，因为那时候我还不明白。"

是的，那时我还不能明白。现在我懂了，妈妈，你懂了吗？

有限悲凉，无限哀伤

生于70后的我们是非常幸运的一代人，生长于物质匮乏的年代，眼神清澈，大把的时间用来固守自己的内心。很多人刚满二十岁就开始怀旧，这一路走来，总是频频回首，带着种种复杂情绪回味青春时代的乐与怒，爱与愁，纠缠与别离，执着与放下。

那一年作为大一新生，我被一位热心的师兄引领着，踏进人大校园，那时的我犹如刘姥姥进大观园，满心欢喜。所到之处，四顾都是高大的宿舍楼和教学楼，比中学气派多了。这就是传说中的大学！我很欣喜。但是，师兄有些抱歉地告诉我：人大校园实在乏善可陈，条件艰苦，你可千万不要失望。安顿下来，在学校里住得久了，才发现师兄当初的抱歉的确不是客气。20世纪90年代的北京众多高校，别说北大、清华那巨大的校园面积，著名的一塔湖图，就算临近的北理工，也要比人民大学的校园恢宏崭新。彼时的人大校园，被二炮家属院夹击着，狭长纤细如一条带鱼。在这种趣怪的地理条件下，人大校园，被泾渭分明地分为东区和西区。

说起来真是一把辛酸泪，东区和西区的生活设施水平完全不在一个历史阶段。东区的食堂美食很多，品种更丰富；西区食堂，品种单一，号称鱼香肉丝的菜里面常常是茄子和肥肉丁，汪着半碗油。好像当时有人做过精确比较，东区食堂师傅勺下的一两米饭，也比西区食堂要大方慷慨，分量更足。除了东区食堂之外，东区还有更美味价廉的清真食堂，以及有很多新鲜花样的留学生餐厅——我们吃饭的地方叫食堂，人家吃饭的地方叫餐厅，听听这档次。但那么美好的清真食堂，我是直到大四，胆子变肥了才敢进去的。之前一直认定那是对少数民族同学的福利，自己没资格享受。留学生餐厅，大学生涯四年终了，我都没机会也没胆量进去过。听去过的同学说，那里卖意大利面和沙拉，常常看到裹着军大衣的黑人兄弟们和白脸的东欧留学生们——人大当时特别受第三世界留学生欢迎——他们拿着饭盆，操着或者很流利或者不流利的汉语，跟大师傅说我要这个，我要那个。

东区澡堂更宽阔，喷头更多，热水更冲；西区澡堂呢，地方小，女生又多，因为当时大概七成女生都住在西区，还常常停水。女生洗澡程序是复杂的，当时澡票都是按一人一周一次来供应，洗个澡太不容易了。于是西区女生澡堂内，常常发生如下的情形：一个女生占着一个喷头慢悠悠又洗又搓，旁边一个等位子的女生忍了又忍，终于怒了，两个人一通暴吵……为了避免大学没念完就在澡堂因群殴被打死，我宁可选择多走两步，去东区澡堂解决个人卫生问题。记得东区澡堂门口还有比较高档的美发馆，有一次碰到长发飘飘的好雯同学在那里焗头发，价钱好像是二十元一次。令我目瞪口呆，二十元，对当时的我来说代表着很多钱。从此明白了要维持那么黑直柔亮顺的一头长发，其实是很辛苦的。

记得每次在东区洗完澡，可以走进附近的乐乐咖啡厅，花三块钱来一碗热腾腾的米粉，用来补充体力。嫩滑的米粉太好吃了，有绿叶菜，有肉片，还有炸得酥脆的黄豆。可惜太贵了，我只允许自己在每次洗澡后才能如此奢侈地犒赏一下自己。

西区食堂的饭菜的确水准一般，我跟它的缘分十分短暂。大一时还算勤谨，早上还能从床上爬起来去出早操。最重要的是要在出勤卡上得到当时体育老师盖的那个章，表明你出过早操了。然后顶着凛冽寒风跑到食堂去打一个馒头，半块腐乳，跑回宿舍吃掉，浑身暖和和地去上课。西区食堂唯一能称颂的大概就是馒头，白，暄，大，特别滋养人。同宿舍的姐妹阿蒙和天亮大一刚来的时候都很瘦。阿蒙是因为来自广西，酷热之地出来的人都瘦；天亮是因为年纪太小，来上大学的时候还没发育完全。彼时她那把细腰，啧啧，估计男生一只手就掐得过来，细得好像一不留神就要折掉了。我们戏称她是“人大第一细腰”。即使这么纤弱，大一第一个学期的大馒头生涯，把她们两个人的脸都滋养得又圆又白，一放寒假，两个姑娘都顶着一张月饼脸回家了，让家里父母又惊又喜：北京水土太养人啦！还有同学喜滋滋记得西区食堂的肉龙，金牛君还记得当时有饺子卖。我一直讨厌吃带馅的食物，所以完全没有印象。

年轻的我其实挺龟毛的，讨厌排队，讨厌那种狭窄的小桌子小椅子，讨厌食堂地面上一洒水就滑得像冰面，讨厌地面上为了防滑铺上一层锯末把鞋子弄脏。于是从大一第二个学期开始，我在西区食堂的二楼吃饭。那里的窗口卖鸡丝面，六毛钱一两。我买二两就能吃饱。久了，那个负责打面的大师傅都认识我了，往往勺下留情还能多给点儿。记得大三献血后，那个大师傅还叮嘱我：献血了就别光吃鸡丝面了，得吃猪肝，那玩意补血，听得人心里暖暖的。

西区二楼挂着一个大电视，上面重复重复又重复地播放着迈克尔·杰克逊的MV。我常常坐在角落，一个人吃面，两只眼睛盯着电视屏幕。二楼还可以点菜，据我那记忆力如同照相机一般精确的闺密月儿回忆，有九块钱的宫保鸡丁和鱼香肉丝，三块钱的酸辣汤。我只记得那里卖一道菜叫砂锅豆腐。每次妈妈或者哥哥来看我的时候，我就带他们来西区食堂二楼，总是要点这道砂锅豆腐。在我大学四年期间，爸爸来看过我一次，和哥哥一起来的。那是在一个冬日，我们三个人也是坐在二楼。我看着爸爸用勺子舀起一块豆腐，热乎乎的豆腐在冬天吃，很暖。

因为我家离北京最近，上学的四年期间妈妈常来看我。那时她已退休，哥哥还没结婚，是她一生中最为清闲的一段时光。妈妈烧饭的手艺非常平常。刚进大学没两天，就有同学因为食堂的饭菜难吃开始淌眼抹泪地想家。我却觉得食堂的饭菜比家里的好吃多了，起码舍得放油。可见我妈做饭的水平。但妈妈在的那几年，总会想办法给我们弄点儿好吃的。她也不知道跟谁学的，用切得很细的榨菜丝炒肉丝，咸淡合适，油而不腻，很适合下饭。妈妈常用那种大可乐瓶子装这个菜，一筷子一筷子往里续，总是塞得满满的一大瓶，来了就从包里掏出来放在宿舍桌上。有时候妈妈还没走，宿舍姑娘们已经围在桌旁吃掉半瓶子。妈妈那种心软的女人就见不得这个。记得有一次她临走前，眼角含着泪花跟我悄悄说："你们这些孩子在外面太吃苦了，这是有多缺嘴啊。"

记得有一年元旦，放三天假，我从一个在北京的远房亲戚家里借来一个黄铜火锅。宿舍诸人从西门外胡同里买了肉、豆腐、粉条，还搞到了炭，三天假期，我们缩在屋里涮火锅。吃饱了就睡，谁睡醒了，添点儿炭就重新开锅。后来才知道这样很危险，一不留神我们可能全宿舍都会中煤气。这种点着火锅，关着窗户，闷头大睡的情形，很接近日后很多香港人搞过的烧炭自杀。大二开始，接触到西门外胡同的苍蝇馆子，接触到炒菜，接触到冰凉啤酒。开始在深夜时分，目睹那些如意的或者失意的年轻男女们，踉跄着脚步，从胡同里钻出来，横穿车流不息的马路，跌跌撞撞地回到宿舍。有时候，酒醉的人甚至就歪倒在宿舍楼门口，坐在台阶上哭泣着，面前一摊冒着热气的呕吐物。那时候啤酒卖两块钱一瓶，退瓶时还退两毛。学八楼的男生常常夹着条麻袋，跑到西门外胡同去买啤酒。青春的回忆，永远和那种绿色玻璃瓶子装着的燕京啤酒摆脱不了干系。

大学四年，谈了半年的恋爱，然后用两年去消解那份焦灼的痛苦。莫名其妙地，在校园里认识的人开始多起来，经常走着走着，就有人过来跟我打招呼，问我还好吗？天黑下来，如果觉得寂寞，就走出宿舍，走出西门，钻到胡同的苍蝇馆子里。运气总是那么好，总有一桌会有人站起身来打招呼，于是就势拉张板凳挤着桌旁坐下，向众人点点头，拿起筷子开始旁若无人地甩开腮帮子大吃大喝。记得大四那年开始，基本上一天两顿都有机会这样蹭上饭。常常吃完了都不知道负责埋单的是哪个家伙。

不想见人的时候，学九楼对面那个卖零散物品的窗口小卖部的作用特别强大。90年代在人大西区住过的男女学生们应该都记得那个瘸腿大叔，住在二炮家属楼一层，极具商业头脑，眼明手快地在面向人大校园的窗口开辟了那家小卖部，还有一部公用电话。又是记忆超群的月儿提供的鲜活资料，我必须得全盘复录如下：“学九楼对面的瘸腿大叔的小卖部才是我最多光顾的地方，三角蛋糕只要一块五，汉堡包算奢侈的零食，要三块五一个，和路雪的梦龙和可爱多彼时也是奢侈的。我们常吃的是新大陆，各种口味我最爱香芋，只要一块五。我的记录是一晚上吃了十二根。彼时只会以食解忧。”吃货的碎碎念啊。

我去瘸子小卖部常买的是美厨牌黑椒口味方便面，一根双汇火腿肠，总共两块钱。拿到宿舍，方便面用热水泡开，火腿肠撅到汤里，开吃，就算一顿。还有在夏日洗完澡后，披着一头湿发，跑到窗口花一块钱买那种塑料袋装的冰淇淋，有粉色香草味道的，紫色香芋味道的。拿到宿舍，用勺子舀着吃，一口气能全部吃完。我还常常光顾邮局旁边的那家国营气息浓重的商店，带柜台的那种，他们家卖一种熟食叫干肉肠，三块钱一根。大三开始，我常常逃课去图书馆看书，一看就是一整天，那会儿生活不规律，吃饭已经无所谓饭点，常常看着看着书，觉得饿了，就去那里买一根干肉肠，用塑料袋包着，跑到附近的核桃林找个地方坐下，眼睛看着来来往往的人，一口一口地吃光它。现在想想，那时候的饮食结构有多么不健康啊。

对于我们西区学八楼和学九楼的学生而言，西门外的苍蝇馆子，是打牙祭最好的地方。记得有一家小馆子为了表示自己价廉物美，曾经推出过一种学生套餐，十块钱两个菜，一荤一素，米饭管够，一人一瓶啤酒。周末晚上，我和月儿常常在下了班之后——我和她一直在学生活动中心打工赚取零用——就去那家小馆子吃夜宵。两瓶啤酒都归我，我们谈天说地，思想的火花不停碰撞，常常冒出各种金句。有时意犹未尽，两个人回到宿舍楼也不舍得分手，就跑到一楼楼梯尽头，坐在楼梯台阶上继续聊下去，一直到黎明的曙光穿过楼门，提醒新的一天即将到来。

那是我大学时代最美的回忆。虽然失去了爱情，满心伤痛，但互相懂得的友情救了我。那种懂得的确是一种慈悲，在最黑暗无助的日子里如一盏灯，照亮了我。大四那年，西门外胡同里的小馆子就跟商量好了似的，奉上一种叫麻辣烫的新吃法。那种廉价的桌子当中被锯出了一个圆洞，放着通煤气的锅子。年轻学生们对这种吃法都很好奇，要菜，要肉，要宽粉，要豆泡，要鸭血，一份份点齐了，几个人围着热气腾腾的麻辣汤锅坐着，用筷子夹着各种食材，下到红彤彤的热汤中，涮之。我记得自己平生吃到第一口麻辣烫，眼泪就下来了。现在脸色不变能吃辣的功力，都是在那一年打的底。

临毕业时，我总是跟闺蜜娜娜伙着一大帮人去吃。在饭桌上，越过热气腾腾的锅子，我发觉娜娜特别会照顾人，总是张罗着这个熟了，这个可以夹到碗里。而我，就是那个低头勇猛地吃着菜，抬头大口喝着啤酒，一直受这些好心人照顾着的怪脾气家伙。

在足球场旁边，一片竹林掩映下，有一家号称人大最贵的餐厅叫乡音阁。大四那年，我一直跟月儿念叨着，走之前要去那里吃一顿。后来好像也没能力实现这个梦想。倒是在我毕业离开学校后，月儿大着胆子进去，点了一份十块钱的朝鲜冷面。那时候西门外胡同里的牛肉面，一碗只需要一块五。当年，校园民谣正流行。在高晓松众多的作品中，我偏爱《流浪歌手的情人》和《冬季校园》。那时候放了寒假，校园变得空空荡荡，我一个人毫无目的地走着，口袋里装着爱华牌随身听，反复地听着那些哀而不伤的歌曲："我亲爱的兄弟，陪我逛逛冬季的校园，给我讲讲，那漂亮的女生，白发的先生，趁现在没有人，也没有风……记得校门口的酒馆里，也经常有人大声哭泣，黑漆漆的树林里，有人叹息，那宿舍里的收音机，也天天放着爱你爱你，可是每到假期，你们都仓皇离去……"回顾西区往事，发现青春时代那一个个没有完结的故事，就如同一场没有谢幕的演出，人犹在台上，心境却早已散场，个中滋味咂摸起来，有限悲凉，无限哀伤。

不管你是谁，
我总是仰仗陌生人的善意

看了很多人都叫好点赞的日剧《火花》，看得眼泪汪汪唏嘘不已。晃晃悠悠的手提摄影，电影感十足的长镜头，纪录片式的表演和状态细节，讲述的却是日常生活的平实和深情。

每一个在青年时代曾经在大城市独自生活过、奋斗过的人；每一个曾踉跄在深夜的街头，带着醉意迷蒙、看不清前路的人，看这部日剧都会忍不住痛哭一场。

梦想成为漫才师的青年德永，和搭档还在想红的奋斗之路上一路狂奔着。在热海的夏季烟花大会上，他们联袂出场的时候，所有观众都已经准备起身去海边看烟花了。他们精心准备的段子和梗，无法引起那些心不在焉的观众们的注意。节奏全乱，阵脚全乱，作为极力想引起哄堂大笑满堂彩的新人，观众们的纷纷离场，令他们溃不成军。但在现实中的挫败，并不能阻止一个青年向往成功的希望火花，在内心灿烂地满天绽放。

德永是一个相貌清秀，性格腼腆的青年，在十集的篇幅中，我们看到一个个长镜头中的他，去经纪事务所，接那些要穿戴着卡通服贩卖牛肉饭的窘迫工作，去搞笑大赛的评委面前，极力拼凑笑点争取好印象。给邻居那个卖唱的青年当托儿，每次都在恰当的时刻，当众在他的吉他盒里放下千元钞票。终日在咖啡馆静坐苦思着新梗，咖啡馆老板小林薰桑，会沉默地倒上一杯手冲咖啡，推到他的面前。深夜在公园排练着，因为段子里有毒品两个字，被路过的警惕性极高的警察叔叔抓到派出所去。待搞清楚真相，他和警察叔叔两个人一人一碗方便面度过了新年之夜。在师父和女友家过年，吃热腾腾的火锅，一口食物下肚，他的眼圈会红起来，说：和家乡的味道一样。他穿着软塌塌的风衣，脚步蹒跚，穿过深夜的街道。夜半有时坐在自己租屋的楼下，听着邻居那个姑娘和男朋友做爱的声音，面容戚然孤单。

德永的师父神谷是一个神神叨叨的前辈，会指着要离场的观众的脸喊着下地狱吧！会在公园里教训黑人鼓手热情点儿，再热情点儿。会瞪着打瞌睡的评委，把睡着了当作梗临时编到笑话里去。会拉着德永在天微微亮的街头，陪着自己的女朋友去往上班的路上，然后三个人互相祝福新年好，又是一年，一定会是个好年头……

这是十几年前在日本奋斗着、想实现梦想的青年的故事。原著小说获得了芥川大赏，作者本身就是一个没混出来的漫才师。奋斗道路上的种种辛酸，笑和泪，信手拈来。

在二十多岁时吃的那些苦，会成为中年时喝两杯小酒、回首人生时的丰富谈资。因为穿越了重重岁月，再回忆，那些苦难已哗然变身，具有了一种沧桑的美感。

突然想念叨念叨我年轻时的那段岁月。大学毕业，为了一个北京户口，我就职于一家体制内的体育类杂志社，条件有点儿苛刻：试用期四百元，正式工资八百，不解决住宿。之前父母已经替我出了一万两千元的留京容纳费（这个政策实行几年后就取消了，我们属于不幸赶上的那几届），自此再不好意思向他们索取经济上的任何援助。

搬出学校，我栖身于东四的一处大杂院里的一间小平房内。一个人，没有男朋友，仅有的一个邮政存折里，有大学四年靠硬省和打工攒下的一千元钱。我发誓不到万分火急，决不动用这笔金贵的存款。

离校那天，是舍友花红帮把我所有零碎从学校搬到那间小屋的，我俩在胡同口那家臊气冲天的卤煮店吃了碗卤煮，那味道……我和她边吃边皱眉摁着胸口隐隐作呕，但花钱点了的食物，含着泪也要吃完。吃光那碗卤煮，我和她道别，她要离开北京去盘锦。再见面是一年以后，她离开盘锦，经由北京去往广州。

住平房是我之前从未有过的经历，没有暖气，没有厕所，没有厨房。要方便，冲出小屋，冲出大杂院门口，跑到胡同中段，那有一个公共厕所。洗澡？太奢侈了。我倒是看见有邻居家屋顶上放着大大的黑色软胶皮水袋，那玩意在夏天就是简易太阳能洗澡设备。就算是那种简单的设备，在当时的我眼中，已然是无法实施的高科技。没事，幸亏就职的杂志社有公共澡堂，去上班，对我来说就是去洗个热水澡，顺便把工作干了。

即使是这样的简陋，但能够独居的我在众多只能住集体宿舍的同学眼中，已然是鹤立鸡群。小平房所在的地段实在是好，常常有同学来我这儿串门聊天。闺蜜月儿有事没事就坐着有线电车从学校穿越大半个北京城来找我。向北我们可以溜达到三联书店，在那里消磨一整天；向南我们可以一直走到东单北大街，一路上贪婪地欣赏着外贸小店的橱窗。附近的隆福寺那会儿还算热闹，我们偶尔也会去那儿随便逛逛，吃碗羊杂汤。

大杂院的露天院落内，我那间小屋的门口，有一根属于我的自来水管。眼看着天越来越冷，树叶还没落光，我已经开始担心水管会被冻住。工作的杂志社主编翟哥是个好人，生怕冬天水管会冻裂了，我没有水用。这位大哥当年从他住的古城，星期天辗转换乘地铁公交，跑到我住的大杂院里，自费购买保暖材料，帮我把露天的自来水管缠了又缠。那种保暖材料粘在身上是很扎人的，他回家后，洗了澡还觉得痒，让他媳妇挠了又挠。第二天上班当笑话跟我们说。但在那个酷冷的冬天，那样被精心包裹、穿了一层衣服的水管还是被冻住了，我只得觍着脸向邻居每天借上一桶水，用来洗脸刷牙喝水和擦身。《火花》里男一号在寂静的夜晚听到邻居夫妻做爱传出的声音，那种让人哭笑不得的遭遇真的在我身上发生过，特别尴尬。第二天一早上班出门撞到邻居两口子，我都窘得不好意思抬头跟他们打招呼。

那时很穷，嘴馋极了。每天下班回家路上看着胡同口卖炸鸡腿的摊子咽口水。八元钱一个鸡腿，我需要额外赚到稿费才会奖励自己吃一个。在杂志社中午一般是去吃那寡淡的食堂，有时候嘴馋，就和同年进杂志社的女孩子小武，跟翟哥起哄，让他请我们打牙祭。其实翟哥比我们只大三岁，那会儿刚结婚，正琢磨着买房，并不宽裕。耐不住两个小丫头流着口水可怜巴巴的眼神，他常常请我们吃锅包肉。那家小饭馆的锅包肉是自己调的糖醋汁儿，味道要比加现成的橘子汁地道多了。

那时虽然不喜欢体育，但我还是积极写稿，以赚取额外稿费。当时有个中学男同学英语特别好，他帮我把美国体育杂志的NBA专栏文章翻译好了，寄给我，我润色编辑成文。赚得的稿费应该是他的，但他慷慨地跟我说不要了，都给我。这些稿费像及时雨一样解了我的燃眉之急。让我终于守住了诺言，没有动用存款，度过了挣四百元试用工资的最艰难岁月。谢谢你，耗子。

转年还没到春天，房东因我私人原因突然要把房子收回，只给我几天时间搬家。很感激杂志社的司机老大哥出了车，以丁老大为首的大学男同学们出了力，大伙花一个周末的时间帮我把行李和上百本书搬到办公室。我还记得那个司机大哥，用老北京人特有的平和腔调，安慰着几乎是一夜间就无家可归、处于焦虑中的我："别着急啊，咱们老百姓，平时不惹事，可事来了也不怕事……"

整个春天，我穿着厚重的羽绒服——换季的衣服都打在行李里放在办公室——背着一个双肩包，下了班跑到金台路，跟天亮在报社她那间窄小的双人宿舍的单人床上挤着睡。坚持了两个月，我那种狼狈的状态令杂志社老总实在看不下去了，只得帮我在龙潭湖体校找了一间空教室暂且栖身。

那个初夏，我骑着自行车，很愉快地穿梭在从工体到龙潭湖的车水马龙之中。每逢骑到东单公园，还会驻足张望，好奇王小波笔下的东单公园里面到底是什么样子的。因为年轻，所以那种物质匮乏所带来的折磨，咬牙熬啊熬，就挺过来了。

我住在空教室里，白天，体校的孩子们就在中厅那头的教室里上文化课；黑夜，偌大的空洞洞的整栋教学楼里，只有我一个人住着，偶尔走出房门到水房接水，黑漆漆的通道里，自己的脚步踢踢踏踏，有着响亮的回声。幸亏那时我还没看过贞子系列，现在回想那栋陈旧的教学楼，真是拍摄日本恐怖电影的好场景。

到了七月底，在石景山某公司上班的闺蜜娜娜租了一套平房，她愿意跟我分租，房租一年只要一千两百元租金，两个人分摊的话就是一年六百元，我承担得起。于是我决定搬出体校的那间教室。记得很清楚，八月那个星期日，我一直在等待一周前就约好的搬家公司，从早上等到天黑，也没等到搬家公司的大卡车。打电话过去询问到底出了什么事？搬家公司抱歉地答，因为五十年一遇的南方大水，全北京的搬家公司在那一天都被政府征集，要在白天运输救灾物资，我要搬家，只能等到半夜。

那一夜，顶着沉沉夜色，我坐在搬家公司的卡车上，把大包小包搬到娜娜租住的平房里，伏天的热气还未散去。娜娜租住的平房是在北京的西边，一号线地铁西边最终点，出站还要走上半个小时。房子其实是园林局的员工宿舍，整整一个院落里，每间平房里都住着一个前途未卜的年轻人。前年的夏天，我和金牛君曾经一时兴起，跑到那里想去怀旧，却发现那片平房全被拆掉了，只剩下一个大门，整个院落长满了稀稀落落的一人多高的野草。

同住的那段时间，我和娜娜都在经受着初入社会的煎熬。虽然那等煎熬现在看来如同一个屁一样可笑，但当时我们自觉前途黯淡、工资微薄、年华老大，每一件忧愁都像一座大山，沉甸甸地压在心口。我因为做着一份工资菲薄且完全不喜欢的工作而长吁短叹；她为了是否要跟分隔两地的青梅竹马相爱下去而呕心沥血。两个二十岁出头的年轻姑娘，一思虑到明天就在深夜辗转反侧，每天早上起床后，又装成一副打不死的小强样儿，勉强挤出笑脸，互相鼓励对方：努力！奋斗！

住处附近有一家小白羊超市，门口有片空地，一到傍晚就有人出烧烤摊，卖一毛钱一串的羊肉串，上面串的哪里是肉块，简直是肉屑，整串羊肉串像蚊香那么细。但即使是这么寒碜的羊肉串，我和娜娜也要等到发了工资才能奢侈地吃上一回。两个人就着啤酒，一口气能吞下五十串，然后稳稳神，看着不远处高楼大厦的灯光，开始畅想什么时候才能有一套属于自己的房子。彼时，我们仰望着亮着灯光的窗户，满脸神往。然后再开一瓶啤酒：老板，羊肉串再来五十串！

娜娜母亲病重，让她回老家去。当时是将近十二月的天气，外面已经开始飘雪。我为她整理行装，她说：“也不知道我下次回来，能不能看你已经找到男朋友。”我说：“嗯，可能我的真命天子就在下个月出现也说不定。”

娜娜走了，她没有像许诺的那样再回北京来。我一个人住在偏远得似乎都不是北京的那间小平房里，上班坐地铁一号线倒二号线，一直坐到东四十条，下班后坐地铁回家。出站后在站口卖肉夹馍的摊子上买两个肉夹馍，边走边狼吞虎咽，待走到家门口，晚饭也就解决了。有的时候下班路上太累，坐在地铁上一路睡啊睡，睡到终点，所有乘客都下车了还不自知。有几次列车已经进入黑漆漆的车库我才猛然惊醒，一跃而起在空无一人的车厢内猛拍车门。幸亏，每次列车只是在车库里掉个头就会重新出站。我站在车厢内，又一次看到亮光，真是宛若新生。

记得租住的平房里简陋的条件：夏季好热，我常常在半夜被涌进窗户的热浪闷醒，为了继续睡下去，只好把凉席铺在地上，身边放一盆凉水，热得实在受不了就撩一把水到身上，然后湿漉漉地翻个身，继续睡。而到了冬天，简直冷得令人发指，有一天早上我发现铁门经过一整夜的低温结了冰，把门整个冻在门框上，我连门都打不开，只能等太阳出来了温度升高才能把门撞开。

我的邻居们是一群毕业于北工大的大学生，跟我一样，为了一个北京户口集体就职于园林局。他们中间有的人已然认命，甘于在体制内浑浑噩噩地混着，有的人跟我一样心比天高，总觉得外面的世界很精彩，努力凑够违约金就毅然离开原单位，去往更广阔的天地。

邻居们很照顾我，半夜狂风骤起，把我家的窗户玻璃撞碎了，他们帮我量好窗户尺寸，到自由市场割了大小相当的玻璃，敲敲打打帮我安装好。邻居中有一对跟我年龄相仿的夫妻，男方的大哥从老家来投奔他们，住在他们家的小厨房。那个大哥来北京是学厨师的，他跟我借我家的小厨房使用，我欣然同意，反正我一个人也不开伙。那位大哥自此每天都去菜市场买回来新鲜蔬菜，一头钻进小厨房磨炼手艺，每晚等我下班，他会留一份热腾腾的饭菜给我吃。

那时候穷到什么地步？每天我的胃都在叫嚣着要吃肉，吃大块的肉。留校工作的阿蒙那会儿常常打听，有什么同学要在学校附近攒饭局，只要她通知我有人请吃饭，我就坐公交车穿越整个北京城，就为了赶一顿有人请客的饭局，可以坐在饭馆的圆桌旁甩开腮帮子大块吃肉。

除了要能自己养活自己，我还要存出交违约金的钱。第一个接收我的单位给了我北京户口，虽然我一直心心念念要离开那家杂志社，但我是签了五年合同的，于情于理，我想提前离职必须要交上一笔在那时对我来说数额巨大的违约金。

现在回想自己在北京孤身奋斗的那三年，经济状况一直很窘迫，精神上也很惨，投契的女性朋友大半都在外地，工作前景完全看不到出路。彷徨，无助，靠着每天给自己打气，完全像一个小动物般跌跌撞撞，凭着一股初生牛犊不怕虎的奋勇，想在北京冲出一条血路。

我有大把的空闲时间，多亏大学同学帮忙，给我一个机会为一家报纸副刊写文章赚取稿费，我自己找选题，主要描写那些追逐梦想的人们的人生故事。当时成府路上很多开店的老板都成了我笔下描摹的人物。开在破烂的成府路上的雕刻时光咖啡馆，当时已经有点儿名气，在他家店里，每周会有一两个晚上放映当时外面看不到的电影，比如北野武或宫崎峻，比如贾樟柯或阿巴斯，比如侯孝贤或杨德昌。

老板庄仔是一个怀揣电影梦却开了咖啡馆的台湾青年，我那篇登在报纸上的小文多少给他们家的咖啡馆制造了点儿影响，于是在他那里混了个脸熟，常常有事没事就跑到那里坐半天，喝泡着柠檬片的免费白水，看那些从台湾带来的繁体字的电影书籍。

那时庄仔一直有一个想法：要把他和他老婆小猫相识相爱的故事拍成电影，据说筹拍资金都准备好了，但当时咖啡馆的琐事缠身，写剧本的事情被他一拖再拖。后来他跟我商量，由他口述细节往事，我来构思动笔，把他和他老婆的那点儿爱情故事写成电影剧本。于是每逢不上班的日子，我就穿越半个北京城跑到咖啡馆，比上班还勤快。当时写剧本对我来说只是一个借口，最诱惑我的是可以免费吃他们大厨做的掺着青豌豆的蛋炒饭，香喷喷的肉酱意面。那时雕刻时光的客人还不多，空气中有我不知道名字的音乐飘着。午后，我吃饱了，闻着店里的咖啡香，坐在靠那个拱形玻璃窗边的椅子上晒太阳，摸着那只乖乖的老猫，打着哈欠，睡眼惺忪，听庄仔眉飞色舞地讲述他和小猫在那个夏天如何在开往新疆的火车上一见钟情……

那时我连电脑都没有，整个电影剧本是用手写的。断断续续花了近一年的时间。结果写完剧本，庄仔说资金有点儿问题，没到位，先等等。我就忙着跟金牛君重逢、恋爱、结婚去了……这一晃多少年过去了，那卷手写的电影剧本还在书架某个角落窝成一个卷儿，蒙尘大睡。他那部计划中的爱情电影还是没开机。

那时还采访过三夫户外的老板张恒，他刚创业，在成府路上开了第一家专门卖户外用品的门店。那会儿三夫俱乐部的驴友才刚开始有点儿规模，客人很少。我去他店里串门，常常跟他和他当时那个胖胖的女朋友坐在沙发上，看一下午周星驰电影消磨时间。他俩当时还特别热衷参加社会活动，那年美国轰炸了我驻南斯拉夫大使馆，他俩放下生意，跑到北大，跟一群在校大学生挤上大巴跑到美国大使馆去抗议示威，留下我和他们家伙计呆坐，看守着冷冷清清几乎无人光顾的店面。

每次回想起三夫在成府路上开的第一家店，我的眼前就浮现出他那个胖胖的女朋友的笑脸。赶上饭点去他们那儿蹭饭，他们会愉悦地叫伙计去买份干煸牛肉丝，加个菜。有时候太晚了公交没了，我又不舍得打车回家，他们就抽出一条睡袋，让我睡在他们家门店里。

光靠写稿子赚稿费，还是穷。经朋友介绍，我去了央视早间新闻兼职做报摘编辑。一个夜班可以赚三百元。为了早日独立上岗，我每晚都在前辈的指导下，学习打字，熟悉电视台的编辑系统，练习在导播台上的操作，整夜跑跑颠颠，希望自己的勤快努力能让制片人看到，能早一天让我独立上岗，好赚到那一个晚上三百块钱的报酬。

靠着在央视上夜班的兼职工作，我终于在1999年年底凑够了违约金，多亏当时杂志社那个女老总通情达理，她没有刁难我，顺利地放我离开。那时我已经找好了下家，应聘到一家针对二十五岁以上女性、即将创刊的时尚类杂志。在那家衣香鬓影的杂志社内，我的大多数同事都是北京土著，有钱有房有老公有零花钱，她们穿着精致，谈论着我完全不知道的品牌，动辄午休时间就去附近的新天地逛街购物。她们是赚钱买花戴，而我不是，我是来赚钱养活自己的，老子留在北京是来奋斗的！

那时做一个时尚编辑，真是拿着两千月薪，教一群月薪十万的人们如何穿衣打扮。苦哈哈，还要外面风光。一下班我常常被同事拉着去附近的秀水街，买各种A货，准备好行头，才能体面参加下个礼拜杂志社举办的某次活动。那时如果整个出版社评选全社着装最土气奖，我肯定高票当选：留着板寸，不会化妆，不会穿高跟鞋，穿裤子的时间多过穿裙子，完全不知道任何奢侈品品牌。只拿两千多元的月薪，但如果按照时尚圈的规矩打扮起来，在当时每个月光服装费也要花一千。时尚圈那些举着酒杯高大上的活动，作为普通小编没资格在闪光灯前含笑露脸，只是在台下幕后被驱赶着打杂忙碌。我觉得完全看不到前途和钱途。于是我很狡猾地保留了在央视兼职的夜班工作。

昼夜颠倒的日子真的很辛苦，每次下了夜班，我坐着小巴，打着哈欠赶往位于王府井的杂志社，到了那里我要装出一副精神抖擞的样子，不能让杂志社的老总看出我在外面兼职。

那时我和一个学日语的女同事晓静，作为创刊时仅有的两名编辑，努力打拼着，幸亏那本杂志当时是双月刊，工作量虽然很大，但还能勉强应付。昼夜颠倒，同时做着两份工作的我，坐在电脑前跟美编商量着版面，常常说着说着，就一头栽在桌子上睡着了……

苦吗？现在回头想想，真苦。但回味的时候苦的滋味已然散去，能记得的，全都是一路上偶遇的那些好心人，他们曾对我露出善意的笑容。正因如此，我才尤为喜欢这句话：不管你是谁，我总是仰仗陌生人的善意。

看着《火花》里的长镜头，看着德永背着双肩包，一路走在东京夜晚的街头，背景音乐或者很燃，让人热血沸腾；或者悠长动听，让人有回首当年的冲动。很怀念二十多岁那时的自己，什么都没有，只有使不完的力气和对未来无尽的希望。

庆幸那时的我赶上了一个好年代，那一代的姑娘，是读着舒婷的《致橡树》长大成人的。在我们心里，从来没想过，青春年少的终极任务是要找到一个如意夫君，找一个安乐窝，解决一切经济问题，然后像软体动物那样靠在人家身上，就此托付终身。

我们希望能成为并肩的乔木，根植于大地，努力向上生长。即使结婚，也是为了找到一个志同道合的伴侣，两个人在这座陌生的大城市互相温暖，相依为命。

从学校毕业进入社会，从学生蜕变成社会人，独立生活的那几年，是我生命中的底色。即使艰难，但一个人能够独立，才是生存于这个世界的底气。自己这双手，才是营造安乐窝的全部来源。

刚工作时，常常一个人坐在深夜归家的有线电车上。记得有一晚，在晃晃悠悠中我突然看到远处灯火闪亮的天安门城楼，就在那一刹那，我觉得自己一个人，占领了北京这座城市，虽然一无所有，但却满心狂喜。

尼扎兄弟，
一封寄给你的信

我的尼扎兄弟：

因为人大九三级大群的建立，很多同学分别将近二十年后在微信群中欣然重逢。十月六日下午，法律系的一位同学提到你，说你已经去世。我不能置信。再三确认，他提及的那个于今年三月猝然与世长辞的人，真的是你。

很难过，很难过。虽说人这一生，如梦幻泡影，如露亦如电，当作如是观。但得知你走得那么急，那么早，还是忍不住心酸和难过。

在我记忆中，你还这么年轻，总是温和地笑着，似乎马上就要从背后那摞书堆中抽出一本来递给我，说："来，读这一本。"

我们相识在1994年的秋天，我愣头愣脑地撞进你们的小圈子，那时跟你并不熟悉。你总是混在一群人中间，有时身边跟着你那就读于民族大学的女朋友，雪云，大家混在一起聊着什么。你的声音很轻柔，常常聊一会儿你们俩就匆匆离去了。

真正跟你熟悉是在1995年冬天，广电课老师要求我们制作采访作业，我找到了你，要做一期有关于藏传佛教的节目，因为你是那个圈子里公认的最富有学者精神、最喜欢研究学术的人。

记得在达娃老师住的单间里，我和你，还有经济系的索达，围着一套简陋的录音设备，三个人开始结结巴巴，后来越说越流利，你仔细讲解了苯教和藏传佛教的区别，讲述了莲花生入藏的传说，还有黄白花红各个派别，以及著名的格鲁派大师宗喀巴的故事。

因为你的帮忙，那个作业我拿了一个优。大学四年我学业惫懒，拿到优的次数寥寥无几，这是印象很深的一次。于是就算熟人了，在校园的人流中，有时遇到你，我会很高兴地跟你打个招呼，就像是见到了自己的兄弟，有一种莫名的亲切感。

我们凑巧都选了单教授的选修课，记得单教授很喜欢你，曾说你有做学者的潜质。我和你有时候碰上了，也会有一搭没一搭地聊天。你是汉藏混血，因此兼容并包，看待一切人和事物的态度都更加温和淡定。你博闻广记，藏书丰富，记得是你给我讲述犍陀罗艺术，还把相关的书借给我看。

后来零零星星听说了你跟女友雪云的恋爱故事，知道她为什么要留着那么长的头发；知道她和你从中学时代携手，一路考到北京有多么不容易。因为你对雪云的爱护，旁观着你们如此平静的爱情生活，当年的你们，在我心中，宛若神仙眷属。

1996年夏天，我在拉萨等回去的机票，天天闲得跑到布达拉宫后面去转经筒。你见到我那副撞到南墙心已死的样子，笑着说：“书里有句话，执着如怨鬼，你就此放下吧。”

我们坐在小酒馆里，一起喝了很多啤酒，我心里明白，你劝我的话都是对的，作为朋友，你是真心为了我好。

大四那一年我都很闲，常常白天晚上满校园溜达。有时在东区遇上你，你会说天很晚了，快回宿舍吧。有时你还会推着自行车送我回学九楼。我们一路走过仍在喧嚣的英语角，走过银杏林，走过教一楼前的大草坪，不记得天南海北聊过什么了，只记得我和你都在憧憬着毕业后的生活。我发誓要留在北京；你温和地说，你要和雪云回到拉萨，要改变那个地方。那个时候，你的眼睛里有那个叫作悲悯的东西，在闪光。

大四我喜欢泡在图书馆看书。每看到一本不错的书，等下次有机会见到你，我就要讲给你听，你听了之后总是会有更好的建议。因为受到你的启发，我至今都对宗教、人类学、考古学方面的杂学旁支分外感兴趣，虽然仍旧是野狐禅。

尼扎，你知道吗？我的一个闺蜜当时非常喜欢你，觉得你眉眼中有濮存昕的风采，于是她调皮地给你起了一个外号：胖版小濮。

有一次我和闺蜜在西门外小饭馆吃饭，你和一群朋友凑巧也来了，在另一桌吃饭。你过来跟我寒暄了几句，径自走到老板娘那里买了一桶可口可乐，放在我们的饭桌上，笑笑，然后就跑到另外那桌和朋友们喝酒吃饭了。

只是一桶可口可乐，只是轻轻放在我们的桌上。但那个关照的举动，让我知道，还有人关心我，如手足，如兄弟，如懂得我心事的好朋友。那一刻，我和闺蜜至今难忘。高仓健曾说：触摸到别人的善意和温暖的时候，就是幸福的时刻。是的，就是那样的。

大四那一年，西藏大学有两位老师来新闻系进修，我、你、普桑、索达，洛次，常常待在那两位老师住的研究生楼位于十楼的房间里，聊天，看书，喝啤酒，站在楼顶平台上眺望远方。记得那年七一香港回归当晚，满天绽放的烟花吗？

七一过去，我们就要毕业了，要分别了，各自散去。记得你们买的是七月六日的车票，你们走之前那一晚，我们一起喝了散伙酒。那天是我二十三岁生日，你站起来，唱了陈升的《把悲伤留给自己》。谢谢你，尼扎兄弟，在人生刚刚二十出头的这几年，我们误打误撞，互相陪伴，掏出真心，互相勉励着走了一段路，如手足，如兄弟，如朋友。

千禧年秋天，九月二十八日，你回到北京，你考上了人大的法学硕士，总之，经过一番波折，你又回到北京了。我们在人大校内的一个简陋的小饭馆吃了一顿晚饭。那是我们此生最后一次见面。

我没想到，那就是我们此生最后一次见面。

总以为，这一生还很长；总以为，命运总会安排我们江湖再见。

窦唯在《艳阳天》里唱道："常人说的是乐生于苦，可乐极生悲道理由自古。别让我不安是非难辨，沧桑千年不再有遗憾。"

这就是缘分吧，命运安排我们相识，安排我们彼此做了那一段时间的朋友兼手足。我至今珍藏着你的照片，那是我拿着相机在你宿舍拍的，你坐在宿舍床上，面前是摊开的一本本书。还有我和雪云的合影——我和她头挨着头，笑着看向藏在镜头后的你。后来听说她去了挪威，愿她一切安好。

我的尼扎兄弟，我会把你藏在心底，记得你，就如同你还活着；我会当你还在遥远的地方，只是从此和我失去了联系。

人都会走，你只是比我们走得快了一点儿。

这样想，就没有那么难过了。

愿你已往生，愿你平安，愿你喜乐。我的尼扎兄弟。

唵嘛呢叭咪吽。

在彼岸的那一方，你一定要好好的。